NICOLAS ALLARD

PROJET COSMOGONIA

ÉDITIONS DE L'ONDE ÉTOILÉE

À tous ceux qui m'ont apporté leur aide et soutien dans l'écriture de ce roman, et notamment ma mère, Victoria, Philippe, Raphaël, Christopher, Manon, Romain et Souline, la femme que j'aime...

Note de l'éditeur

L'auteur ayant choisi de s'appuyer sur différents espaces pour raconter son histoire, nous invitons ceux qui le souhaiteraient à consulter l'appendice des zones, page 425.

Désert de sable (1)

Elle marche, à pas lents, sur le sable. Elle semble songeuse.

Si elle savait...

Vaste forêt (1)

Il recherche la lumière. C'est son obsession. Il la veut de toutes ses forces. Elle est sa quête.

Collines des mers (1)

Il regarde l'horizon. Il contemple les reflets du soleil sur la mer.

Grande clairière (1)

Elle se promène. Elle rit. Elle semble heureuse.

Désert de glace (1)

Il a froid. Il essaie de se réchauffer, en appliquant énergiquement ses mains sur ses épaules. Il n'a plus froid.

Désert de sable (2)

Elle s'interroge de plus en plus. Cela se voit dans son regard. Elle marche et s'interroge. On dirait qu'elle cherche quelque chose.

Montagnes boisées (1)

Elles sont deux. Elles ne le savent pas encore, mais elles sont deux. Elles explorent chacune leur territoire.

Cette expérience s'avérera-t-elle concluante ?

Plaine desséchée (1)

Rien pour le moment.

N'est-il pas normal de douter ?

Ruines de l'ancien monde (1)

Il est allongé sur le sol. Le soleil couchant le réveille. Il contemple l'horizon. Il laisse la lumière venir à lui.

Vaste forêt (2)

Il avance à travers la forêt. Il prend appui sur les troncs des arbres morts. Son chemin est une ascension.

Collines des mers (2)

Il s'assied sur le sable. Il fixe à nouveau l'horizon. Intensément. Il se lève. Et se dirige vers une grotte sous-marine.

Zone rocailleuse (1)

Elle se réveille. Elle pose ses deux mains sur le sol. Elle regarde autour d'elle. Elle semble ne pas comprendre ce qu'il lui arrive.

Surprise ? Ou effroi ?

Désert de glace (2)

Il s'arrête un instant. Puis il repart. Comme s'il avait voulu s'assurer que personne ne le suivait.

Tous ses sens sont en éveil...

Désert de sable (3)

Elle poursuit sa marche dans cet immense océan de sable. Sans jamais s'enfoncer.

Elle est aérienne...

Labyrinthe (1)

Il est entouré de murs. Il n'a pas le choix : il doit avancer ou reculer. Il décide d'avancer.

La liberté ne réside-t-elle pas toujours dans un choix limité ?

Zone changeante (1)

Il admire le lac rose qui se tient devant lui. Le ciel est vert émeraude.

Cet espace est-il le plus fascinant ?

Désert de sable (4)

Elle marche en fixant le sol. Elle pense. Elle pense tout le temps.

La marche et la pensée sont chez elle deux activités simultanées...

Grande clairière (2)

Elle danse. À une vitesse folle. Elle est un tourbillon de joie et de vie. Un tourbillon d'énergie. Elle donne sens à l'immensité.

Plaine desséchée (2)

Toujours rien.

Zone changeante (2)

Il a décidé de faire le tour du lac. Il suit un chemin escarpé. Il ne cherche à aucun moment à s'approcher de l'eau. Mais il la regarde. Fasciné. Le ciel est bleu roi.

Montagnes boisées (2)

L'une a décidé de monter. L'autre de descendre. Elles ne se verront pas tout de suite.

Collines des mers (3)

Il arrive devant la grotte. Il la regarde avec intérêt. Mais il n'entre pas. Il se promène ensuite le long de la côte. Il se sert de ses mains pour protéger ses yeux des rayons du soleil. Il fixe l'horizon.

Pourquoi une telle obsession ? Faut-il y voir un signe quelconque ?

Labyrinthe (2)

Il a donc décidé d'avancer. Il se trouve désormais face à trois portes, qui sont toutes déjà ouvertes, et donnent chacune sur une forêt. Il ne réfléchit pas : il prend la porte centrale.

Instinct ? Pulsion ? Contingence ?

Ruines de l'ancien monde (2)

Il est assis. Les yeux fermés. Il attend.

Rien ne semble l'atteindre...

Zone rocailleuse (2)

Elle marche sur le sol rocailleux. Ses pieds lui font mal. Elle essaie de regarder devant elle, mais elle ne peut s'empêcher d'incliner sa tête vers le sol.

La sensation de douleur serait-elle plus forte que l'espoir d'un changement ?

Vaste forêt (3)

Il poursuit son ascension. Il est attiré par la lumière. Toujours.

Pourquoi une telle nécessité ?

Montagnes boisées (3)

Elle arrive devant une fontaine, qui se trouve au pied de cette immense zone boisée. Sa sœur continue à gravir la montagne.

Deux jumelles... Et déjà deux trajectoires opposées...

Désert de glace (3)

Il semble toujours très méfiant. Il se retourne fréquemment, mais il ne voit rien de spécial. Tout est blanc à perte de vue.

Est-ce le vide qui l'angoisse ?

Plaine desséchée (3)

Une longue plaine morne, déserte.

Zone changeante (3)

Il a décidé de s'installer sur un pic surplombant le lac. De là, il a une vue dégagée sur l'ensemble de la région. Il aperçoit au loin une vaste étendue blanche.

Désert de sable (5)

Une immense dune se présente devant elle. C'est la nuit. Elle regarde cet amas de sable avec un certain intérêt. Elle a désormais un objectif : arriver au sommet.

Il est bon que son esprit soit occupé, au moins pendant un temps, par une activité concrète...

Grande clairière (3)

Elle a décidé de se promener dans sa région. Sans crainte. On dirait qu'elle souhaite simplement s'imprégner de ce qui l'entoure. Elle arrive près d'un verger.

Combien de temps durera son insouciance ?

Labyrinthe (3)

Son entrée par la porte centrale s'était faite sans hésitation. Mais après avoir parcouru quelques mètres, il se met à douter. Il regarde en arrière : la porte est fermée. Il n'a plus le choix désormais : il doit continuer à marcher droit devant lui.

Ruines de l'ancien monde (3)

Il attend. Concentré.

On dirait qu'il se doute de quelque chose...

Collines des mers (4)

Il est allé nager. Il s'est considérablement éloigné de la côte. Sans jamais se fatiguer. Il ne semble toutefois pas mécontent de retrouver la terre ferme.

Quel bilan tirer de toutes ces observations ? Je m'interroge toujours sur le sens de cette... expérience... Expérience ? Le mot ne me plaît pas... Il n'est en outre pas tout à fait exact... Mais y a-t-il réellement un terme adapté à cette situation ?

Désert de glace (4)

Il s'approche d'une crevasse de glace. Il avance, hésitant. Sans doute un mélange de peur et de curiosité. On dirait qu'il craint de regarder à l'intérieur de cette béance. Mais, en même temps, une force invisible le pousse à surmonter ses réticences. Il se penche de plus en plus. Il tombe.

Dois-je aller l'aider ? Est-ce vraiment mon rôle ?

Zone changeante (4)

Il continue à admirer la vaste étendue blanche qui se trouve au loin. Il ne parvient pas détacher son regard de cette image immaculée. Cet espace exerce une véritable attraction sur lui. Mais il ne bouge pas.

Hypnose spatiale ?

<u>Vaste forêt (4)</u>

Il est arrivé sur un plateau, récompense de sa longue ascension. Là, tout est plus lumineux. Ayant enfin satisfait son besoin de lumière, il commence à prêter davantage attention aux bruits qui l'entourent. Il s'assied sur le tronc d'un arbre mort, les jambes croisées. Il ferme les yeux. Il veut identifier chaque son. Il a un nouveau but.

La nécessité de comprendre... comme dénominateur commun ?

<u>Zone rocailleuse (3)</u>

Ses pieds commencent à s'habituer au sol rocailleux. La douleur est toujours présente : il lui arrive encore de grimacer. Mais elle semble s'en accoutumer peu à peu. On le voit à l'orientation de ses yeux : elle regarde de moins en moins la terre ferme, portant plus souvent son regard vers le ciel. Un ciel gris. Qui s'assombrit à mesure qu'elle avance.

Mauvais présage ?

<u>Montagnes boisées (4)</u>

Elle a fini de gravir la pente. Elle arrive devant une cascade.

Et sa jumelle est toujours devant une fontaine... Différences et ressemblances...

<u>Plaine desséchée (4)</u>

Toujours cette plaine. Triste. Desséchée. Sans rien ni personne.

Jusqu'à quand ?

Désert de sable (6)

Avant de gravir la dune, elle a décidé de faire une halte. C'est la première fois qu'elle n'est pas en mouvement.

Signe d'une évolution ?

Ruines de l'ancien monde (4)

Il attend toujours.

Mais quoi précisément ?

Zone changeante (5)

Il se réveille, après s'être assoupi quelques instants. Son premier réflexe est de diriger son regard vers la vaste étendue blanche. Il ne comprend pas. Elle a disparu.

Quelle va être sa réaction ?

Collines des mers (5)

On dirait qu'il commence à ressentir de l'ennui. Car il ne cesse de se mouvoir. Il donnait pourtant l'impression d'apprécier sa solitude... Deviendrait-elle un poids ?

Certains comportements humains sont-ils toujours amenés à se répéter ? Même quand les conditions ont changé ?

Labyrinthe (4)

Il n'a pas peur. Mais il n'est pas serein non plus. Il paraît ne pas comprendre ce qu'il est en train de vivre. Il est à nouveau confronté à un choix : tourner à gauche ou à droite. Il ne sait pas. Il s'arrête.

L'espace dans lequel vit un être peut-il avoir une influence décisive sur son évolution ?

Grande clairière (4)

Sa joie est toujours aussi intense. Elle semble heureuse d'avoir découvert un nouvel endroit. Elle danse dans le verger. Elle redevient un tourbillon de vie et d'énergie.

Vaste forêt (5)

Il ouvre les yeux. Puis les ferme à nouveau. Il prête attention au moindre bruit.

Labyrinthe (5)

Il commence à emprunter le chemin de gauche. Il fait quelques pas puis... il revient en arrière et tourne finalement à droite. Il ne sait pas s'il a pris la bonne décision. Il s'arrête pour réfléchir.

Plaine desséchée (5)

Du vent. Beaucoup de vent.

Désert de glace (5)

Il reprend connaissance. Il se tient les côtes. Mais il n'est pas gravement blessé. Il regarde tout autour de lui. Il perçoit vaguement la lumière venant de l'extérieur. Là où il se trouve, tout est blanc et bleu. Il n'a pas peur. Pas encore. Il trouve cela magnifique.

Désert de sable (7)

Elle n'était peut-être pas fatiguée, mais elle avait besoin de s'arrêter. Après un assez long moment, elle tourne la tête vers le sommet de la dune. Elle se lève, et reprend sa marche.

Montagnes boisées (5)

Elle contemple la fontaine, pendant que sa sœur s'approche de la chute d'eau. Elles semblent prendre plaisir toutes deux à écouter le bruit de l'eau qui s'écoule. L'une regarde le fond de la fontaine. L'autre marche sur les pierres qui entourent la chute. La première plonge son visage dans l'eau. La seconde glisse, et tombe dans la retenue d'eau située au pied de la cascade.

Imprudentes ?

Zone rocailleuse (4)

Le ciel au-dessus d'elle est toujours aussi sombre. On voit qu'elle n'aime pas ça : son visage devient nettement plus grave. Elle préférerait sans doute vivre sous un autre climat. Mais cela ne l'empêche pas de poursuivre sa marche. Le sol est toujours aussi dur et blessant sous ses pieds. La douleur part, revient, puis disparaît peu à peu.

On dirait qu'elle aimerait bien ne plus être seule...

Zone changeante (6)

La disparition de la vaste étendue blanche l'a perturbé. Il s'était habitué à sa présence. Elle était devenue un élément familier. Rassurant. Il semble s'interroger. Il se lève. Et part à la recherche de la zone disparue.

Ruines de l'ancien monde (5)

Il a l'air davantage sur ses gardes. Il ferme les yeux et se concentre. Il prépare vraiment quelque chose.

Dois-je chercher à le rencontrer ?

Collines des mers (6)

Il a décidé d'aller à la rencontre de quelqu'un. Peu importe qui, du moment qu'il peut être en contact avec un semblable. C'est du moins comme cela que j'interprète son trouble. Il ne sait pas où aller. Il est très agité. Il décide finalement de plonger. Et commence à faire le tour des collines à la nage.

Grande clairière (5)

Après avoir longuement dansé, elle s'est approchée d'un arbre, situé au centre du verger. Cet arbre, sans être immense, est le plus grand qu'elle ait jamais vu. Ses branches sont assez basses. Elle peut ainsi voir et attraper sans efforts les fruits qui s'y trouvent. Elle en prend un dans sa main droite, puis s'assoit sur l'herbe. À l'ombre de l'arbre. Elle joue avec le fruit – une sorte de poire – en le faisant passer de sa main gauche à sa main droite. Elle rit.

Son rire est comme une douce mélodie...

Vaste forêt (6)

On dirait qu'il parvient peu à peu à distinguer les sons les uns des autres. Il déplace subtilement ses bras et ses mains. Comme un chef d'orchestre. Un sourire apparaît sur son visage. Il semble de plus en plus enthousiaste. Il ouvre les yeux. Sa joie est toujours apparente. Puis il retrouve subitement son sérieux.

Peut-être aurait-il aimé partager cet instant de grâce avec quelqu'un ?

Désert de sable (8)

Elle gravit la dune de manière énergique et décidée. Elle veut atteindre le sommet le plus rapidement possible. Son effort est toutefois mesuré et cadencé. Elle parcourt en peu de temps une distance considérable.

Désert de glace (6)

Il part à la recherche d'une sortie. Il décide de marcher droit devant lui. Il se trouve dans une sorte de tunnel de glace, dans lequel il peut se tenir debout, même s'il est parfois obligé de se courber pour avancer. Il demeure fasciné par la beauté du lieu. À tel point que sa progression en est ralentie.

Tient-on là un futur artiste ?

Ruines de l'ancien monde (6)

On dirait qu'il attend quelqu'un.

Qui ? L'un des leurs ?

Désert de sable (9)

Elle est arrivée à mi-parcours. Elle s'arrête quelques instants. Et contemple l'horizon. L'aube commence tout juste à poindre. Le paysage se détache peu à peu. Le désert de sable apparaît dans toute son étendue. Il est immense. Elle réalise alors la distance parcourue.

Grande clairière (6)

Elle a continué à jouer avec le fruit, le lançant très haut dans les airs et parvenant toujours à le rattraper. Puis elle l'a posé sur le sol, et s'est assise contre le tronc de l'arbre. Elle se calme. Puis s'endort.

Zone changeante (7)

Il reprend le chemin qui longe le lac. Le lac n'est plus rose, mais vert. Le vent s'est levé. Cela l'incite à faire encore plus attention à ses pas. La route se rétrécit. Et le vent gêne ses déplacements.

Vaste forêt (7)

Il semble très serein. Je ne crois pas qu'il se soit jamais senti aussi bien. Il paraît désormais capable de comprendre l'univers qui l'entoure, par la seule écoute des sons. L'ouïe comme source de connaissances. Mais aussi comme source de bien-être. Il abandonne le tronc sur lequel il a acquis ce don.

Voudrait-il aller à la rencontre des bruits qu'il entend ?

Zone rocailleuse (5)

Elle continue à avancer. Elle commence à se lasser de cette activité. Elle aimerait changer d'horizon. Faire quelque chose d'utile. Elle voudrait comprendre.

C'est du moins ce qu'il me semble...

Labyrinthe (6)

Il a dû attendre un certain temps. Finalement, après avoir rebroussé chemin, il a décidé d'aller à gauche. Il marche. Maintenant que sa décision est prise, il ne veut pas revenir en arrière.

Veut-il ainsi se convaincre qu'il a eu raison ? N'est-ce pas là un moyen de se rassurer ?

Plaine desséchée (6)

Après le vent, la pluie. Une pluie fine. Le sol s'humidifie peu à peu. La pluie cesse. Toujours rien. Ni personne. Hormis les éléments naturels.

Ruines de l'ancien monde (7)

Il fait le tour des ruines. Il les considère avec respect. Comme si ces édifices délabrés étaient porteurs d'une âme.

Est-ce un mystique ?

Grande clairière (7)

Elle s'est réveillée. Toujours aussi joyeuse. Mais sa joie est plus mesurée désormais. Ses mouvements sont plus contrôlés. Elle semble plus mûre.

Elle est en train d'évoluer...

Désert de glace (7)

Il ne paraît décidément plus préoccupé par la recherche d'une issue. Il se sent bien dans ce tunnel. Il en contemple les parois. Chaque anfractuosité retient son attention. L'observation des stalactites, notamment, l'entraîne dans une douce rêverie. Il admire la beauté naturelle de ce qui est.

Désert de sable (10)

En s'arrêtant, elle a essayé de voir ce qui se trouvait au fond du désert de sable. Mais il n'y avait rien d'autre que le désert. Elle reprend sa marche. Mais... en sens inverse...

Peut-être veut-elle découvrir ce qu'il y a là-bas, au loin, au-delà de sa vision ?

On ne peut bien évidemment pas savoir où tout cela mènera... Peut-être est-il d'ailleurs absurde de vouloir donner un sens précis à cette aventure ? Ces êtres s'efforcent pourtant d'en donner un, d'une manière ou d'une autre... Mais je ne crois pas qu'ils en soient eux-mêmes conscients... Dois-je faire irruption dans leurs vies ? Passer à une autre phase ? Ou me contenter de les laisser agir ?

Vaste forêt (8)

Il avance dans la forêt. En fermant les yeux. Il prend plaisir à se déplacer par la seule écoute des sons. Il repense ainsi totalement son rapport à l'espace. Comme s'il percevait le monde comme une immense symphonie.

Encore un futur artiste ?

Collines des mers (7)

La journée va bientôt arriver à son terme. Le nageur interrompt son effort un instant. Il prend appui sur les rochers qui bordent la côte. Il contemple l'horizon. Il n'a toujours rien trouvé, mais il paraît apprécier le spectacle des rayons du soleil couchant sur la mer.

Grande clairière (8)

Elle décide de quitter le verger. Elle veut aller à la découverte d'autres endroits. Elle est décidément plus grave : cela se voit dans son regard.

Zone changeante (8)

Le vent est de plus en plus prononcé. La pluie commence à tomber. La route se rétrécit à mesure qu'il avance. Pour la première fois, il semble avoir peur. Il voudrait retourner en arrière, mais la route a disparu. Le vide est sous ses pieds. Il s'agrippe à la paroi. Et préfère attendre que tout cela cesse.

Va-t-il se révéler dans la difficulté, ou sombrer ?

Désert de glace (8)

Il admire ce qui a été créé. Tout ce qui l'entoure lui semble beau. Non pas beau à l'identique : il perçoit les différences entre tous ces monuments de glace.

C'est à se demander s'il sortira un jour de cette crevasse...

Ruines de l'ancien monde (8)

Il arrive près d'un bâtiment comportant un nombre très important de marches. Toutes ces marches se trouvent en plein air, et aboutissent à un promontoire relativement élevé. Il pose ses mains sur le mur. Avec tendresse. Il sourit. Il monte les marches. Lentement.

Ce sont ses pensées qui doivent le ralentir...

Désert de sable (11)

Elle commence à redescendre de la dune. Elle veut vraiment aller au-delà du désert. Pour voir autre chose. Elle est toujours animée par cette volonté de comprendre. Au bout d'un certain temps, elle finit toutefois par se raviser. Elle s'aperçoit que sa tentative est vaine. Non pas parce qu'elle aboutirait à un échec : elle prend simplement conscience du temps qu'il lui faudrait pour quitter ce désert. Elle regarde l'horizon avec tristesse. Des vagues apparaissent devant ses yeux.

Attention aux mirages !

Montagnes boisées (6)

En tombant dans la retenue d'eau, elle a dû voir quelque chose de spécial. Car elle en est ressortie apeurée. Sa sœur a elle aussi dû voir quelque chose de particulier dans la fontaine. Car elle semble partagée entre l'envie de quitter cet endroit, et la curiosité de plonger à nouveau sa tête sous l'eau. Elle attend. Elle ne sait pas s'il y a une bonne décision à prendre. Elle s'assoit, le dos contre la fontaine. Elle prend sa tête entre ses mains.

Serait-elle en train de pleurer ?

Zone rocailleuse (6)

Elle marche. Encore et encore. Le ciel se montre de plus en plus menaçant, ce qui l'amène à regarder l'horizon avec inquiétude. Mais, en même temps, elle paraît déterminée à poursuivre sa route. Son pied droit se cogne contre une pierre grise. Elle chute.

Labyrinthe (7)

Il continue à avoir des doutes sur le chemin qu'il a choisi de suivre. Car il semble très indécis.

Plaine desséchée (7)

Tout est calme. Comme après la pluie.

Même pas d'oiseaux...

Désert de sable (12)

Elle a cessé de regarder le désert. Elle ne supportait plus le fait d'avoir une vision aussi floue. Elle commence à s'impatienter. On dirait qu'elle aimerait sortir de cet espace qui est le sien. Mais elle ne bouge pas.

L'impatience n'est donc pas le meilleur moyen d'avancer...

Désert de glace (9)

Il souhaite désormais sortir de la crevasse. Impossible de comprendre ce brusque changement d'attitude. Il marche d'un pas décidé, et arrive au bout d'un moment au début d'un autre tunnel, plus petit. Il prend appui sur le sommet de ce tunnel, et commence son ascension vers le monde extérieur.

Peut-être veut-il voir de nouvelles beautés naturelles ?

Vaste forêt (9)

Il laisse la musique de la forêt venir à ses oreilles. C'est pour lui l'objet d'une véritable délectation.

Collines des mers (8)

La nuit est tombée. Il a quitté la mer, pour aller se reposer sur une petite plage. Il regarde la lune et les étoiles se refléter sur l'océan. Il n'y a toujours personne à ses côtés. Il s'allonge sur le sable. Il soupire. Puis s'endort.

Il y a eu un avant. Il y aura un après. Est-il réellement possible d'effacer le passé ? N'en reste-t-il pas toujours quelque reliquat ?

Comment savoir ? Je perçois l'arrivée d'un grand bouleversement. La machine n'est-elle pas déjà en marche ?

Zone changeante (9)

La pluie a cessé de tomber, cédant la place à un soleil éclatant. Il s'était agrippé à la paroi de toutes ses forces. Pour rien ? Il doit se le demander, désormais. La route ne paraît plus aussi étroite. Le vide n'est plus directement sous ses pieds, et n'est plus aussi menaçant.

Le changement permanent du monde extérieur peut-il aboutir à la folie ?

Ruines de l'ancien monde (9)

Il est arrivé au sommet de la pyramide. De là, il contemple l'immensité de la ville. Tout n'est que ruines et poussière. Il ferme les yeux. Il pense.

Quelles sont ses intentions ?

Désert de sable (13)

Elle fait un tour complet sur elle-même. Comme si elle avait entendu un bruit.

Zone rocailleuse (7)

Ses genoux ont amorti sa chute. Mais elle ressent tout de même une vive douleur. Des larmes coulent le long de son visage. Elle tourne ses yeux du côté droit. Elle aperçoit un fleuve de lave, en train de s'écouler lentement. Elle se relève, sèche ses larmes. Et continue son chemin.

On dirait qu'elle n'a déjà plus mal... Ce n'est pas impossible...

Désert de sable (14)

Elle n'a pas bougé. Comme si elle ne voulait pas manquer l'occasion de connaître l'origine du bruit entendu. Elle regarde tout autour d'elle. Mais elle ne voit rien d'autre que le sable. Elle semble penser qu'il pourrait y avoir quelqu'un au sommet de l'immense dune. Car elle reprend son ascension. De manière très énergique.

Agir... Agir dans un but précis... Nous nous ressemblons...

Vaste forêt (10)

Il sort de son extase. Il a perçu quelque chose.

Lui aussi ?

Désert de glace (10)

Il avance avec grâce et légèreté. Rien ne semble pouvoir ralentir sa progression. Il a déjà accompli plus de la moitié du chemin, lorsqu'il arrive sur un petit plateau. Il s'arrête. Il regarde le vide abyssal. Il repense sans doute avec nostalgie aux merveilles du tunnel. Car il hésite à sortir. Mais l'extérieur exerce une véritable attraction sur lui. Il reprend son effort. Il arrive au but. Il donne un coup violent dans la neige, qui constitue le plafond de cette crevasse. Sa main retrouve enfin le monde extérieur.

Montagnes boisées (7)

Elle regarde la cascade avec un léger sourire, comme pour lui dire adieu. Pendant ce temps, sa sœur s'éloigne de la fontaine. Elle ne souhaite finalement pas demeurer davantage en ce lieu. Elle ne peut toutefois s'empêcher de se retourner, pour la contempler une dernière fois. Toutes deux marchent pendant quelque temps, puis arrivent à la lisière d'une épaisse forêt.

Grande clairière (9)

Elle se trouve au milieu d'une plaine où l'herbe n'est pas haute. Elle avance, et voit devant elle une forme. Une forme humaine.

Intéressant...

Ruines de l'ancien monde (10)

Il pense. Il pense. Il pense.

Y a-t-il lieu de s'en alarmer ?

Labyrinthe (8)

Il poursuit sa marche dans le labyrinthe. Il arrive au bout du chemin qu'il avait emprunté. Il est obligé de tourner à droite. Là, les murs ne sont plus en pierre, mais en lierre. Ils sont aussi nettement moins hauts. Il effectue un saut pour voir ce qui l'entoure. Il n'y a que le labyrinthe.

Plaine desséchée (8)

Aucun bruit. Personne pour jouer avec l'eau des flaques. Le soleil perce peu à peu derrière les nuages.

Labyrinthe (9)

On dirait qu'il ne sait pas trop quoi penser de la découverte qu'il vient de faire. Le labyrinthe serait-il son seul monde ? Son unique horizon ? Malgré ses doutes, on a l'impression qu'il se refuse à le croire. Il marche d'un pas décidé. Il arrive ainsi rapidement au bout du chemin. Il lui faut à nouveau faire un choix : tourner à droite ou à gauche. Sans même y réfléchir, il tourne à gauche.

Zone changeante (10)

Le lac est devenu jaune. Il ne supporte plus ces changements perpétuels. Il ne sait pas si cela est normal. Mais il sait qu'il ne veut plus rester là. Il arrive, après un moment, au bout du lac. Devant lui se dresse un immense désert de sable.

Désert de sable (15)

Sa progression est ralentie. Ce n'est pas une question de volonté : la pente de la dune est de plus en plus prononcée. Elle ne peut plus marcher. Elle est obligée d'avancer en s'aidant de ses mains et de ses genoux. La tâche s'annonce ardue. Mais elle ne veut surtout pas renoncer.

Son obstination ne me surprend pas...

Collines des mers (9)

Il est réveillé, au petit matin, par le bruit des vagues. Il se lève prestement, s'étire, puis se dirige vers la mer. Il y entre de manière progressive et continue, sans craindre le froid. Il aime la sensation de l'eau sur son corps. Il reprend son chemin aquatique.

Grande clairière (10)

La curiosité a eu un effet direct sur sa manière de marcher. Elle ne court pas, mais elle avance tout de même d'un pas leste. Peu de temps avant d'arriver près de la forme humaine, elle s'aperçoit que ce n'est pas un être vivant. Il s'agit d'un épouvantail.

Mais sait-elle seulement ce qu'est un épouvantail ?

Zone rocailleuse (8)

Elle est à proximité d'une montagne. Noire. Immense. D'où s'écoule de la lave, qui rejoint le fleuve se trouvant à sa droite. Elle ne sait plus quoi faire. Elle commence à prendre de la hauteur. Elle voit au loin une forme noire, au milieu d'une plaine ocre. Elle ne peut pas encore bien la distinguer. Mais cette forme semble organisée.

Elle n'a pas le choix : si elle veut se rendre là-bas, il va lui falloir franchir le fleuve...

Désert de sable (16)

Elle continue à avancer. Malgré l'inclinaison de la dune – qui rend son ascension sans cesse plus difficile – elle ne renonce pas. Mais elle finit par glisser. Elle panique. Et dévale la pente à grande vitesse. Elle va sans doute se blesser. Mais au moment où elle semblait ne plus avoir la maîtrise de son corps, elle parvient à s'arrêter. Elle voulait s'arrêter. Elle y est parvenue.

Elle est vraiment incroyable...

Ruines de l'ancien monde (11)

Il a brusquement ouvert les yeux. Quelque chose l'a perturbé.

Vaste forêt (11)

Il a avancé dans la forêt à une allure très vive. Comme guidé par une voix. Il a beaucoup marché, sans même s'en apercevoir. Il s'est ainsi considérablement éloigné de l'endroit où il avait trouvé refuge. Il est désormais en plein cœur d'une forêt plus sombre, plus dense. Il observe les lieux qui l'entourent, comme pour essayer de comprendre la spécificité de ce nouvel espace. C'est alors qu'il voit sur sa gauche une habitation.

Plaine desséchée (9)

Rien.

Collines des mers (10)

Il a à nouveau nagé toute la journée. Sans obtenir de résultats satisfaisants. Toujours la même chose : personne dans l'eau. Il s'assied sur la plage, alors que le soleil est en train de se coucher.

Grande clairière (11)

Seule face à cette forme humaine, Seldona ne sait que faire. Elle se rend bien compte que cette chose n'est pas vivante. Mais elle a l'impression qu'elle pourrait l'être. Je crois qu'elle comprend par cette expérience le sens de l'imitation. Sa déception n'est plus aussi vive. Elle doit sans doute prendre peu à peu conscience qu'il existe quelque part des êtres vivants semblables à cette forme.

Désert de glace (11)

Il a repris sa marche sur la banquise. Il ne cesse de regarder autour de lui. Mais ce n'est plus de la peur. Davantage le souhait de rencontrer quelqu'un. Ou quelque chose.

Labyrinthe (10)

En tournant à gauche, il arrive dans un couloir plus vaste. Il est d'abord heureux de pouvoir avancer plus à son aise. Sa marche est plus rapide, signe de sa satisfaction. Peut-être pense-t-il avoir réussi à trouver une sortie ? Il regarde tout à coup le sol. Il éprouve une sensation bizarre. Une sensation qu'il n'avait encore jamais ressentie. Ses pieds sont mouillés.

Zone rocailleuse (9)

Elle a longuement réfléchi. Elle a dû comprendre qu'elle était désormais face à un choix crucial. Partir ou rester. Que faire ? Elle souhaite connaître la vaste étendue noire qui se trouve au loin. Mais on voit bien qu'elle craint de quitter cet espace qui lui familier. Elle ne connaît pas la lave, mais quelque chose lui dit que c'est dangereux. Que faire ? Abandonner un univers connu, mais déplaisant, pour un univers inconnu, peut-être pire ?

L'herbe n'est pas toujours plus verte ailleurs...

Le grand bouleversement n'a pas eu lieu. Me serais-je trompé ? Je ne crois pas. Tout cela peut avoir été différé. N'ai-je pas ma part de responsabilité dans ce retard ? N'est-ce pas à moi de définir les grandes lignes de ce projet ? De cet ambitieux projet ! Je suis persuadé d'être à la hauteur. Le temps joue en ma faveur. Les faits me donneront raison. Reste à savoir quel doit être mon degré d'intervention. C'est la question majeure que je dois me poser... La réponse va venir... Je le sais... Je le sens...

Désert de sable (17)

Elle a donc réussi à arrêter sa chute, faisant preuve d'une force incroyable. Elle a paru elle-même surprise de posséder un tel talent. Elle reprend son ascension, bien décidée cette fois-ci à ne plus glisser.

Épreuve surmontée, ego renforcé !

Ruines de l'ancien monde (12)

Impossible de savoir ce qu'il pense. Après avoir ouvert les yeux, il s'est levé, puis, protégeant son visage du soleil couchant, il a scruté l'horizon. Ou plutôt les horizons, puisqu'il a regardé dans la direction des quatre points cardinaux. Il s'assied à nouveau sur le sol.

Me rendre auprès de lui ? Pour essayer de comprendre ? De le comprendre ? Peut-être...

Montagnes boisées (8)

Elles pénètrent toutes deux dans cette épaisse forêt.

Sans savoir qu'elles sont en train d'accomplir une action similaire...

Vaste forêt (12)

Il s'approche de l'habitation. Il n'entend aucun bruit particulier. Il s'arrête devant la bâtisse, qui tout en étant assez grande, n'est pas très élevée. Il ferme les yeux. Il écoute tous les bruits. Il ouvre les yeux. Il commence à faire le tour du bâtiment. De grandes fenêtres sont intégrées dans le fer de la maison. Mais l'intérieur est sombre. Il souhaite entrer.

Réflexe viscéral ?

Grande clairière (12)

Seldona a une idée. Le sourire revient sur ses lèvres. Elle court à toute vitesse, et quitte le champ dans lequel elle se trouvait, pour atteindre une colline.

Que va-t-elle faire ?

Ruines de l'ancien monde (13)

Il ferme les yeux. Il pense. Il pense. Il pense.

Zone changeante (11)

Il s'est approché de l'immense désert de sable. L'apparition de cette zone a suscité sa curiosité. La même que lorsqu'il souhaitait atteindre la vaste étendue blanche. Encore un effort. Il sera bientôt arrivé.

Vaste forêt (13)

Il fait le tour de la maison. Il arrive près de la porte. Il s'apprête à l'ouvrir. Une main de femme attrape son bras avant qu'il ait pu toucher la poignée.

Première rencontre !

Collines des mers (11)

Le soleil s'est levé. Il décide de retourner dans l'eau. Mais, cette fois-ci, il ne longera pas la côte. Il choisit d'aller vers le large. Surtout, il se rend de plus en plus souvent sous l'eau. Il n'osait pas le faire jusqu'à présent. Comme si cela était dangereux. Comme si cela était interdit.

Instinct désormais suranné ?

Zone rocailleuse (10)

Elle prend la décision de quitter son univers. Elle veut voir ce qu'est cet espace sombre qui se tient au loin. Elle sait qu'elle prend un risque. Une certaine indécision est perceptible sur son visage. Mais on dirait qu'elle a intégré le fait que le risque faisait partie de son existence. Elle s'approche du fleuve de lave. Elle l'observe, concentrée comme elle ne l'a sans doute jamais été. Elle considère la distance qui la sépare de l'autre rive. Elle recule, prend son élan, saute... et parvient de l'autre côté ! Elle a effectué un bond prodigieux. Elle regarde avec surprise puis bonheur la distance qu'elle vient d'accomplir.

Une nouvelle phase commence maintenant pour elle ! Et pour moi ?

Plaine desséchée (10)

Un soleil légèrement voilé baigne la vaste plaine.

Désert de glace (12)

Il a avisé un promontoire, qui se trouve à une centaine de mètres de lui. Il pense certainement que, de là, il parviendra à voir sa zone sur une distance conséquente. Il ne veut plus marcher au hasard. Il aimerait sans doute que ses actes soient dirigés de manière raisonnée. Il arrive sur le promontoire. Tout est blanc à perte de vue. Il semble tout à coup déstabilisé. Il bouge sa tête dans tous les sens. Il regarde tout autour de lui.

Lui aussi a dû entendre quelque chose... Je crois savoir d'où provient ce son... Mais cela semble pourtant tellement improbable...

Labyrinthe (11)

Il constate que, s'il continue à avancer, il se trouvera sur un chemin en grande partie inondé. Même si l'obscurité ne lui permet pas de tout distinguer avec netteté, il s'aperçoit que la route se scinde en deux. En bas, un tunnel aquatique. En haut, un chemin de pierre. Il est à nouveau face à un choix.

Ruines de l'ancien monde (14)

Toujours la même chose. Concentration intensive.

Il faut sans doute intervenir... Mais comment ? Je prends peut-être un risque... Mais tant pis... J'avais de toute façon l'intention de procéder ainsi, tôt ou tard... LANCEMENT DU PLAN DE CRÉATION ALÉATOIRE...

Désert de sable (18)

Elle va enfin arriver au sommet de la dune. Plus que quelques mètres, et elle aura atteint son objectif. Elle redouble d'efforts pour y parvenir. C'est fait ! Devant elle : une mer immense. Derrière elle : une cité en ruines.

Collines des mers (12)

Il s'est éloigné de la côte. Assez considérablement. Mais il ne semble pas regretter son choix : il devait bien tenter quelque chose. Il a encore une certaine appréhension à passer la tête sous l'eau. Mais voyant que cela est sans risques, il plonge avec de moins en moins de crainte.

La répétition d'une action comme meilleur moyen de lutter contre l'angoisse ?

Zone changeante (12)

Le sable est presque à ses pieds. Vario hésite à quitter son monde. Il regarde le lac violet et le ciel ocre avec une certaine émotion. C'est tout ce qu'il connaît. Même s'il semblait commencer à se lasser des changements permanents de cette zone, il y était en un sens attaché. Comme un enfant à sa mère. Il veut savoir ce qui se trouve au-delà du lac, mais il craint de prendre une mauvaise décision. Une décision qui aurait des conséquences néfastes. D'un autre côté, il ne s'imagine sans doute pas passer l'ensemble de son existence au même endroit. Il a besoin d'un ailleurs. Vario s'apprête à franchir le pas, lorsqu'il voit que le sable est en train de se transformer en herbe. Une forêt dense pousse sur le côté droit du désert, et commence à gagner le côté gauche. Il lui faut prendre une décision. Il ne réfléchit pas. Il saute. Il ouvre les yeux. Le lac a disparu. C'est la nuit. Vario est couché sur le sable du désert.

Changement de zone ? Grâce à la passerelle ?

Grande clairière (13)

Seldona arrive au sommet de la colline. Elle contemple l'horizon. Devant elle se tiennent plusieurs petits vergers, séparés par des haies. Elle aime ce lieu. Elle ne voudrait pas le quitter. Mais l'épouvantail a eu un certain effet sur elle. Elle ouvre la bouche. Elle tente de lancer un appel. Rien. Aucun son.

Elle n'est pas encore prête...

Montagnes boisées (9)

Je ne les vois plus. Elles ont donc dû quitter leur zone d'origine.

Déjà ?

Zone rocailleuse (11)

Evona a repris sa marche. Elle n'a pas attendu longtemps après son saut pour poursuivre son chemin. Elle se sent forte désormais. Car elle se sait capable de prouesses. Le sol est toujours noir. Mais il commence à être moins dur. Elle quitte peu à peu les montagnes sombres. Le fleuve de lave est encore près d'elle, sur sa droite. Mais plus elle avance, et plus elle et lui prennent une voie différente.

Désert de glace (13)

Il est toujours sur le promontoire glacé. Le son qu'il a perçu a eu des conséquences sur son attitude. Car il s'est assis quelques instants. Avant de se relever.

Désert de sable (19)

Elle s'assied sur le sol. Elle sent quelque chose de dur sous sa main gauche. C'est un livre.

Elle va enfin savoir...

Zone changeante (13)

Vario a effectivement quitté son territoire. Je ne le vois nulle part...

Il a dû rejoindre le désert de sable... Comment vais-je faire pour l'observer désormais ? Je ne dispose que d'un géocapteur dans cette zone...

Plaine desséchée (11)

Rien qui pousse. Rien qui vive. Malgré la pluie. Malgré le soleil.

Ne pas perdre espoir...

Vaste forêt (14)

Cela fait un moment qu'ils se regardent. Les yeux dans les yeux. Quand Vana a attrapé sa main, Rinov a été saisi de stupeur. Il ne comprenait pas. Il n'aurait certainement jamais imaginé faire une telle rencontre. Vana l'a observé. Avec bienveillance. Quelque chose dans ses yeux l'invitait à ne pas avoir peur. Rinov s'est calmé. S'est approché d'elle. Ils se sont regardés. Intensément. Comme s'ils voyaient pour la première fois.

C'est très émouvant... Tout recommence ! Mais... différemment...

Ruines de l'ancien monde (15)

Il semble chercher quelque chose. Il dirige son regard dans différentes directions. Il oriente sa tête d'une certaine façon. Comme si sa position devait s'adapter à ce qu'il recherche.

Il va vraiment falloir le surveiller de très près...

Désert de glace (14)

« Je... »...« Êtr... »

Un immense oiseau blanc passe soudainement au-dessus de lui. Algo l'a évité de justesse. Il entend un cri perçant dans le ciel. L'oiseau revient vers lui. Il se déplace à une vitesse extraordinaire.

Y a-t-il déjà eu un oiseau si rapide ? Et si grand ?

Ruines de l'ancien monde (16)

Il a perçu quelque chose. Il ouvre les yeux. Ce qu'il a entendu doit être très lointain. Car il ferme à nouveau les yeux et se concentre.

Désert de glace (15)

Il voit l'oiseau fondre sur lui. Il court dans la direction opposée. Il aperçoit un tunnel au bout du promontoire. Il parvient à y entrer juste avant que l'oiseau ne l'attrape. L'animal utilise ses serres gigantesques : il saisit d'importantes quantités de neige et les lance sur le tunnel. Algo ne pourra pas rester là très longtemps.

Dois-je intervenir cette fois-ci ?

Collines des mers (13)

Il est désormais en pleine mer. Il n'aperçoit la côte qu'avec peine. Cela ne l'inquiète pas d'être au beau milieu d'une étendue aquatique. Il commence à avoir l'habitude de l'eau. Il se sent bien à son contact. Son expédition ne lui a toujours pas apporté de réponses. Mais il ne désespère pas. Il n'est pas fatigué.

Désert de glace (16)

Algo parvient à éviter les énormes boules de neiges lancées par l'oiseau blanc. Mais ce dernier est très rapide. Algo reçoit soudain une boule de neige dans le ventre. Il tombe violemment sur le sol.

AGIR

....

....

....

Désert de glace (17)

Il se relève. Le soleil répand sa lumière sur l'ensemble de l'étendue blanche. Il ressent une légère douleur au ventre. L'oiseau est parti depuis longtemps.

Montagnes boisées (10)

Personne. Définitivement.

Vana est avec Rinov dans la vaste forêt... Mais où est Vané ?

Vaste forêt (15)

Ils ne se parlent toujours pas. Mais ils continuent à se regarder. Intensément. Elle s'approche de lui. Lentement. Très lentement. Elle touche délicatement son visage, en commençant par ses joues. Elle le regarde avec une certaine émotion. Il y a aussi une forme de fascination dans son geste. Lui se laisse faire, mais ne la regarde pas moins fixement. Il prend sa main, la regarde puis la caresse.

Labyrinthe (12)

Il s'est refusé à emprunter le tunnel sous-marin. Il a dû trouver l'eau verdâtre trop répugnante. Il semblait pourtant réellement intrigué par ce tunnel. Mais il avait peur. Il avait peur et il était dégoûté.

À quoi tient un choix parfois !

Désert de sable (20)

Alina a regardé le livre avec attention. Avec surprise surtout. Elle n'avait bien sûr jamais rien vu de semblable. Elle se demande ce que c'est. Certains auraient peut-être été tentés de jeter cet objet loin d'eux. Par crainte. Par rejet. Ou peut-être tout simplement pour voir s'il était vivant. Mais il n'en a rien été. Alina a regardé la couverture épaisse de l'ouvrage avec curiosité. Puis a passé sa main droite sur cette couverture. Comme si l'objet était sacré. Comme s'il fallait le respecter avant de l'ouvrir.

Elle a intuitivement respecté le livre ! C'est incroyable ! Je ne me suis donc pas trompé !

Désert de sable (21)

Alina prend le livre avec elle. Elle le serre contre sa poitrine. Elle regarde tout autour d'elle. Comme apeurée. Elle veut sans doute s'assurer que personne ne la voie. Elle court. Et va s'asseoir plusieurs centaines de mètres plus loin. Toujours sur l'immense dune. Mais à l'abri du soleil. Elle ouvre le livre. La lumière apparaît.

Ruines de l'ancien monde (17)

Il a effectivement dû entendre quelque chose. Car il s'est levé. Il essaie visiblement d'établir l'origine du son qu'il a perçu. Il ne semble pas y parvenir, car il est énervé. Il se concentre intensément. Il écarte les bras. Il inspire profondément.

Il faut sans doute faire un point sur la situation, avant qu'elle ne m'échappe... M'échapper ? Cela peut-il réellement se produire ? Peut-être... Mais mieux vaut ne pas y songer...

Désert de sable : Alina est en train de lire son livre. Elle n'est probablement plus seule dans cet espace (voir zone changeante).

Désert de glace : Algo ne semble plus courir de dangers immédiats. Je me demande toutefois pourquoi cet oiseau l'a attaqué...

Vaste forêt : ils sont deux désormais. C'est une certitude. Vana a rejoint Rinov. Reste à savoir si Vané est là également (voir montagnes boisées).

Grande clairière : Seldona est toujours seule. Mais en mouvement. Je me trompe peut-être, mais je ne crois pas qu'il se passera grand-chose là-bas. Suivre son évolution sur le long terme.

Collines des mers : il est très loin de la côte désormais. Peut-il entrer en contact avec l'un d'eux ? C'est possible... Mais il aura sans doute quelques épreuves à affronter avant cela...

Montagnes boisées : a priori, Vana et Vané ne sont plus là. J'ai beau les chercher, je ne les trouve pas...

Ruines de l'ancien monde : il est toujours au même endroit. Je vois bien qu'il prépare quelque chose... Dois-je pour autant l'arrêter ? Non. Pas tout de suite, en tout cas...

Zone rocailleuse : Evona avance. Toujours. Elle n'exige pas une surveillance accrue de ma part. Mais son profil – très intéressant – doit m'amener à la considérer bientôt avec plus d'attention.

Zone changeante : a priori, Vario n'est plus là. Je ne le vois nulle part, et cette zone n'est pas la plus étendue... Il est donc dans le désert de sable... Et dire que je ne voulais pas qu'Alina soit trop tôt en contact avec l'un d'eux... Je veux la garder... pour moi...

Labyrinthe : il est toujours prisonnier de son labyrinthe.

<u>Plaine desséchée :</u> rien. Ne le savais-je pas déjà ?

Bon... Il convient maintenant d'établir des priorités ! Je ne peux plus surveiller tout le monde... En tout cas, pas de la même façon qu'avant... Je dois faire des choix ! Et agir quand je le jugerai nécessaire !

FIN DE LA PREMIÈRE ÉTAPE

Tous ne présentent pas le même intérêt à mes yeux. Affirmer l'inverse serait parfaitement hypocrite. Certains d'entre eux suscitent ma curiosité, à un point que je n'aurais absolument pas imaginé... Serait-il possible qu'ils soient intrinsèquement plus intéressants que les autres ? Ma fascination ne serait-elle pas simplement le fruit de plusieurs facteurs ? La zone, le physique... Je ne sais pas... Mais cette différence m'interpelle. Il est indéniable que je préfère certains d'entre eux. L'une d'entre eux notamment...

Désert de sable (22)

Alina est comme en extase devant le livre ouvert. Elle le tient des deux mains. Car il est d'une taille importante. Ses yeux ne peuvent se détacher de la lumière magnétique qui émane du manuscrit. Elle est incapable du moindre mouvement. Le livre l'a littéralement envoûtée.

Vaste forêt (16)

Ils sont encore debout. Côte à côte. Ils ne bougent pas. Rinov a pris les mains de Vana dans les siennes. Leurs quatre mains ne forment plus qu'une seule et même entité. De loin, on a l'impression de voir deux statues, en train de prier à l'unisson. Mais en s'approchant, les statues s'humanisent. Elles respirent. Là aussi à l'unisson. Rinov paraît paisible. Il semble l'être désormais davantage que Vana. On dirait qu'il se sert de ses mains pour lui communiquer sa sérénité. Il la regarde, le visage confiant. Puis il ferme les yeux. Vana l'imite peu de temps après.

Puissent-ils trouver le bonheur à deux...

Montagnes boisées (11) / Zone changeante (14) / Plaine desséchée (12)

Comme prévu, rien à signaler...

Désert de glace (18)

Algo n'a pas perdu la mémoire. Il se rappelle parfaitement l'épisode de l'oiseau blanc. Il ignore toutefois comment cela s'est terminé. Il avance lentement sur le promontoire. Il regarde fréquemment autour de lui, comme s'il craignait que l'oiseau ne revienne. Mais rien ne se passe. Algo s'approche peu à peu du vide. Il veut profiter du temps clair pour mieux appréhender l'espace dans lequel il se trouve. Devant lui se tient la vaste plaine blanche. Apparemment vide. Cette vision ne le satisfait pas. Il aimerait pouvoir voir quelque chose. Ne serait-ce que pour essayer de donner un sens quelconque à sa mésaventure récente. Algo ne voit rien. Il force sur ses yeux. Il n'abandonne pas. Ses efforts finissent pas être récompensés : on dirait qu'il aperçoit quelque chose, au loin, dans la plaine.

Collines des mers (14)

Palo a conscience que l'espace aquatique dans lequel il se trouve actuellement est vaste. Savoir que ses pieds ne pourront pas toucher la terre ferme avant un long moment le fait sortir d'une torpeur qui finissait par devenir plaisante. Il se demande visiblement s'il est normal – pour un être tel que lui – de ne plus pouvoir poser le pied sur le sol. Cette interrogation se transforme peu à peu en angoisse. On voit clairement qu'il aimerait pouvoir marcher tout de suite, sans transition aucune. Mais comme il ne le peut pas, il prend une singulière décision : il plonge dans les profondeurs de la mer.

Il avait besoin d'agir : c'était la meilleure façon de calmer son angoisse grandissante... Ses actions ne sont plus totalement les mêmes... Elles sont dictées par la place toujours plus importante de sa conscience... Il naît pleinement à l'humanité...

Zone rocailleuse (12)

Evona avance. D'un pas décidé. Elle semble déterminée à rejoindre l'espace sombre qui se tient toujours loin devant elle. Elle continue à se servir de la confiance née de son saut réussi. Le fleuve de lave, sur sa droite, n'est plus qu'un mince fil orangé, qui serpente des terres noires et désolées.

Je n'aimerais pas être là-bas en ce moment... Mais quel sublime paysage apocalyptique !

Labyrinthe (13)

Il a donc décidé d'emprunter le chemin de pierre qui surmonte le tunnel aquatique. Il ne regrette pas son choix, même s'il jette un dernier regard vers le tunnel. Il marche pendant quelque temps. On comprend qu'il espère trouver quelque chose. Les pierres ne possèdent pas toutes la même hauteur sur le chemin, ce qui rend sa progression plus compliquée. Mais Ino semble plutôt heureux de cet état de fait. Pour une fois, sa marche n'est pas la même. Rien ne lui fait plus plaisir que de sortir de sa monotonie.

Un ennui trop continu inciterait-il à se confronter à certaines difficultés ? Le bonheur, en ce cas, est-il durable ? Est-il souhaitable ?

Ruines de l'ancien monde (18)

Il semble très concentré. Ses yeux sont fermés, ses sourcils froncés. Sa tête dodeline légèrement, comme s'il n'avait pas la totale maîtrise de sa méditation. Puis il est à nouveau stable. Tout en restant assis, son buste est désormais bien droit. Une esquisse de sourire apparaît sur son visage.

« Algo ? Est-ce que tu m'entends ? »

Désert de glace (19)

Algo a entendu la voix.

Ruines de l'ancien monde (19)

« Algo, je m'appelle Cantor. Je voudrais te rencontrer. »

Désert de glace (20)

Algo comprend que quelqu'un lui parle.

Mais il n'a peut-être pas encore la capacité de répondre...

Ruines de l'ancien monde (20)

« Il est possible que tu ne comprennes pas tout de suite ce que j'ai à te dire, Algo... Mais rassure-toi : je suis un ami. »

Désert de glace (21)

« A... mi... »

Ruines de l'ancien monde (21)

« J'ai déjà essayé de communiquer avec toi. Mais il s'est produit quelque chose. »

Désert de glace (22)

« Chose... Quelque chose... Oui... »

Ruines de l'ancien monde (22)

« Je ne sais pas ce qui m'a empêché de te parler. Tu me raconteras, d'accord ? »

Désert de glace (23)

« Oui... Oiseau blanc... Très grand... »

Ruines de l'ancien monde (23)

« Un très grand oiseau blanc ? C'est bizarre... Il a essayé de t'attaquer ? »

Désert de glace (24)

Algo ne répond pas. Ses capacités télépathiques ne doivent pas être assez mûres.

Dois-je ajouter que c'est également le cas de Cantor ? Il n'aurait pas besoin de s'exprimer à voix haute sinon...

Ruines de l'ancien monde (24)

« Algo ? Algo ? »

Désert de glace (25)

Algo essaie de se concentrer.

Ruines de l'ancien monde (25)

« Tu as un problème ? »

Désert de glace (26)

Algo semble frustré de ne pas pouvoir répondre.

Ruines de l'ancien monde (26)

« Tu n'as pas l'habitude de parler, Algo... Cela viendra. »

Désert de glace (27)

Algo comprend sans doute ce que lui dit Cantor. Il paraît en effet plus serein.

Ruines de l'ancien monde (27)

« Je vais te laisser te reposer, Algo. Je dois moi-même économiser mes forces. Je n'ai pas l'habitude de ce genre d'échanges. »

Cela demande effectivement un temps d'adaptation...

Désert de glace (28)

« Fa...Fati... »

Ruines de l'ancien monde (28)

« Oui, tu es sans doute fatigué. C'est la répétition des efforts qui finit par entraîner l'aisance. Plus tard, tu n'auras aucun mal à t'exprimer comme moi. »

Désert de glace (29)

Algo s'est résigné. Il voit bien qu'il n'a actuellement pas la capacité d'entretenir une conversation.

Ruines de l'ancien monde (29)

« Je te parlerai très bientôt, Algo. Recherche les zones élevées et dégagées. Prends soin de toi. Et surtout, fais attention... »

Au même instant, Cantor entend un cri perçant. Il perd sa concentration, et ouvre les yeux. Il se lève précipitamment. Il regarde en direction du sol. Il n'y a rien.

Mais il y avait quelque chose... Je le sais...

Il ne m'était pas possible d'interrompre leur échange. Je n'avais pas ce pouvoir. Et puis, cela aurait de toute façon perturbé Algo, à un stade de son évolution où il ne maîtrise pas encore parfaitement les techniques de communication. Mais il va me falloir redoubler de vigilance. Ce Cantor ne m'inspire pas confiance... Il n'a certes rien fait de fondamentalement condamnable pour l'instant, mais il est indéniablement très différent de tous les autres... Pourquoi ? Je ne saurais l'expliquer...

Ruines de l'ancien monde (30)

Cantor est enfin descendu du sommet de la pyramide. Sans doute voulait-il s'assurer qu'il était seul. Le cri l'a perturbé. Il semble soucieux. Peut-être son échange avec Algo est-il aussi à l'origine de l'évolution de son comportement ? Il paraissait très surpris de la présence de l'oiseau blanc. Cantor fait désormais le tour de la pyramide. Il inspecte les bâtiments en ruines qui entourent le grand édifice.

Au moins cela l'occupera-t-il un certain temps !

Grande clairière (14)

Seldona a encore essayé d'ouvrir la bouche. Mais aucun son n'en est sorti. Elle répète cette action plusieurs fois. Mais le résultat est toujours le même. Elle commence à désespérer de son échec. Elle qui était la joie incarnée est devenue amertume et tristesse. Elle marche de manière confuse. Sa déception se transforme peu à peu en colère. De dépit, elle tombe sur le sol. Elle regarde l'horizon. Les doigts de sa main droite serrent l'herbe avec force, puis l'arrachent. Des larmes de rage coulent le long de son visage.

Elle ressent l'incomplétude de son état actuel...

Zone changeante (15)

Le lac est gris, le ciel est beige. Un vent léger balaie les bords du lac.

Plaine desséchée (13)

Il fait beau. Le soleil est éclatant. L'eau des petites mares s'évapore. En peu de temps, elle a déjà disparu.

Montagnes boisées (12)

Il n'y a aucun bruit. Aucun mouvement. Le vert pomme des rares prairies fait contraste avec le vert foncé des arbres.

Sans un être conscient pour l'habiter, l'espace n'a plus le même sens... Mais il doit tout de même en posséder un... Parviendrais-je un jour à le trouver ?

Vaste forêt (17)

Ils sont toujours dans la même position. Deux statues douées de respiration. Deux automates placés en plein cœur d'une forêt luxuriante. Vana ouvre les yeux. Elle contemple Rinov. Le regard qu'elle lui porte est éloquent. Elle le trouve beau. Le jeune homme ouvre à son tour les yeux. En voyant Vana face à lui, il sourit. Ils semblent heureux.

Le bonheur résiderait-il dans cette alliance silencieuse et intime entre deux êtres ? N'ont-ils pas trouvé là un moyen de se détacher du temps et de ses contingences ?

Désert de glace (30)

Son entretien avec Cantor l'a fortement perturbé. Algo n'a cessé de regarder autour de lui. Il a compris que la personne qui lui parlait ne vivait pas dans ce désert de glace. Mais il espérait sans doute s'être trompé. L'utilisation de ses facultés télépathiques l'a épuisé. Il faut dire qu'il n'en a pas encore l'habitude. Algo s'est allongé sur le sol. Pour récupérer. Il semble angoissé. Il respire fortement. Il est pris de tétanie.

Bel ouvrage, Cantor !

Désert de sable (23)

Revenons à ma chère Alina... Il ne faudrait peut-être pas que je parle d'elle ainsi... Cela ne fait pas partie de mon rôle... Mais qu'importe ! Après tout, qui s'en souciera ? Elle contemple toujours le livre. Mais sa fascination ne s'accompagne plus de torpeur. Au contraire. Elle décide de libérer sa main droite, en tenant le livre avec l'ensemble de son bras gauche. Sa main s'approche peu à peu des pages. Comme si elle subissait l'attraction du livre. Ses doigts touchent la page de droite. Ça y est ! Elle est entrée en contact avec le livre ! Elle ferme les yeux, et semble vivre une expérience non pas intellectuelle, mais sensorielle. Les caractères se transforment peu à peu. Leur graphie devient différente. Ils passent de l'argent au rouge sang. Alina ouvre brusquement les yeux, comme horrifiée. Le livre tombe de son bras gauche, et s'enfonce dans le sol sableux. Malgré son effroi, elle essaie d'empêcher son engloutissement. Elle plonge ses deux bras dans le sable. Comme s'il s'agissait de le sauver. Mais elle ne peut y arriver.

On ne peut empêcher la peur de surgir... Mais la peur ne peut s'opposer à la soif de connaissances...

Et pendant ce temps-là, où sont les autres ? Vané et Vario ont totalement disparu de mon champ de vision... J'espère qu'ils vont bien... Mais comment le savoir ? Ils ne devraient pas courir de trop grands risques, mais je ne peux en avoir la certitude... Le processus de CRÉATION ALÉATOIRE a pu changer beaucoup de données... L'aurais-je lancé trop tôt ?

Labyrinthe (14)

L'irrégularité des pierres du chemin rend la marche d'Ino de plus en plus malaisée. Il est souvent sur le point de tomber. En ce moment, il est davantage un équilibriste qu'un marcheur. Mais il se livre avec plaisir à cette activité.

Zone rocailleuse (13)

Evona descend en direction d'une plaine noire, toujours très rocailleuse. Aucun obstacle majeur ne se trouve sur sa route. Le fleuve de lave a disparu. Elle n'entend aucun bruit. Hormis celui de ses pas sur le sol. Ses pieds sont noirs de poussière. Et meurtris par la marche. Mais elle n'éprouve plus aucune douleur. Elle s'est parfaitement adaptée à son territoire.

Pourquoi, en ce cas, vouloir le quitter ? Quelle force la pousse vers un ailleurs inconnu ?

Collines des mers (15)

Palo sort la tête de l'eau. Il avait besoin de respirer. Il reprend son souffle, puis retourne sous l'eau. Son visage était joyeux. Il a dû apprécier sa plongée.

Après cette expérience, aura-t-il toujours envie de rejoindre la terre ferme ?

Grande clairière (15)

Seldona fixe le sol. Des larmes continuent de couler de son visage. Mais ce ne sont plus des larmes volontaires. Elles sont la suite directe, physiologique, de sa déception et de sa colère. On voit qu'elle est déjà en train de passer à autre chose. Ses larmes cessent en effet peu à peu de couler. Seldona est toujours assise, mais elle redresse la tête. Tout en restant sur le sol, elle se retourne rapidement. On dirait qu'elle vient d'avoir une idée. Elle observe fixement l'arbre assez massif qui se trouve derrière elle. Elle le regarde de bas en haut. Elle prend appui sur sa main droite, et se lève brusquement. Elle s'approche de l'arbre, tout en continuant à le considérer avec attention. Elle... l'étreint.

Besoin d'affection ?

Vaste forêt (18)

Ils continuent à se regarder intensément. Rinov semble avoir une idée. Car une lumière apparaît dans ses yeux. Je ne crois pas que Vana l'ait vue. Le jeune homme ne paraît pas totalement sûr de ce qu'il s'apprête à accomplir. Il se penche vers leurs quatre mains. Son mouvement est saccadé. On dirait une sorte d'automate. Il approche sa bouche de la main gauche de Vana. Sans véritablement l'embrasser, il applique ses lèvres contre la main de la jeune femme. Puis, plus confiant, il procède de la même façon avec la main droite. Son geste est cette fois-ci nettement plus harmonieux, presque beau. Vana ne fait rien. Elle le regarde. Il relève la tête. Il lui sourit. Elle lui rend son sourire. Puis elle lâche ses mains, ce qui semble le décontenancer. Elle prend son visage dans ses paumes, le baisse à hauteur de ses lèvres, et lui donne un baiser. Ils se sourient. Ils partent en courant et en riant.

Ah ! Premiers émois !

Désert de sable (24)

Alina semble et déçue et désespérée. Elle creuse le sable avec ses mains, en toute hâte, afin de retrouver le livre. Elle répète ce mouvement pendant plusieurs minutes. Elle finit par comprendre que son effort est vain. Elle s'assied sur le sol, et donne un coup de pied dans le sable. Pour la première fois de sa vie, elle fait l'expérience de la colère. Elle est dépitée. Elle qui avait trouvé un but ne sait désormais plus quoi faire. Elle croise les bras autour de son torse, et se met à réfléchir.

Patience, Alina ! Tu n'étais peut-être pas encore prête...

Ruines de l'ancien monde (31)

Cantor poursuit son inspection des bâtiments. Il ne voit rien de spécial. Mais il entend quelque chose. De petits cailloux, sur le sol, bougent très légèrement. Le bruit est presque imperceptible. Mais il s'affirme de plus en plus. Un même bruit de pierre se répand dans l'ensemble de la ville. Cantor comprend que quelque chose d'anormal est en train de se passer. Il ne réfléchit pas, et se met à courir.

Tremblement de terre ?

Désert de glace (31)

Son angoisse a été très forte. Elle a atteint un stade limite, puis s'est peu à peu dissipée. Algo a craint pour sa vie. Il ne voyait pas d'échappatoire à la situation dans laquelle il se trouvait. Ses doigts serraient fortement la neige, comme s'il avait besoin de la présence de quelqu'un à ses côtés. Une fois sa crise passée, il s'est relevé. On dirait qu'il prend enfin conscience du fait qu'il est vivant.

Grande clairière (16)

Seldona continue d'étreindre l'arbre. Elle ferme les yeux. On a l'impression qu'elle apprécie ce contact, même s'il ne lui apportera rien. Sinon ce qu'elle voudra bien y projeter. Elle ouvre les yeux. Pose sa tête sur le tronc. Comme s'il s'agissait d'un buste. Puis elle lève la tête. Contemple la cime de l'arbre. S'appuie sur la branche la plus basse. Et tente de gravir cette éminence végétale.

Zone rocailleuse (14)

Evona sent quelque chose bouger sous ses pieds. Au départ, elle n'y a guère prêté attention. Mais les secousses sont de plus en plus prononcées. Elle manque d'abord de perdre ses appuis. Prise de panique, elle commence à courir. La descente qu'elle emprunte est particulièrement raide. Elle tombe sur le sol, la tête en avant. Elle glisse sur le ventre, à une vitesse folle. Elle entraîne de petites pierres dans sa chute. Elle crie. Son cri retentit dans tout l'espace. Elle tente de ralentir sa chute avec ses mains. Mais elle n'y parvient pas. « A... ». Elle glisse. « O... ». Elle glisse. « É... ». Elle glisse...

Mais que se passe-t-il ?

Désert de sable (25)

Il n'y a rien d'alarmant. Alina va bien.

Désert de glace (32)

Le promontoire tremble. Algo aussi. Il n'avait pas besoin de cela. La partie supérieure du promontoire s'effondre sur le tunnel où il avait trouvé refuge lors du passage de l'oiseau.

Désert de sable (26)

Toujours rien chez Alina.

Labyrinthe (15)

RAS.

Grande clairière (17)

Les feuilles de l'arbre tombent. Seldona disparaît sous cette pluie verte.

Vaste forêt (19)

Rinov et Vana se sont réfugiés dans la maison. Ils sont assis sur le sol. Ils attendent que le tremblement cesse.

Collines des mers (16)

Palo est sous l'eau. C'est mieux que d'être sur terre. Un raz-de-marée se prépare.

Ruines de l'ancien monde (32)

Cantor est sur la pyramide. Accroupi.

Zone changeante (16)

L'eau violette du lac saute. Comme une gigantesque fontaine.

Montagnes boisées (13)

Les épines des sapins virevoltent dans les airs. Le ciel est vert... et bleu...

Plaine desséchée (14)

Rien.

Désert de sable (27)

Alina semble en sécurité.

Désert de glace (33)

Le tremblement de terre se poursuit. Le promontoire s'effondre, entraînant l'ensemble de la montagne dans sa chute. Algo se retrouve au milieu d'une gigantesque avalanche.

Il est vraiment en danger ! Que faire ? Il n'y a pas que lui !

Zone rocailleuse (15)

Le sol ne tremble plus.

Mais à vouloir regarder toutes les zones en même temps, je n'ai pas pu voir ce qui était arrivé à Evona... L'espace a pris le pas sur le temps... Je vais retourner vers elle... Mais il faut d'abord que je fasse le point pour chaque zone...

Grande clairière (18)

Le tremblement a cessé ici aussi. Je la vois. Seldona est au centre de l'arbre. Elle a dû s'accrocher fortement au tronc pendant le tremblement de terre.

Son étreinte aurait-elle été prémonitoire ?

Vaste forêt (20)

Plus de tremblement. Ils sont toujours accroupis l'un contre l'autre.

Ruines de l'ancien monde (33)

Le tremblement de terre rend le paysage encore plus désolant. Mais la pyramide a tenu bon. Cantor est dans une position méditative. Déjà.

Il va sans doute essayer de comprendre les raisons de ce bouleversement... Effet de la CRÉATION ALÉATOIRE ou... autre chose ? En tout cas, il ne s'y attendait pas ! Mais il a su se protéger. La maîtrise qu'il possède de son territoire m'interpelle...

Labyrinthe (16)

Aucun problème à signaler. Ino arrive au bout du chemin de pierre. Devant lui se trouve un jardin. Avec une table blanche en son centre.

Collines des mers (17)

Palo poursuit son exploration sous-marine. Le tremblement de terre n'aura finalement eu aucun impact sur lui. Il n'a même pas pu s'apercevoir du changement de taille des vagues. Il nageait trop profondément.

D'ailleurs, qu'en est-il d'un éventuel raz-de-marée ? Allons voir chez Alina...

Désert de sable (28)

Là où elle est, tout est calme. La mer au loin ne semble pas particulièrement agitée.

Je suis rassuré. Je ne voudrais surtout pas qu'il lui arrive quoi que ce soit...

Zone changeante (17)

L'eau du lac – qui entretemps est devenue orange – s'est répandue sur les terres. Elle ne les a pas inondées. Mais plutôt fertilisées. Des arbres jaunes à fleurs bleues poussent là où l'eau a débordé.

Montagnes boisées (14)

L'herbe est vert foncé. Car beaucoup d'épines sont tombées des sapins. Elles recouvrent le sol. On entend un oiseau chanter.

Plaine desséchée (15)

Rien. Ah si ! Un arc-en-ciel !

Il faut retourner voir Evona. De tous, c'est elle qui me semble le plus en danger...

Zone rocailleuse (16)

Je ne la vois toujours pas. Ce n'est pas normal. Elle n'a pas pu quitter sa zone. Réfléchir. Regarder. Avec attention. J'ai peur que...

Ne pas envisager le pire...

Zone rocailleuse (17)

Même en regardant bien, je ne vois toujours rien. Il faut se rendre à l'évidence... Elle est morte...

Pauvre Evona... Je t'aimais bien...

....
....
....

Désert de sable (29)

Ah, Alina ! Je ne devrais peut-être pas écrire cela, mais te voir m'apporte un véritable réconfort ! Je suis heureux que tu n'aies rien.

Mais ma douleur n'en est pas moins vive...

Désert de sable (30)

Alina s'est levée. Elle contemple le vaste désert de sable. On dirait qu'elle veut faire une pause. Oublier le livre pendant un temps. Ses cheveux châtains flottent. Le vent se lève. Il est de plus en plus fort. Alina se retourne, et porte son regard vers la mer. Une vague gigantesque approche.

Non ! Pas elle ! Pas encore !

Je dois faire très vite. Prendre une décision capitale. Pour moi. Pour elle. Pour tous les autres. Une décision que je ne pensais pas devoir prendre. Ou en tout cas pas tout de suite. Émotion. Raison. Sensibilité. Objectivité. Tout se bouscule dans ma tête. Et je manque de temps. Moi, je manque de temps ! Qui l'eût cru ?

FIN (IMPRÉVUE) DE LA DEUXIÈME ÉTAPE

Parenthèse. J'ai été dans l'obligation de faire une parenthèse. Était-ce prévu ? Je mentirais si je répondais oui spontanément. Cela devait sans doute arriver, à un moment ou un autre... Pas nécessairement dès maintenant... Mais il fallait la sauver. Je ne pouvais pas la laisser mourir. Je vais rester avec elle. Le temps nécessaire.

Zone changeante (18)

Alina est allongée, la tête contre un arbre. L'arbre présente des rayures roses et vertes. Le lac s'est rétréci, laissant place à une prairie où poussent de hautes herbes jaunes. Le lac est bleu. Simplement bleu. Alina dort toujours. Elle n'a pas repris connaissance depuis que je suis venu l'aider. Elle s'est évanouie juste après mon arrivée. Je ne crois pas que cela se serait produit si elle avait été seule. Elle aurait sans doute tout fait pour fuir la déferlante. Mais, me voyant apparaître, elle s'est autorisée cet évanouissement. Comme si elle savait qu'elle ne risquait plus rien. Elle dort toujours. Son sommeil semble profond. Mais elle n'est plus en danger. En attendant qu'elle se réveille, je vais voir ce qui se passe dans les autres zones. Il ne faut pas que je les abandonne. D'autant qu'ils viennent tous de vivre un épisode traumatisant. Le premier de leur existence.

Zone rocailleuse (18)

Le calme le plus complet. Comme avant la terreur. Je ne vois plus Evona. Elle a dû disparaître sous l'avalanche de pierres.

Evona... Je ne t'oublierai jamais...

Désert de glace (34)

Algo est couché sur le sol. La tête en avant. Il est à nouveau dans la plaine gelée. L'avalanche dans laquelle il se trouvait lui a fait parcourir un chemin considérable. Il ne paraît pas blessé. Si je me réfère à ce que j'ai vu, il est même parvenu à se maintenir au-dessus de la neige.

Il est doté d'un incroyable potentiel... comme tous les autres...

Vaste forêt (21)

Rinov et Vana sont en bonne santé. Ils ont eu un excellent réflexe : la maison les a parfaitement protégés. Ils se sont relevés. La grande pièce dans laquelle ils se trouvent est vide. Aucun meuble. Ils se tiennent la main. Leur affection semble renforcée. Ils observent avec curiosité la pièce, et notamment les fenêtres.

Je peux les laisser là... Je ne suis pas inquiet pour eux...

Zone changeante (19)

Alina se tord légèrement. Ses yeux sont toujours fermés. Sa tête repose sur ses deux mains. Elle doit être en train de rêver.

J'aimerais tant connaître la nature de ses rêves...

Grande clairière (19)

Une fois le calme revenu, Seldona a poursuivi son ascension de l'arbre. Elle va bientôt arriver au sommet. Elle s'assied sur une branche, visiblement pour faire une pause. À moins que ce ne soit pour considérer la hauteur déjà atteinte. Elle jette un regard vers le bas. Elle esquisse un sourire. Comme autrefois.

Avoir défini un but lui permettrait-il de retrouver son ancienne joie ?

Ruines de l'ancien monde (34)

Cantor est toujours au sommet de la pyramide. Comme souvent, il ferme les yeux et médite. Il est assis, les jambes croisées.

Désert de sable (31)

Je ne vois que le désert pour le moment.

Pourquoi regarder ici ? Alina n'est plus là, désormais... Je suis bien placé pour le savoir ! Mais, on ne sait jamais... Le géocapteur va forcément se focaliser sur un autre être humain présent dans la zone : il a été programmé pour cela. Si Vario est réellement dans ce désert, je le saurai bientôt. Cela vaut la peine d'attendre un peu.

Désert de sable (32)

Les images défilent rapidement devant mes yeux. Le géocapteur a dû trouver Vario. Le jeune homme était loin de l'endroit où vivait Alina. Car malgré la vitesse de la sonde, le contact n'a toujours pas été établi. Je commence tout juste à distinguer une forme humaine.

Zone changeante (20)

« Qui... »... « Qui ?... »

« Alina ! Tu es réveillée ! »

« Qui ? Qui... Qui êtes-vous ? »

« Alina, je suis tellement heureux de te savoir en bonne santé ! Je me doutais que c'était le cas, mais en avoir la confirmation est une sensation merveilleuse ! »

« ... »

« Alina, je vais tout te raconter. Il faut d'abord que tu te reposes. Assieds-toi à côté de moi. »

« ... »

« Je vais commencer par me présenter, Alina, puisque tel est ton souhait. Nous n'avons guère eu le temps pour ces choses-là, tout à l'heure... Je devais absolument te venir en aide. Tu étais en grand danger. »

« Je sais. Mer... Merci. »

« Je m'appelle Cronosus. Comme tu peux le voir, je suis comme toi. Enfin... Pas exactement comme toi... Mais je te ressemble... Nous appartenons à la même espèce. Nous sommes tous les deux des êtres humains. »

« Cronosus... Et moi... Alina ? »

« Oui, c'est ton nom. Chaque être humain en possède un. Il s'agit d'un moyen de montrer sa différence, mais aussi de communiquer. Tu pourras m'appeler par mon nom, désormais. »

« Pourquoi Alina ? »

« Ce n'est pas important... Tout le monde a un nom, sans que cela ait une signification particulière. Le tien est Alina, c'est tout. »

« Qui... Quoi... Moi ? »

« Sois plus claire, Alina. Je ne comprends pas ce que tu veux dire. Je sais que tu es parfaitement capable de me comprendre et de te faire comprendre. »

« Dur à dire... Moi... Moi... »

« Oui ? Toi ? Tu veux savoir qui tu es ? »

« Oui. »

« Je me doutais que tu me poserais très vite cette question. Je suis sûr que tu te la poses depuis le début de ton existence. Je t'ai bien observée, et même si je n'ai pas accès à tes pensées, j'ai bien compris que tu t'interrogeais en permanence. »

« Je veux savoir. Je veux comprendre. »

« C'est normal. Nous avons tous ce besoin. C'est propre à notre espèce. Nous ne nous contentons pas d'être. Nous voulons toujours aller au-delà. Comprendre les mécanismes. L'action seule ne nous suffit pas. »

« Cronosus ? »

« Oui Alina ? »

« Toi, tu sais ? »

« Je ne sais pas tout. Personne ne possède ce pouvoir. Mais je sais certaines choses. Des choses qui peuvent t'intéresser. »

« Qui est Alina ? »

« Je te l'ai déjà dit : Alina, c'est toi. Tu es un être humain. De sexe féminin. Les êtres humains sont soit des hommes, soit des femmes. Je suis un homme. Tu es une femme. Nous nous ressemblons, mais nous sommes différents. »

« J'aime bien ton visage... Mais je ne sais pas comment est le mien... »

« Tu veux regarder ? Ce n'est pas difficile ! Viens, lève-toi et approche-toi de l'eau. Penche la tête. C'est ça. Plus près encore. Tu vois ? L'eau du lac reflète ton image. Elle te donne une idée de ton apparence. »

« Je vois... Je suis différente, c'est vrai... »

« Nous sommes tous différents. Hormis les jumeaux. Et encore, eux aussi ne sont pas totalement identiques... »

« Je veux tout savoir, Cronosus. Tout. »

« Tu ne pourras jamais tout savoir, Alina. C'est impossible. Mais tu peux au moins essayer d'avoir accès aux informations les plus essentielles. Celles dont tu auras besoin pour mener à bien ton parcours dans ce monde. »

« Toi, tu peux m'apprendre ! »

« J'aimerais bien... Je ne suis pas totalement sûr que ce soit mon rôle... Mais je ferai ce que je peux pour t'éclairer... Tu peux compter sur moi. »

« Merci Cronosus. Je suis contente de t'avoir rencontré ! Tu es gentil. »

« C'est moi qui suis content de t'avoir rencontrée, Alina. Je ne pensais pas que nous nous verrions si vite... Mais, finalement, le hasard a bien fait les choses, non ? »

« Le hasard ? Tu crois au hasard ? »

« Simple expression... Je vois que tu es déjà très évoluée... Je m'en doutais. »

« Je réfléchis tout le temps. »

« Je sais. J'étais persuadé que tu serais comme cela. »

« Et toi, qui es-tu ? »

« Tu veux vraiment le savoir ? »

« Je crois que... »

« Dis-moi Alina : n'aie pas peur. »

« Je crois que... pour vraiment savoir qui je suis, j'ai d'abord besoin de savoir qui tu es. »

« Je comprends. Mais pas tout de suite. Tu sauras certaines choses en temps voulu. Tu n'es pas encore prête... »

« Que... Que faire ? »

« Je vais devoir m'en aller, et tu ne peux pas m'accompagner. »

« Pourquoi ? »

« Ne pose plus de questions, Alina. Prends le temps de te reposer. »

« Je peux t'accompagner ! Je sais marcher longtemps ! »

« Je sais. Je t'ai vue parcourir l'immense désert de sable. Je sais que tu es capable de fournir des efforts très importants. »

« Je peux donc venir ? »

« Non. Pas cette fois. Pas encore. »

« Je veux venir avec toi ! Je ne veux pas rester seule ! En plus, je ne connais pas cet endroit ! Je préférais le désert ! C'était... chez moi... »

« Tu es parfaitement capable de t'adapter à cet endroit. Le désert n'est pas sûr en ce moment. Rappelle-toi la vague. »

« Où sommes-nous ? »

« Tu t'exprimes de mieux en mieux. Je vois que la présence d'un semblable stimule considérablement tes capacités langagières... »

« Cronosus ! »

« Oui ? »

« Je t'ai posé une question... »

« Nous sommes dans un endroit appelé zone changeante. C'est un lieu qui évolue en permanence. »

« Où est le désert ? »

« Loin d'ici. Tu ne peux pas y aller pour l'instant. »

« Quand ? »

« Tu le retrouveras bien assez tôt... Après avoir vécu dans d'autres espaces, je ne suis d'ailleurs pas sûr que tu auras toujours envie de le revoir... »

« Je dois donc rester là ? »

« Oui. Pour le moment. Mais je reviendrai te voir dès que possible. »

« Bon... Cela ne me plaît pas, mais... »

« Tu aimes les livres, n'est-ce pas ? »

« ... »

« Pourquoi cette soudaine pudeur, Alina ? Je t'ai vue entreprendre la lecture du livre du désert de sable... »

« C'était beau... mais... ça me faisait peur... »

« Malgré la peur, tu ne voulais pas abandonner ta lecture. J'ai vu que tu faisais tout pour récupérer le livre. »

« Oui. Je crois que c'était important. »

« Eh bien, si tu souhaites avoir un but, en attendant mon retour, je vais te faire une confidence : il y a un autre livre, quelque part, dans cette zone. »

« Où ? »

« Je t'en ai dit assez. Et puis tu conviendras que ce ne serait pas drôle que tu l'aies déjà en ta possession ! Sa recherche t'occupera et le corps et l'esprit. Exactement ce dont tu as besoin pour le moment. »

« Je vais le trouver ! Au revoir, Cronosus ! »

« Au revoir, Alina ! Je reviendrai bientôt te voir ! »

Elle est déjà loin, courant à travers les herbes noires. Quelle tornade ! Elle me fait penser à Seldona ! Je suis heureux de cette première rencontre, même s'il faudra que je prenne du recul sur ses conséquences. Je vais la revoir ! Je ne peux contenir ma joie ! Mais, en attendant, je dois retourner au Centre. Pour veiller sur les autres. Je ne les oublie pas.

FIN DE LA (PREMIÈRE) PARENTHÈSE

Reprendre le cours de mon quotidien. Comme si rien ne s'était passé. Impossible. Ma rencontre avec Alina aura désormais une influence sur mes actions. Que je le veuille ou non. Je vais essayer de faire au mieux. Comme toujours. Sans certitude aucune. Est-il réellement possible de gérer tous ces êtres ? Et de le faire tout seul ? Aurais-je dû abandonner avant même d'avoir commencé ? Il est inutile de se poser ce genre de questions, maintenant... Il me faut aller de l'avant. Pour le bien d'Alina... et de tous les autres...

Zone changeante (21)

Alina a cessé de courir. Elle marche lentement, portant constamment son regard vers le sol. Elle a donc émis l'hypothèse que le livre se trouvait au milieu des hautes herbes. Leur couleur noire ne va pas faciliter sa recherche. Même si, depuis quelque temps, les herbes ne sont plus totalement noires : elles présentent des rayures jaunes.

Courage Alina ! Je sais que tu es capable de trouver ce livre !

Désert de sable (33)

Le géocapteur n'est plus en mouvement. Il a retrouvé Vario, comme je le pensais. Le jeune homme avait donc bien quitté la zone changeante pour le désert de sable, en empruntant la passerelle ouvrant sur une zone aléatoire. Il semble un peu perdu dans cette immensité dorée. Il marche, mais sans trop savoir où il souhaite aller. Ses pas ne sont pas très assurés.

Peut-être a-t-il quitté sa zone d'origine trop tôt...

Ruines de l'ancien monde (35)

Cantor n'est plus sur la pyramide. Il déambule à présent dans la ville fantôme. Le coucher de soleil donne un ton ocre à l'ensemble du paysage. Cantor avance d'un pas leste.

Voudrait-il lui aussi quitter sa zone ?

Labyrinthe (17)

La table blanche est entourée de plusieurs chaises. Ino s'en est approché avec curiosité. Mais en manifestant tout de même une légère appréhension. Il se demandait sans doute ce que c'était. Il a toutefois dû comprendre très vite à quoi cela servait. Car il s'est assis sur la première chaise qui se présentait à lui. Il attend. Rien ne se passe.

Collines des mers (18)

Son exploration sous-marine est terminée. Palo a regagné la côte. Une fois arrivé sur la plage, il s'est assis et a contemplé le large. Comme pour mesurer le chemin accompli. Et apprécier la portée de son effort. La fatigue l'amène ensuite à considérer l'horizon de manière plus passive. Jusqu'au moment où son regard s'illumine. Il aperçoit un voilier au loin.

Quelle va être sa réaction ?

Grande clairière (20)

Seldona balance ses jambes dans le vide. Je pensais au départ qu'elle faisait cela afin de détendre ses muscles, très sollicités lors de sa périlleuse ascension. Mais il n'en est rien. Il s'agit simplement d'un jeu. Car son visage est rayonnant.

Elle a véritablement retrouvé sa gaieté initiale. Elle me semble toutefois plus mûre : elle n'a pas oublié les moments difficiles qu'elle a vécus...

Vaste forêt (22)

Ils sont retournés dans la forêt. Pour aller chercher du bois. Ils portent à deux le tronc d'un petit arbre mort. Ils le déposent dans la maison.

Voudraient-il commencer à aménager leur intérieur ?

Désert de glace (35)

Algo s'est relevé. Il ne paraît pas spécialement blessé, malgré l'avalanche. Il se tient toutefois le bras gauche.

Ce n'est rien... Il s'en remettra vite !

Zone rocailleuse (19)

Une terre sombre, où rien ne se passe. Où personne ne vit.

Malgré la disparition d'Evona, je n'ai pas le choix : je dois continuer à observer cette zone...

Montagnes boisées (15)

Plusieurs oiseaux chantent. Mais de manière discontinue. Leur chant, par son irrégularité, rappelle paradoxalement à quel point cette zone est vide.

Toujours aucune nouvelle de Vané... J'espère qu'elle va bien...

Plaine desséchée (16)

L'arc-en-ciel a déjà disparu. La plaine n'a jamais semblé aussi morne.

Je viens donc de faire le tour des différentes zones. Certaines choses ont dû m'échapper pendant mon absence. Mais il faut me rendre à l'évidence : je ne peux de toute façon pas tout contrôler... La situation semble plutôt stable pour l'instant. Le tremblement de terre n'a finalement pas causé de dégâts irréparables... Hormis pour Evona... Que faire désormais ? Continuer à les observer. Et agir si je juge cela vraiment nécessaire. Le processus de CRÉATION ALÉATOIRE s'oppose de toute façon à toute tentative de projection...

Zone changeante (22)

Alina poursuit sa recherche du livre. Mais elle ne trouve toujours rien. Le ciel orange éclaire pourtant bien la plaine. Elle marque un temps d'arrêt. Pour réfléchir. J'imagine qu'elle essaie d'établir un lien entre la découverte du livre du désert de sable et celle qu'elle espère faire dans la zone changeante. Je ne sais pas pourquoi, mais il me semble vraiment qu'elle fait appel à ses facultés mémorielles. Elle regarde le lac blanc. Avec une attention dont elle n'avait jamais fait preuve jusqu'à maintenant.

« Cronosus, je crois que j'ai trouvé ! »

Elle se dirige vers le lac en courant.

Tiens, elle se met à me parler maintenant ! Je suis heureux qu'elle pense à moi ! Même si je ne peux pas lui répondre... Pas tout de suite en tout cas...

Ruines de l'ancien monde (36)

Cantor a marqué un temps d'arrêt dans sa marche. Difficile de savoir pourquoi. Il avançait pourtant à vive allure. Et il n'est pas dans un endroit particulièrement intéressant. Il arrive bientôt à la sortie de la ville. On dirait qu'il cherche quelque chose.

Il cherche toujours quelque chose ! Cela dit, son attitude n'est pas sans poser quelques questions... Aurait-il entendu Alina s'adresser à moi ? C'est a priori impossible, puisqu'elle se trouve dans la zone changeante... Mais, après tout, il était bien entré en contact avec Algo... Ses capacités cognitives sont déjà bien supérieures à celles de tous les autres... C'est étrange... Était-ce prévisible ? Je ne sais pas... Je dois rester vigilant...

Désert de glace (36)

Algo a cessé de prêter attention à son bras. Il avait envie d'avancer. Là où il se trouve désormais, le paysage est différent. Les montagnes de glace sont plus basses, et surtout moins nombreuses. Devant lui apparaissent des formes indistinctes.

Il va bientôt savoir ce que c'est ! J'ai moi-même hâte de le découvrir !

Zone changeante (23)

Alina court à toute vitesse vers le lac. De loin, on a l'impression qu'elle est une véritable fusée blanche. Elle arrive sur les bords du lac, mais ne s'arrête pas. Elle prend appui sur la terre ferme, et plonge. On ne la voit plus. Elle a disparu.

La deuxième à connaître les joies de l'eau ! Cela lui plaira-t-il autant qu'à Palo ?

Collines des mers (19)

Même s'il venait de passer l'ensemble de sa journée dans l'eau, il n'a pu résister à l'envie de s'approcher du bateau. Il s'est précipité dans l'océan, nageant de toutes ses forces. Il aperçoit le voilier devant lui. Il redouble d'efforts. Il s'en approche peu à peu. Le bateau est immobile. Palo monte dessus. À son regard, on comprend qu'il espère trouver quelqu'un. Mais il n'y a personne. Que ce soit sur le pont ou à l'intérieur. Il finit par s'asseoir sur la proue. Il regarde ses pieds frôler les vagues qui se cognent contre la coque. Il a l'air extrêmement déçu.

Mais peut-être se servira-t-il de cette déception pour progresser bien davantage dans son existence ?

Zone changeante (24)

Alina est toujours sous l'eau.

Désert de sable (34)

Vario s'assied sur le sol. Mais il le fait mu par un tel désespoir, qu'il donne l'impression de tomber. Comme écrasé par le sort. Il ne sait proprement pas quoi faire. Sans doute espérait-il beaucoup de ce changement de zone. Mais il constate que cela ne lui a strictement rien apporté. Si ce n'est de connaître une sensation de chaleur extrême. Il n'est pas comme Alina. Il n'a pas l'habitude du désert. Il parcourt l'espace situé devant lui du regard. Il cherche sans doute un endroit pour s'abriter. Il concentre toute son énergie sur cette seule action. Cela dure un certain temps. Il a dû apercevoir quelque chose. Car il se relève. Il reprend sa route.

Il y a forcément une raison à cela... Je constate qu'aucun d'entre eux n'agit réellement sans motif...

Zone changeante (25)

L'eau blanche est calme. Immobile. Elle évolue peu à peu, et passe du blanc au vert. Le lac se rétrécit encore. Alina n'est toujours pas là...

J'espère que tout va bien... Je commence à m'inquiéter...

Labyrinthe (18)

Ino soupire. Sa patience commence à montrer ses limites. Il ne supporte plus le fait de connaître à nouveau l'ennui. Il se lève précipitamment. Renverse la table de colère. Puis décide de retourner en arrière.

Lui qui semblait pourtant si calme... Son évolution est impressionnante ! Plus le temps passe, et moins ils paraissent aptes à vivre seuls... Peut-être regretteront-ils un jour cette solitude ? Mais pour le moment, tous ont une réelle envie d'aller à la rencontre d'un alter ego. Ino encore plus que les autres...

Labyrinthe (19)

Ino a effectivement décidé de revenir sur ses pas. Il parcourt le chemin beaucoup plus rapidement qu'à l'aller. La notion de jeu a totalement disparu de son esprit. Il emprunte désormais cette route pour des raisons purement utilitaires. Il n'y a plus de sourire sur son visage. Seulement une intense concentration. Il arrive à proximité du tunnel sous-marin. Il entre dans l'eau verdâtre, sans manifester la moindre hésitation. Une moue de dégoût apparaît furtivement sur son visage. Mais il plonge quand même.

Bon courage, Ino ! Tu as eu raison d'agir ! Tu ne pouvais plus vivre dans ce labyrinthe... Tu es la preuve que l'ennui est un bien grand mal... Tu as en effet préféré te lancer à corps perdu dans un espace inconnu et repoussant, plutôt que de rester dans cette zone où tu étais comme emprisonné...

Zone changeante (26)

L'eau verte commence à bouillir... Quelque chose est en train de sortir... Une main dépasse de l'eau ! Avec un livre ! Alina est revenue ! Elle est heureuse d'avoir accompli sa quête. Elle nage en direction des herbes rouges du rivage. Elle s'assied, et se repose, contemplant son livre.

« C'est le même livre que dans le désert de sable, Cronosus ! »

Elle caresse le livre avec sa main droite. L'eau bout à nouveau. C'est... Ino !

Incroyable ! Et surtout, très imprévisible... Comment Alina va-t-elle réagir à cette arrivée ? Et moi ?

FIN (IMPRÉVUE...) DE LA TROISIÈME ÉTAPE

Alina n'est donc plus seule, désormais... Cela va changer beaucoup de choses... Je me doutais que ce moment finirait par arriver, mais je ne peux m'empêcher d'éprouver une sensation étrange... Il est vrai que je n'aime guère le changement... Il me faut toujours un certain temps pour m'y adapter... Mais assez parlé de moi ! Je dois revenir à l'essentiel, c'est-à-dire à eux. Mon cas est secondaire dans leurs aventures... Les liens qui vont s'établir peu à peu entre tous ces êtres vont bouleverser leur vie... et modifier profondément ce monde... Enfin, je crois...

Zone changeante (27)

Ino est sorti de l'eau inconscient. Alina l'a regardé avec surprise et effroi. Elle ne s'attendait bien évidemment pas à faire une telle rencontre. Elle s'est levée, gardant son livre contre sa poitrine. Mais elle n'est pas allée l'aider. Comme si cette première rencontre avec l'un de ses semblables l'avait paralysée. Ce n'est pas elle qui est évanouie cette fois-ci, mais un autre. Les mouvements du lac faisant suite à l'arrivée impromptue d'Ino poussent le corps de ce dernier vers le rivage. Alina se tient toujours immobile. Elle le regarde.

« Cronosus ! »

« Cronosus ! Réponds-moi ! »

« Dis-moi ce que je dois faire ! Je ne sais pas... »

Je ne peux lui répondre. C'est seule qu'elle doit gérer cette situation. Je crois qu'elle commence à le comprendre. Elle cache en effet son livre derrière une pierre bleue, puis court en direction d'Ino. Elle ralentit sa course dès qu'elle s'approche de lui. Elle semble sur ses gardes.

« Cronosus ! »

« Cronosus, dis-moi... Il n'est pas dangereux, au moins ? »

Je ne peux lui répondre. Elle l'a cette fois bien compris. À vrai dire, peut-être l'avait-elle déjà compris avant... Mais elle avait besoin de parler. Comme on se parle à soi-même lorsque l'on doit prendre une décision capitale. Elle touche l'épaule d'Ino, sans doute pour essayer de le réveiller. Rien. Aucun mouvement. Elle l'attrape par les épaules, et le tire sur la berge. Elle sait que rester dans l'eau trop longtemps peut être néfaste. Elle met Ino sur le dos. Elle le regarde. Elle ne sait plus quoi faire.

Dois-je aller l'aider ? Je ne sais pas... Il ne faut pas que je lui donne de mauvaises habitudes... Elle est censée être autonome...

Vaste forêt (23)

Ils ont placé le tronc d'arbre au centre de la maison. Mais ils ne savent pas quoi en faire. Comme si une partie seulement de leur être avait connaissance de l'utilité d'une telle action. Ils essaient tous deux de couper le tronc, en se servant de leurs mains. Mais ils s'aperçoivent qu'ils ne peuvent pas le trancher. Vana se blesse à la main droite. Rinov s'approche d'elle, passe sa main sur sa bouche. Elle le regarde, attendrie.

Ils sont vraiment touchants...

Zone changeante (28)

Ino ne bouge toujours pas. Alina paraît inquiète. Elle qui n'était d'abord centrée que sur elle-même, commence à éprouver de l'angoisse pour un semblable. Elle ne le connaît certes pas, mais pourtant elle ne veut pas qu'il meure. Comme si le voir vivant et en bonne santé contribuait à son propre bonheur.

« Cronosus ! »

« J'ai bien compris que tu ne me répondrais pas, mais je te demande... »

Pourquoi hésite-t-elle ?

« Je te demande de venir m'aider. »

Que faire ?

« Je suis sûr que tu peux être là très vite... Tu m'avais promis de revenir... »

« Il faut que tu reviennes maintenant ! C'est important ! »

Laisse-moi me décider, Alina...

Je commence à me perdre dans cette histoire... Autrefois, les choses me paraissaient claires. Les observer. Prendre des notes. Le plus objectivement possible. Puis écrire mes impressions personnelles. Cela faisait partie de l'expérience. Mais je crois que je suis en train de devenir pure subjectivité...

....
....
....

J'arrive près du lac. Je vois Alina à côté d'Ino. En train d'essayer de le relever. Elle est tellement concentrée sur cette action qu'elle ne me voit pas venir. Elle met tout en œuvre pour le sauver. C'est aussi pour cela que j'ai répondu à son appel : il ne faut surtout pas qu'il meure, lui aussi.

« Alina »

« Cronosus ! »

« ... »

« Je suis tellement heureuse de te voir ! Tu es venu finalement ! »

« Oui. Je suis venu t'aider. Comme tu me l'avais demandé. »

« Ce... Cet homme est arrivé par l'eau... »

« Je sais. Je l'ai vu. »

« Tu le connais ? »

« On peut dire cela... »

« Je crois qu'il ne va pas bien... »

« Je vais regarder... »

…..

« Alors ? »

« Ça va aller. Il a failli se noyer. Mais il a une bonne tolérance à l'eau. Il ne risque plus rien, désormais. »

« Merci... Je ne savais pas quoi faire... »

« Tu as vu ma manière de procéder. Tu seras capable de le faire à ton tour. »

« Oui, j'ai tout compris. »

« Je ne vais pas rester davantage. Ma venue ici n'était que très exceptionnelle. »

« Reste un peu ! Je suis contente quand tu es là ! »

« Je reviendrai, Alina. Je ne peux pas rester tout le temps avec toi. J'ai beaucoup à faire. »

« Quoi ? »

« Je t'expliquerai, un jour... Pas maintenant. »

« Cronosus ? »

« Oui ? »

« Avant de partir, dis-moi qui il est. »

« ... »

« Sois gentil, réponds-moi... Tu m'as dit que tu le connaissais... »

« Je ne suis pas sûr qu'il soit très pertinent de te répondre... Mais, après tout, vous allez peut-être rester ensemble un certain temps... Ce jeune homme s'appelle Ino. Il est comme toi. Mais il ne vivait pas dans un désert. Il se trouvait dans un labyrinthe... »

« Un labyrinthe ? C'est bizarre... »

« C'est aussi ce que je pensais... Mais passons... Il n'a connu que ce labyrinthe dans son existence. Comme toi le désert avant de venir ici. Je ne sais pas s'il sait parler. Je ne l'ai jamais entendu prononcer une seule parole. Mais il possède cette capacité. Si tu lui parles, il te comprendra. »

« Comment sais-tu tout cela ? Tu ne veux peut-être pas me répondre, mais j'ai le droit de savoir... »

« C'est juste. Mais j'ai aussi le droit de garder certains secrets. »

« Je n'insiste pas pour cette fois-ci... Tu sais autre chose sur Ino ? »

« Oui, mais cela ne t'intéresserait pas... Il vaut mieux que tu le découvres par toi-même. Je peux simplement te dire qu'il voulait absolument quitter sa zone, car il s'y ennuyait. »

« Je peux comprendre. Je crois que cela m'arriverait souvent si je n'avais pas un but précis... Tu as vu d'ailleurs ? J'ai trouvé le livre ! »

« J'ai vu ça. Tu as été très efficace. »

« J'ai compris quelque chose... »

« Quoi ? »

« Moi aussi j'ai le droit de garder certains secrets... »

« Bien répondu ! Je vais y aller, Alina. Mais je reviendrai. »

« D'accord. »

« Veille bien sur Ino. Je pars soulagé : vous ne risquez rien ici. »

« Pourquoi ? »

« Encore des questions ! Contente-toi de le savoir pour le moment. »

« Le livre... Comment ça marche ? »

« Tu l'apprendras par toi-même... Mais... »

« Oui ? »

« Tu n'es pas obligée de le montrer à Ino. Tu peux le tenir secret. »

« C'est... justement ce que je voulais faire... »

« C'est toi qui l'as découvert... C'est donc à toi d'en faire d'abord la lecture... Seule. »

« D'accord. »

« À bientôt Alina. »

« Par où repars-tu, Cronosus ? »

« Je vais prendre le chemin qui monte vers la colline. »

« À bientôt Cronosus. »

…..
…..

De retour au Centre. C'est bon d'être chez soi. Même si je dois bien admettre que je suis de plus en plus attaché à Alina. Cette jeune femme est vraiment fascinante. Suivre son évolution d'aussi près est un véritable bonheur. Moi qui croyais de telles émotions impossibles, maintenant, à mon âge... Pour revenir à l'épisode de la noyade, force est de constater que mon intervention était nécessaire. Ino était réellement en danger. Ce ne sera peut-être pas le cas plus tard, lorsque son évolution sera plus aboutie... Mais il valait mieux ne pas prendre de risques. Même si Alina avait déjà tout mis en œuvre pour le sauver. Décidément, cette fille est pleine de ressources !

FIN DE LA (SECONDE) PARENTHÈSE

Aller au bout de cette expérience. Coûte que coûte. Même si je suis seul. Même si elle me manque. Ai-je vraiment le choix, de toute façon ? Il fallait bien faire quelque chose... Accomplir ce qui avait été prévu... N'était-ce pas un moyen de rester en contact avec elle ? Je lui dois bien ça... Je le dois également à notre espèce... Pour tous les actes remarquables que nous avons accomplis au cours de notre histoire... Oublier le passé... Oublier ce qui n'allait pas... N'est-ce pas là une formidable opportunité de tout recommencer ? En mieux, qui plus est ?

Zone changeante (29)

Alina est assise contre la pierre bleue. Elle a ouvert le livre, et l'a posé sur ses genoux. Elle ne semble plus en avoir peur. Ou, du moins, n'y a-t-il pas de signes d'appréhension sur son visage... Ce serait plus de l'excitation. Elle va pouvoir mener sa lecture à sa guise : Ino se repose, à quelques mètres d'elle. Il ne s'est toujours pas réveillé. Alina le regarde fréquemment, pour s'assurer qu'il va bien. Elle ferme le livre. Elle se rend compte qu'elle n'a jamais cherché à connaître son titre.

« Histoire du monde et de l'humanité »

« Je sais lire, Cronosus ! »

« Histoire du monde et de l'humanité... Vaste programme ! Mais je vais enfin avoir des réponses ! Merci Cronosus ! À bientôt ! »

À bientôt Alina ! Bonne lecture !

Désert de glace (37)

Algo continue à avancer dans la plaine glacée. Une rivière se trouve sur sa gauche. Il s'en approche. Y trempe ses mains. Il trouve cette sensation agréable. Car il sourit. Il se mouille le visage. L'eau doit être très froide, mais cela ne semble pas le déranger. Il a l'habitude du froid. Il continue sa marche en longeant le ruisseau. Il contemple l'eau et la glace. À tel point qu'il s'arrête, comme fasciné par cette vision. Il aime le subtil mélange du bleu et du blanc. Je l'avais déjà remarqué quand il était tombé dans la crevasse.

« C'est beau ! »

Pour la première fois de sa vie, il vient de former seul une phrase entière. C'est la beauté qui a fait naître cette parole.

« C'est très beau ! »

Je suis content qu'il ait enfin un peu de répit... Il a été tellement sollicité depuis le début...

Montagnes boisées (16)

Les oiseaux se sont tus. Seul le vent, par son bruissement, confère un semblant de vie à cette zone.

Quel dommage que Vana et Vané aient quitté cet endroit si tôt... C'est une des plus belles zones !

Zone rocailleuse (20)

La lave du volcan s'écoule continûment. Sans que cela ait un sens quelconque.

N'est-ce pas notre présence qui confère une certaine valeur au monde ?

Labyrinthe (20)

Cet espace rejoint la liste des zones abandonnées... Personne pour relever la table blanche qui gît sur le sol...

Ce n'est pas un grand mal... Cette zone était tellement expérimentale... Je commençais à m'en lasser... Non, je ne devrais pas dire cela...

Plaine desséchée (17)

Rien ne pousse... Nul changement...

Cela en devient désespérant...

Grande clairière (21)

Tout en continuant à balancer ses jambes dans le vide, Seldona tapote les branches de l'arbre du bout de ses doigts. Elle fredonne.

Elle aussi semble heureuse désormais ! Mais je ne pense pas que ce sera durable... Cela fait déjà un certain temps qu'elle souhaite rencontrer un semblable...

Collines des mers (20)

Palo paraît intrigué par l'immobilité du bateau. Il fait le tour du voilier, pour essayer de comprendre. Il aperçoit une chaîne métallique. Il décide de plonger.

Pour libérer l'ancre ?

Vaste forêt (24)

Rinov a pris Vana par la main. Ils se sont levés et sont sortis dans la forêt. Vana s'est laissée entraîner par le jeune homme. On dirait qu'elle apprécie son initiative. Ils courent en se donnant la main. Eux ont l'air vraiment très heureux. Plus que tous les autres. Ils ne cessent de rire. Ils arrivent dans un espace assez lumineux, où de nombreux rayons parviennent à percer. Rinov est saisi par la beauté de l'endroit. Vana ne comprend d'abord pas pourquoi il s'arrête. Elle a été surprise. Elle guette une réponse sur son visage.

« Vois ! »

Lui aussi commence à parler. Elle le regarde. Intensément. Comme s'il venait d'accomplir un acte miraculeux. Elle lui serre la main. Il s'approche de son visage. Il l'embrasse.

Je... Je suis très ému... Les mots ne traduiront jamais suffisamment bien la sensation que leur baiser m'a procurée...

Ruines de l'ancien monde (37)

Où est Cantor ? Je ne le vois plus... C'est impossible ! Il était dans la ville il y a encore peu de temps ! Le géocapteur fonctionne, pourtant... Oui, il n' y a aucun problème... Il est simplement resté fixé à la sortie de la ville... Cela voudrait donc dire que Cantor est... parti ! Mais comment ? Me serais-je laissé gagner par ma subjectivité ? Il est vrai que j'observe plus certaines zones que d'autres, mais je n'ai pas délaissé celle-ci pour autant...

Comprendre ce qui s'est passé... C'est essentiel ! Et dire que je me doutais que Cantor préparait quelque chose...

....

Je sais ! J'ai été absent pour porter secours à Ino ! C'est pendant cette période que Cantor a dû quitter sa zone ! J'aurais dû y penser tout de suite ! Mais j'ai trop de choses à gérer ! Je ressens plus que jamais le poids de ma solitude... Si seulement tu étais là... Tout serait tellement plus simple... Je me sentirais tellement mieux... Mais je vais y arriver... Je t'en fais la promesse...

....

Réfléchissons... Je n'ai pas conçu ces espaces, mais j'étais là lorsque Aloca travaillait dessus... Que de souvenirs... Que de bons souvenirs...

....

On peut a priori rejoindre n'importe quelle zone à partir de sa zone d'origine, à une ou deux exceptions près... Je peux donc d'ores et déjà exclure la zone changeante et la plaine desséchée... Si seulement j'avais le plan de Cosmogonia avec moi ! Le plus simple reste de faire un panorama rapide des différents territoires : si Cantor se trouve dans une zone actuellement inoccupée, le géocapteur de la zone en question le repérera...

<u>Montagnes boisées (17)</u>

Rien.

<u>Zone rocailleuse (21)</u>

Rien.

<u>Labyrinthe (21)</u>

Rien.

<u>Plaine desséchée (18)</u>

Rien.

Faire une pause. Réfléchir. On ne résout pas un problème complexe dans la précipitation. Ce Cantor est un malin... Même si, au fond, ce n'est pas son intelligence qui m'effraie... Mais plutôt ce qu'il a l'intention d'en faire...

FIN (ENCORE IMPRÉVUE) DE LA QUATRIÈME ÉTAPE

Se souvenir. Se souvenir des belles choses. Il n'y a rien de plus émouvant... et rien de plus douloureux... Retrouver des instants magiques, puis les perdre à nouveau... Je pensais me détacher du passé en lançant cette expérience. Mais mon passé est toujours là, près de moi. Il me suit comme un fantôme. Il est présent partout sur ces terres. Chaque zone est une incarnation impersonnelle de ce que j'ai perdu... Pourquoi ? Pourquoi régler le problème posé par Cantor fait-il à ce point travailler ma mémoire ? J'aimerais le savoir... Peut-être est-ce parce que cet homme me semble différent de tous les autres. Comme s'il savait des choses qu'eux ne savent pas. Comme s'il était, comme moi, un reliquat du passé... Mais ce n'est pas possible... Je suis seul... Désespérément seul... Je pense à toi Aloca...

Ruines de l'ancien monde (38)

Une ville en ruines. Balayée par le vent. Et s'assombrissant à mesure que le soleil quitte la plaine.

C'est indéniable : il n'est plus là... Le géocapteur de la zone fonctionne parfaitement... Cantor est ailleurs... Mais où ?

Zone changeante (30)

Alina continue sa lecture. Elle tourne les pages frénétiquement. Elle ne détache que rarement ses yeux du livre. Pour veiller sur Ino. Celui-ci dort toujours. Sans doute les conséquences d'un état de choc.

J'avais besoin de la voir. Même si je savais qu'elle allait bien. Face à ce dysfonctionnement, ma solitude me pèse encore plus qu'à l'accoutumée... Alina me fait tellement penser à... Même si elles sont bien sûr différentes...

Désert de glace (38)

Algo s'est accroupi à proximité du ruisseau. Avec ses doigts, il trace des lignes dans la neige.

Serait-il en train de dessiner ? Son émerveillement l'amènerait-il à créer ?

Collines des mers (21)

Palo est sous l'eau. L'ancre ne semble pas facilement accessible, et sa plongée l'entraîne toujours plus vers le fond.

Dois-je le changer de zone ? Lui faire rencontrer Alina ? Il évoluerait peut-être plus rapidement à son contact... Mais ai-je le droit de le déplacer à ma guise ?

Grande clairière (22)

« Aéla... Aéla... Nobaminé... Aéla nobaminé... »

Seldona chante. Sa voix est absolument magnifique. La plus belle voix que j'ai entendue depuis bien des années. La plus belle voix de ce nouveau monde. Elle ne sait pas parler. Pas encore. Alors elle chante.

Elle est seule sur son arbre. Peut-être pense-t-elle d'ailleurs qu'elle est seule dans l'univers ? Mais, à travers sa voix mélodieuse, c'est comme si elle cherchait à communiquer avec ses semblables. Sa voix transcende les contingences... Seule l'humanité peut s'éloigner à ce point de sa nature animale, primitive...

Vaste forêt (25)

Ils ont repris leur folle course à travers les bois. Ils ne cessent de rire et de se regarder. Ils font des haltes, parfois. Pour s'embrasser. Ils ne connaissent aucun trouble. Leur bonheur commun est leur unique préoccupation.

Je les envie... J'ai connu un état similaire, autrefois... Même s'il n'était pas aussi idyllique que le leur... En les voyant, je me dis que ce projet valait vraiment la peine d'être lancé...

<u>Désert de sable (35)</u>

Vario marche. Droit devant lui. D'un pas décidé. Il doit effectivement avoir un but maintenant. Car il ne semble plus perdu. La fin de journée donne au sable une apparence orangée.

Que va-t-il faire ? Que peut-il faire ? Quitter encore sa zone ? Mais pour aller où ?

<u>Montagnes boisées (18)</u>

Personne.

<u>Zone rocailleuse (22)</u>

Personne.

<u>Labyrinthe (22)</u>

Personne.

<u>Plaine desséchée (19)</u>

Rien.

Je dois me rendre à l'évidence : Cantor n'apparaît sur aucun géocapteur... Qu'a-t-il pu lui arriver ? Je n'en sais rien... Si seulement je possédais la carte d'Aloca... J'étais parfaitement conscient de l'immaturité de ce projet au moment de son lancement... N'est-ce pas ce qui a longtemps suscité mon hésitation ? Il faut que je m'en tienne à mes principes : accepter de ne pas pouvoir tout contrôler... Il eût de toute façon été difficile de le faire, même dans des conditions normales...

Cantor... Qui est-il ? Depuis le début, il cherche à entrer en contact avec les autres. Il connaît leur existence. Est-ce le fait de son exceptionnelle intelligence ? Aurait-il spontanément deviné la présence en d'autres endroits d'êtres semblables à lui ? C'est l'hypothèse la plus satisfaisante. Peut-être sa zone – celle qui est le plus en lien avec le passé – a-t-elle, d'une manière ou d'une autre, eu une influence sur sa façon d'être ? C'était une des théories de Govan... Il faut que je le retrouve. Peut-être n'est-il pas animé de mauvaises intentions à leur égard ? Mais comment le savoir ? Mieux vaut prévenir que guérir... Aller moi-même sur le terrain ? C'est dangereux, et assez aléatoire... Placer la majeure partie d'entre eux dans la zone changeante ? Non, cela pourrait avoir des conséquences que je n'ose même pas imaginer... Attendre ? Sûrement pas ! Mais alors...

....

Peut-être... Peut-être est-ce une solution ? J'ai eu beau chercher dans les notes de Govan, je n'ai rien trouvé à ce sujet... Mais cela ne veut pas dire que c'est impossible... Si je déplace un géocapteur dans une nouvelle zone, il le retrouvera immédiatement. Il n'y a malheureusement plus personne dans la zone rocailleuse... Evona... J'espérais... J'espérais son retour... Elle semblait avoir tant de ressources ! Mais comment lutter contre un tremblement de terre de cette intensité ? Evona... Tu me manques... Je ne te connaissais pas beaucoup, mais j'étais déjà très attaché à toi... J'aurais tant aimé te rencontrer...

....

Cette décision est douloureuse... Mais c'est la seule qui me semble réaliste pour essayer de résoudre la situation actuelle... Il faut... Je n'ose le dire... L'envisager m'a déjà fait tellement mal... Il faut... Pense à tes responsabilités... Pense à tous les autres... C'est dur...

....

Déplacer le géocapteur de la zone rocailleuse. Je ne sais pas si cela est possible, mais je dois essayer. C'est le seul moyen de retrouver Cantor, avant qu'il ne trouve les autres. Je perdrai à jamais toute chance de revoir Evona, mais je dois me rendre à l'évidence... Elle n'est plus là... Plus là ! Comme cela m'est insupportable ! Cette perte réveille ma plus grande douleur... Je crois que, quelque part, j'espérais la voir réapparaître à un moment ou un autre... C'était un moyen de continuer à la faire vivre... En déplaçant ce géocapteur, je vais commencer mon deuil...

....
....

Ma décision est prise. Mais elle est dure. Cruelle. Si je n'avais pas à assumer ces responsabilités, je crois que je n'aurais rien fait. Par respect pour Evona. Mais je ne peux plus être dans la réflexion. Plus maintenant. Je dois devenir un homme d'actions. Où placer ce géocapteur ? Je n'aurai qu'une possibilité... Il se fixera immédiatement sur un être humain présent dans la zone où je l'aurai déplacé, et le suivra jusqu'à son départ... Éliminons d'emblée la zone changeante, ainsi que les zones abandonnées (montagnes boisées, ruines de l'ancien monde, labyrinthe, plaine desséchée et, bien sûr, zone rocailleuse) : il y a déjà des géocapteurs libres là-bas. Si Cantor s'était avisé d'aller dans un de ces endroits, il aurait été repéré. Reste donc : désert de sable, désert de glace, vaste forêt, grande clairière, collines des mers. Comment choisir ? Il pourrait très bien être dans une de ces zones ! Se rappeler la carte d'Aloca...

....

Impossible ! Tout est flou dans mon esprit... Ou plutôt, tout est gâté par des souvenirs personnels... L'émotion est la mémoire la plus forte chez moi... Tout ce qui n'a pas suscité des sentiments forts n'a été que partiellement retenu par mon esprit... L'émotion a pris la place de la réflexion... J'avais plus besoin de souvenirs heureux que de souvenirs scientifiques toutes ces dernières années...

....

Je n'y arrive pas ! Tant pis ! J'ai perdu trop de temps ! Tout le projet est en train de m'échapper... Faire appel à mon intuition... Si je pense aux ruines de l'ancien monde, je pense...

DÉSERT DE SABLE !!!

FIN DE LA CINQUIÈME ÉTAPE

Disparue. Disparue. Définitivement. Jamais plus je ne pourrai observer la zone rocailleuse depuis le Centre. Il faut l'accepter. Avais-je le choix ? Oui. Était-ce la meilleure solution ? Sans doute. J'espère que mon intuition sera juste...

Désert de sable (36)

Vario marche. Toujours. Malgré la nuit, il marche. Il semble avoir pris un certain goût à l'effort. Avoir un but précis lui a donné une énergie nouvelle.

Le géocapteur de la zone rocailleuse devrait bientôt arriver dans le désert de sable...

Désert de sable (1)

Le géocapteur est dans le désert. Il avance à une très grande vitesse. Une fois présent dans cette nouvelle zone, il se fixera immédiatement sur un être humain. Comme Vario est déjà suivi par un géocapteur, celui de la zone rocailleuse se dirigera automatiquement vers Cantor, si jamais celui-ci occupe le même espace.

Je ne me suis pas trompé, en tout cas : les deux zones sont relativement proches. Le géocapteur n'a pas mis trop de temps pour arriver dans le désert...

Désert de sable (2)

Le géocapteur continue à avancer très vite. Il est difficile de bien distinguer le relief, la nuit étant tombée depuis quelque temps. Heureusement, la lune est pleine. Si Cantor se cache, le géocapteur le trouvera. Personne ne peut échapper aux géocapteurs. Surtout qu'aucun d'entre eux ne peut les détecter.

Govan a eu raison de faire de ces sondes-caméras des caméléons électroniques...

Désert de sable (37)

Vario avance. On dirait que le sable sous ses pieds est moins épais. C'est la preuve qu'il arrivera bientôt au bout du désert.

La zone que recherchait justement Alina ! Observer autant Vario n'a pas grand intérêt, je dois l'avouer... Mais je préfère être prudent... Si Cantor était dans la même zone que lui, je ne voudrais pas qu'il intervienne en quoi que ce soit dans son existence...

Désert de sable (3)

Le géocapteur a dépassé la grande dune. Si Cantor était là, il serait donc plutôt dans la plaine.

Il ne serait pas si loin de Vario... J'ai eu raison de rester vigilant...

Désert de sable (38)

Vario va bien. Je ne crois pas qu'il pense à quoi que ce soit en ce moment. Il paraît totalement obnubilé par sa marche. Comme s'il accomplissait cette action mécaniquement.

Tant mieux ! Ce ne serait pas une bonne chose qu'il sache ce qu'il est en train de se passer dans sa zone... L'ignorance est parfois une bénédiction !

Désert de sable (4)

Le géocapteur ralentit. Il a enfin trouvé. Nous sommes au bout du désert.

Cantor est donc tout près de Vario... Je vais peut-être devoir intervenir...

Désert de sable (5)

Le géocapteur s'approche lentement d'un individu. C'est un homme. On aperçoit peu à peu sa silhouette. Il est en train de marcher. Il ressemble à...

Désert de sable (39)

Vario. Le géocapteur s'est fixé sur Vario...

Je dispose désormais de deux images précises du désert de sable. Si le géocapteur a choisi de suivre Vario, alors cela signifie que Cantor n'est pas dans cette zone... Serait-il... mort ? Rien ne me permet de le penser... Il doit être dans une des zones que j'avais ciblées : désert de glace, vaste forêt, grande clairière, collines des mers. Au moins ai-je éliminé un espace de mes recherches... Maigre consolation... Et je n'ai aucun moyen de repérer Cantor, désormais... J'espère ne pas avoir perdu trop de temps avec cette affaire...

....

Je les ai délaissés. Longtemps. Trop longtemps. Je ne l'aurais jamais pensé. Je savais en commençant cette aventure que les choses seraient compliquées. J'avais essayé de m'y préparer. Mais jamais je n'aurais cru que ce serait à ce point dur. Il est temps de reprendre le cours normal de mes observations. En redoublant de vigilance. Cantor est là, quelque part...

FIN (PROVISOIRE) DE LA RECHERCHE DE CANTOR

Imparfait. Comme ce projet. Nous nous ressemblons en fait. Dans cette immensité vide. Tout aurait pu être si différent, pourtant... Non pas que je puisse véritablement remédier à mon imperfection, mais ce projet... Il aurait pu être formidable ! Le passé me poursuit... Il est là, à chaque instant, dans toutes ces imperfections qui m'entourent... Dans toutes ces imperfections que je déplore... Je n'ai rien à regretter... J'ai fait ce que j'ai pu... Je fais ce que je peux... Avec mon imperfection...

Zone changeante (31)

Alina est toujours plongée dans sa lecture. Elle tourne les pages du livre en toute hâte. Elle est devenue une lectrice de haut niveau. Ino est toujours près d'elle. Il ouvre les yeux. Ce ne doit pas être la première fois dans cette zone. Car Alina lui adresse un petit sourire. Un sourire protecteur. Il se rendort.

Alina saura bientôt ce que je veux qu'elle sache. Ce qu'elle doit savoir. Pour pouvoir se construire. Et faire des choix.

Vaste forêt (26)

Ils sont allongés sur le sol. Sur de la mousse. Entourés de fougères. Vana a posé sa tête contre le buste de Rinov, qu'elle caresse avec sa main droite. Il passe quant à lui ses mains dans les cheveux de la jeune femme. Vana paraît très sereine. Rinov semble plus soucieux. Peut-être parce qu'il profite de cette pause pour reprendre l'écoute des bruits de la forêt...

Ils vont bien ! Ma longue absence ne leur a pas été préjudiciable !

Désert de glace (39)

Algo est en passe de terminer son dessin. Il s'agit d'un dessin immense. Prenons un peu de recul. C'est... un oiseau !

Quelle perfection du trait ! La première véritable œuvre d'art de ce nouveau monde !

<u>Grande clairière (23)</u>

« Iomainé... Aloéva... Icandové... Oloéma... »

Seldona continue de chanter, s'arrêtant de temps en temps. On dirait que c'est là sa manière d'établir un contact avec le monde. Sa voix est cristalline.

Tout n'est certes pas parfait, mais ces êtres ne s'approchent-ils pas de la perfection ?

<u>Collines des mers (22)</u>

Je ne vois pas grand-chose. Palo a dû plonger très profondément. À vrai dire, je ne l'aperçois même plus...

C'est étrange... Le géocapteur est censé suivre à la trace l'être humain qui se trouve dans sa zone d'affectation... Que se passe-t-il alors ?

Encore un problème ! Décidément, les dysfonctionnements ne manquent pas en ce moment ! Je ne suis pas inquiet pour Palo, sa zone est a priori sûre... À moins que Cantor...

....

Que faire ? Cantor n'est peut-être pas animé de mauvaises intentions... Mais rien ne me permet de l'affirmer avec certitude... Je vais me rendre moi-même sur le terrain. Mais avant cela, il faut que je termine le tour des différentes zones.

<u>Désert de sable (40)</u>

Vario se trouve sur un sol partiellement sableux, et partiellement goudronné. Une ancienne route prisonnière des sables. Devant lui se dresse une ville. Faite de grands bâtiments noirs délabrés. Il ne peut pas encore les voir. Pas comme je les vois avec mon second géocapteur. Il va donc quitter le désert de sable pour rejoindre les ruines de l'ancien monde.

Au moins ne le perdrai-je pas de vue ! Le géocapteur des ruines le localisera dès son entrée dans cette zone.

Montagnes boisées (19)

RAS.

Zone rocailleuse (23)

RAS.

Labyrinthe (23)

RAS.

Plaine desséchée (20)

RAS.

Ruines de l'ancien monde (39)

En attente de l'arrivée prochaine de Vario.

....
....
....
....
....

Je suis allé dans la zone des collines des mers. Je n'ai pas vu Palo. Cet espace est certes très vaste. Il a la particularité d'être à la fois terrestre et maritime, ce qui complique les recherches. Mais j'ai eu une confirmation : le géocapteur ne fonctionne plus. Il a été pris dans l'ancre du bateau. J'ai essayé de le détacher, mais en vain. Même si je le sentais au toucher, il m'était difficile de déplacer un objet que je ne voyais pas. Une partie du système de cette zone est défaillant. On peut certes se servir encore des caméras, et la téléportation à partir de cette borne est toujours opérante. Mais suivre un être humain dans les collines des mers est désormais impossible.

....

En voilà encore un que je perds de vue ! Cela devient désespérant... ou comique, si l'on considère cette situation au second degré... Mais la position qui est la mienne est trop importante pour faire de l'ironie... Peut-être dois-je définitivement accepter le fait que je ne puisse pas tous les surveiller ? Ont-ils réellement besoin de moi, d'ailleurs ? Après tout, je les ai créés avec des qualités qui devraient leur permettre de ne pas dépendre des êtres humains de l'ancien monde... Du moins après un certain temps... Ils ont quand même besoin de quelqu'un comme moi au début de leur existence...

....
....
....

<u>Zone changeante (32)</u>

« Bonjour Alina ! »

« Cronosus ! Je suis contente de te voir ! »

« Moi aussi. Cela faisait longtemps que je voulais te rendre visite mais... je ne pouvais pas... »

« Tu as été occupé ? »

« Oui. Par quelque chose de grave. »

« Quoi ? »

« Je n'ai pas envie de te déranger avec cela... »

« Mais peut-être cela te fera-t-il du bien de pouvoir en discuter ? »

« Je vois que tu as déjà bien compris comment fonctionnait un être humain... C'est vrai que la parole peut aider : j'en ai déjà fait l'expérience, autrefois... Je continue à l'éprouver au quotidien, d'ailleurs... »

« Que s'est-il passé ? »

« Le moment est mal choisi pour en parler. Te voir m'apporte déjà un véritable réconfort. Tu me fais oublier certaines contrariétés... »

« Je peux t'aider, si tu en éprouves le besoin... »

« Alina ? »

« Oui ? »

« Tu as progressé. Tu t'exprimes vraiment très bien désormais. »

« Merci ! »

« C'est la lecture. Tu assimiles de manière immédiate les mots que tu lis. Je savais que tu t'épanouirais dans cette activité. »

« C'est vrai que j'aime lire. Tu m'as vue ? »

« Oui. Tu dois savoir que j'ai la capacité de te voir à tout moment. »

« Comment ? »

« … »

« Cronosus ! »

« Je peux bien te le dire. Après tout, ce n'est pas si essentiel... Tu... Tu es suivie en permanence par un appareil... »

« Un appareil ? »

« Tu ne peux pas le voir : il est invisible. Celui qui l'a créé l'a appelé l'anthropogéocapteur, mais je l'appelle géocapteur pour aller plus vite. »

« C'est une caméra ? »

« Oui, une sorte de caméra. Elle te suit dans tous tes déplacements dans cette zone. »

« Pourquoi me surveiller ? »

« Pour savoir comment tu vas, ce que tu fais... »

« Je ne comprends pas... Pourquoi me regarder ? »

« Tu comprendras, un jour... Peut-être dans peu de temps... Tu as fini ton livre ? »

« Pas encore. Il me reste quelques pages... »

« Et alors ? »

« Je... Je ne sais pas quoi dire... Il y a eu tellement d'événements dans ce monde... Notre espèce a accompli tant de choses... »

« Tu arrives à t'y retrouver ? »

« C'est difficile... Toute cette histoire est tellement surréaliste... »

« Que trouves-tu surréaliste ? »

« Le fait que cette planète ait été habitée, pendant des millions d'années, par des êtres si différents... Je ne parle pas seulement de nos congénères... C'est incroyable tout ce qui s'est passé... »

« Je sais. Et ça doit l'être d'autant plus que tu apprends cela par le biais d'un livre, en une seule fois. Dans l'ancien monde, les humains consacraient plusieurs années à l'apprentissage de l'histoire. »

« L'ancien monde ? »

« Le monde dont je suis issu. »

« Nous nous trouvons dans un monde différent de celui du livre ? »

« Oui. Mais si tu veux bien, je t'expliquerai tout cela une autre fois... »

« Cronosus ? »

« Oui ? »

« Pourquoi ne suis-je pas un enfant ? »

« ... »

« Réponds-moi, s'il te plaît... Il y a des choses sur mon histoire... J'ai le droit de savoir... »

« Je ne t'ai pas mis en contact avec ce livre par hasard. Je me doutais bien que sa lecture répondrait à certaines de tes questions... et qu'elle en ferait naître beaucoup d'autres... »

« Je suis déjà un adulte, n'est-ce pas ? »

« Oui. »

« Pourquoi ? Tous les êtres vivants connaissent pourtant une croissance après leur naissance... »

« Ce fut également ton cas, Alina. Mais tu n'as pris conscience de ton existence qu'à l'âge adulte, contrairement à toutes les générations d'êtres humains qui t'ont précédée. »

« Je ne suis donc pas humaine ? »

« Si, tu es humaine ! Tu es même plus humaine que certains

humains tristement célèbres... Simplement... Tu es différente... »

« Explique-moi. Je ne sais pas pourquoi, mais je veux vraiment savoir... »

« Je n'entrerai pas dans les détails cette fois-ci. Sois assurée d'une chose : tu es bel et bien humaine. Tu me ressembles, même si nous n'avons pas la même histoire. »

« Qui sont mes parents, Cronosus ? »

« ... »

« Qu'y a-t-il ? »

« J'aimerais pouvoir te répondre... Mais pas maintenant... C'est encore trop tôt... »

« Je ne peux pas attendre. »

« Il te faudra pourtant faire preuve de patience... »

« Promets-moi qu'un jour je saurai. »

« Je te le promets. Peut-être même apprendras-tu qui tu es sans moi. »

« Pourquoi es-tu venu ? »

« Pour m'assurer que tu allais bien. »

« Je ne crois pas que ce soit juste pour cela... Tu avais quelque chose à me dire ? »

« J'ai toujours bien des choses à te dire, Alina... »

« Cesse d'être mystérieux : dis-moi ! »

« Tu vas me faire à ton tour une promesse... »

« Laquelle ? »

« Quand tu auras fini ton livre, je veux que tu transmettes ton savoir à Ino. »

« Il dort tout le temps... »

« Il va bientôt se réveiller. Il était en état de choc. Mais il va bientôt se réveiller. »

« Je peux donc lui dire tout ce que je sais ? »

« Oui. Cela prendra peut-être un peu de temps, mais je veux que tu le fasses. Lui aussi aura besoin de savoir. Comme... »

« Tu allais dire quelque chose, Cronosus... »

« Il... Il aura besoin de savoir... comme tous les autres... »

« Les autres ? Il y a d'autres personnes ici ? »

« Pas exactement ici. Vous êtes seuls dans cette zone. Mais il y a effectivement d'autres hommes et femmes comme toi dans ce monde... »

« Je veux les voir ! »

« Je reconnais bien là ton enthousiasme ! Tu pourras peut-être les voir, un jour... »

« Pourquoi pas tout de suite ? Je n'aime pas être seule... »

« Tu n'es pas seule... Ino est avec toi en ce moment... »

« Mais pourquoi... »

« Va au bout de ta pensée, Alina : je ne suis pas là pour te juger. »

« Pourquoi nous séparer ? Nous serions plus heureux tous ensemble. »

« Pas forcément... Disons que c'est un vaste débat... Sache simplement qu'il y a d'autres êtres comme toi dans ce monde, et qu'un jour, tu seras peut-être amenée à les rencontrer... »

« Je vais finir mon livre, et aller voir Ino. »

« Très bien. J'ai une dernière requête à te faire, avant de partir. »

« Oui ? »

« Ne cherche en aucune manière à quitter cette zone. Tu peux la parcourir à loisir : elle est suffisamment vaste. Mais n'essaie surtout pas de rejoindre un autre espace, même si tu en avais envie. Tu courrais alors un danger. »

« Quel danger ? »

« Je ne sais pas... Mais il se passe des choses étranges en ce moment... La zone changeante est très difficile d'accès... Si quelqu'un voulait s'en prendre à toi ou à Ino, j'aurais le temps d'intervenir. »

« Je ferai ce que tu m'as dit, Cronosus. Même si... »

« Même si quoi ? »

« Même si ce n'est pas facile : après tout ce que tu viens de m'apprendre, j'ai envie d'aller à la rencontre de tous les autres ! »

« Au moins ne connais-tu pas la feintise, Alina ! Je te sais gré de m'avoir dit ce que tu ressentais. Je ne peux pas tout t'expliquer. Pas maintenant. J'ai des choses extrêmement importantes à faire... Je n'aurais déjà pas dû venir là... J'ai besoin de te faire confiance : me promets-tu de demeurer dans cette zone tant que je le jugerai nécessaire ? »

« Oui. Je ne suis pas ravie de rester là désormais, mais tu as ma parole. »

« Merci, Alina. J'ai besoin de savoir que je peux compter sur toi. Le temps viendra peut-être où j'aurai à te confier une mission. Mais pour le moment, je veux que tu te préserves. »

« Je le ferai, Cronosus. Bon retour, et à bientôt ! »

« À bientôt, Alina ! »

....

....

....

Ai-je commis une erreur en retournant la voir ? Comment le savoir ? J'avais besoin d'être à ses côtés. Cette jeune femme me calme. Elle me permet de retrouver une sérénité que je connaissais il y a longtemps. Avant... Avant...

Je crois qu'il importe de ne plus considérer ma situation sous l'angle du devoir... Il n'y a pas d'impératifs, pas de codes de conduite... Comment pourrait-il y en avoir un, d'ailleurs ? A-t-on déjà connu pareille situation ?

Il est indéniable que quelque chose a changé dès lors que je suis entré en contact avec Alina... Mais avais-je réellement le choix ? Je n'allais tout de même pas la laisser mourir ! Pas elle ! Pas encore !

J'ai changé les codes. Si codes il y avait. J'ai mêlé l'avenir et le passé. Peut-on observer sans modifier ? J'ai longtemps cru cela possible. Je viens d'en avoir un clair démenti...

« Nous serions plus heureux tous ensemble »... Aurait-on fait fausse route ?...

L'être humain échappe aux théories... C'est ce qui fait sa force, sa beauté, sa spécificité... On ne peut tout expliquer avec la science... Faut-il tout arrêter ?...

J'ai besoin de réfléchir... et de faire une pause...

FIN ?

Des hélices d'ADN défilent devant mes yeux. Des milliers. Encore et encore. Elles tournoient. Je les contemple et les analyse dans tous les sens. Jusqu'à trouver la bonne formule.

ADN. ADN. ADN. Transcendance. Transcendance. Transcendance. Tout améliorer. Ne rien laisser au hasard. ADN. ADN. ADN.

Aloca s'approche de moi. Je sais qu'elle va venir, mais je feins de ne pas le savoir. Pour lui faire plaisir. Pour garder entier le bonheur de la surprise. Elle pose ses deux mains sur mes épaules. Je me retourne. Nous nous adressons un tendre sourire. Elle fait une pause. Elle est venue voir comment j'allais. Je l'embrasse. Nous parlons de nos recherches. Elle me montre ses croquis. Que cela va être beau !

Un vaste désert de sable ! Pourquoi pas ? Qui sait, peut-être irons-nous nous y promener un jour ? Pourquoi n'entrerions-nous pas en contact avec ces êtres ? Après tout, c'est nous qui allons les créer ! Cela ne nous donne certes pas de droits particuliers, mais rien ne nous empêchera d'établir des relations avec eux.

Certains pensent qu'il faudrait se tenir à distance. Ne pas intervenir. Trop imprévisible. D'autres estiment qu'il faudrait rendre cette découverte utile. Se servir de cette avancée pour accomplir de grandes choses. Changer le monde ?

Aloca réfléchit à la possibilité de créer une zone changeante. Elle voudrait tester leurs réactions face à un changement permanent. Excellente idée !

Encore un désaccord avec Govan. Rien de très important, mais il est certain que nous n'avons pas la même manière d'aborder ce projet. Ce n'est pourtant pas si grave... Après tout, nous sommes tous animés par une même volonté de progrès. L'humanité a-t-elle déjà conçu dessein plus ambitieux ?

Des heures de travail... L'impression de ne jamais concrétiser ce qui a été entrepris... Mais elle est là. La voir tous les jours. La retrouver tous les soirs, en dehors du Centre... Supporterais-je tous ces sacrifices sans elle ?

Des tensions à l'extérieur. Ce monde ne va décidément pas très bien. Nous sommes d'accord sur ce point. C'est la raison majeure qui nous réunit tous autour de ce projet. Govan pense que la décadence est irréversible. Je ne suis pas de son avis. Encore moins Aloca. Mais il est vrai que les arguments de Govan sonnent juste...

Le projet avance. Après bien des efforts, nous commençons à obtenir des résultats très convaincants. Nous allons bientôt pouvoir passer à la phase de « production ». Je n'aime pas ce terme. Je viens d'apprendre que ma proposition d'appeler cette entreprise « Projet Cosmogonia » avait été retenue.

A-t-on le droit de faire tout ce dont on est capable ? La limite ne doit-elle pas se trouver ailleurs ? La morale ? Beaucoup la remettent en question, et pas seulement dans ce Centre... Est-ce réellement une notion périmée ? D'aucuns pensent qu'il faudrait voir plus loin, aller au-delà du bien et du mal... Pour ma part... Je ne sais pas... Toutes ces questions sont complexes, et n'exigent pas forcément des réponses simples... Mais... Comment dire ?... Une partie de moi n'est pas à l'aise avec l'idée de ce projet.
A-t-on réellement le droit de se comporter comme des dieux ?

Souvenirs qui défilent. Souvenirs qui se mêlent. Ce retour vers le passé peut-il m'aider à comprendre ? Avons-nous commis une erreur ? Ou plusieurs ? Il y a peut-être des choses que nous n'aurions pas dû faire... Ou pu mieux faire... Nous avions pourtant tellement réfléchi avant de nous lancer dans ce projet... Avons-nous été rattrapés par notre orgueil ? Certains doutaient de notre capacité à maîtriser ce que nous étions en train de construire... Ils n'avaient peut-être pas tort... Le passé m'est-il vraiment utile ? Je ne dois pas oublier que tout ne s'est de toute façon pas déroulé comme prévu... Jamais je n'aurais pensé devoir lancer le Projet Cosmogonia tout seul... Nous avions abordé bien des hypothèses... Certaines d'entre elles étaient même très improbables... Mais jamais personne n'avait imaginé cela... Je ne

sais toujours pas ce qui s'est réellement passé à l'extérieur...
Toujours rien, ni personne... J'aurais pu tout abandonner, me
laisser mourir... Je n'ai pas pu, je n'ai pas voulu... Par respect
pour elle. Par respect pour la vie. Pour célébrer, à travers cette
renaissance, ce qu'elle fut. Je ne regrette pas. Comment regretter
d'avoir voulu faire le bien ? J'ai commis des erreurs. Avant,
pendant. Je continue à en commettre. Tous les protocoles
n'avaient pas été clairement définis. J'avance sans manuel. En me
fiant à ma seule intuition. Nous qui tenions pourtant à aborder ce
projet avec objectivité ! Finalement, l'humain finit toujours par
ressurgir, d'une manière ou d'une autre. On ne peut effacer notre
part sensible. Je ne dois pas me détacher de ce que j'ai créé. J'ai
une responsabilité vis-à-vis de ces êtres. Mon aventure n'est pas
terminée. Peut-être dois-je simplement changer ma manière de
procéder...

FIN DE LA GRANDE HÉSITATION

Je reviens vers eux. Il le faut. C'est ma vocation.

<u>Ruines de l'ancien monde (40)</u>

Rien. Toujours rien.

Comment cela est-il possible ? Vario allait pourtant arriver dans cette zone...

Ils sont tous en train de disparaître... Sans que je puisse comprendre pourquoi ! Cantor est-il responsable de ces disparitions ? Ou a-t-il été la première victime ?

....
....
....

Mieux vaut réfléchir avant d'agir... J'ai pris le temps de formuler mes idées. Je ne sais pas si j'ai raison, mais peut-être serait-il préférable de les regrouper tous dans une seule et même zone ? Certains d'entre eux ne sont plus seuls depuis un certain temps déjà... Il est vrai que je pensais initialement les laisser évoluer séparément... Mais ça, c'était bien avant tout ce qui a pu se produire, aussi bien dans l'ancien monde que dans le nouveau... Alina pourrait s'occuper d'eux, et moi les surveiller... Il faut que je retourne auprès d'elle...

....
....
....

<u>Zone changeante (33)</u>

« Cronosus ! Je suis contente de te voir ! »

« Moi aussi Alina. »

« Je parlais justement de toi à Ino ! »

« Je vois qu'il s'est enfin réveillé... Tout va bien, Ino ? »

« ... »

« Il ne parle pas encore... Je ne sais pourquoi... Mais il semble comprendre ce que je lui dis... »

« Vous n'avez pas tous le même rapport au langage... Et puis il a vécu des choses difficiles avant d'être là... »

« Tout va bien Cronosus ? »

« Alina... J'aimerais te parler... en privé... »

« Bien sûr... Je reviens Ino, attends-moi ! »

....

« Qu'y a-t-il, Cronosus ? »

« Je t'ai dit la dernière fois qu'il se passait des choses graves... »

« Oui, et alors ? Tu es parvenu à y mettre un terme ? »

« Pas vraiment... Disons que j'ai essayé, avec mes moyens, de comprendre la situation... Mais quelque chose m'échappe... »

« Que se passe-t-il exactement ? »

« Il ne faut pas que tu en parles à Ino... »

« Je te le promets. »

« Voilà... Tu sais que vous n'êtes pas seuls, toi et Ino... »

« Oui. Tu m'as dit qu'il y avait d'autres personnes comme moi... »

« Oui. Vous êtes onze au total. Vous auriez pu être plus nombreux, mais vous êtes onze. »

« Moi et Ino compris ? »

« Oui. »

« Et comment vont les autres ? »

« C'est justement pour cela que je suis venu te voir... Les autres – certains, pas tous – ont des problèmes... Ils disparaissent, sans que je sache pourquoi... »

« Ils disparaissent ? Comment ça ? »

« Tu te rappelles les géocapteurs ? »

« Oui. Tu m'as dit que c'était des caméras qui nous surveillaient. »

« Les géocapteurs ont été créés par un homme : Govan. C'était une des inventions les plus révolutionnaires de notre monde... »

« Tu ne m'as d'ailleurs pas dit pourquoi vous vouliez nous surveiller... Le livre n'a pas répondu à toutes mes attentes... »

« Je te parlerai de certaines choses plus tard, Alina. Il y a urgence à agir. »

« Que puis-je faire ? »

« Pour assurer votre sécurité, j'aimerais que vous soyez tous regroupés dans la même zone. »

« Mais c'est formidable ! »

« J'espère que tout se passera bien. Ton enthousiasme est un signe très positif, en tout cas. »

« Où irions-nous ? »

« Vous vivrez tous ici. Cette zone est la plus sûre de toutes. »

« Qu'attends-tu de moi ? »

« Je voudrais que tu prennes soin d'eux. Que tu leur enseignes ce que tu sais. Et que tu fasses en sorte qu'il n'y ait pas de conflits entre vous... »

« Pour éviter de reproduire les erreurs des hommes nous ayant précédés ? »

« C'est notamment pour que l'histoire ne se répète pas que j'avais décidé de vous séparer. Mais à situation exceptionnelle, solution exceptionnelle. »

« Y en a-t-il beaucoup qui ont disparu ? »

« Il y en a au moins quatre, à ma connaissance... et une... qui nous a définitivement quittés... »

« Je suis là, Cronosus... »

« Je sais, Alina... »

« Si tu veux en parler... »

« Pas maintenant. Il faut agir vite. »

« Nous allons donc devoir accueillir quatre personnes ? »

« Oui. »

« Veux-tu que j'aille les chercher ? »

« Non. Ce n'est pas nécessaire. Je vais m'en occuper moi-même. Reste là, auprès d'Ino. Et attends mon retour. »

« D'accord. »

« À bientôt, Alina. »

« À bientôt, Cronosus ! Bonne chance ! »

....

....

....

Je sais que c'est risqué... Mais je n'ai plus le choix désormais. Je vais devoir aller les chercher. Tous.

FIN DE LA SÉPARATION DES ÊTRES

Réunis. Pour la première fois depuis le début de leur existence. Ils vont connaître l'altérité. Savoir ce qu'est la vie en communauté. Ce n'était plus guère possible dans l'ancien monde... Trop de haine. Trop de tensions. L'humanité était arrivée à saturation. Une telle situation se répètera-t-elle ? Comment le savoir ? Ces êtres sont différents de ce que furent des humains tels que moi. Ils sont censés être meilleurs. Dans tous les domaines. Ils n'ont pas vraiment de passé. Ils ne sont pas les héritiers d'une situation complexe et gangrénée... Tout est neuf. C'est à eux de construire ce nouveau monde. D'en faire ce qu'ils veulent. J'ai foi en eux. Je pense qu'ils peuvent accomplir de grandes choses. Mais je souhaite surtout qu'ils soient heureux...

Désert de sable (41)

Je ne vois personne. Le géocapteur est bloqué à la frontière entre le désert de sable et les ruines de l'ancien monde.

Ce qui veut dire que Vario était en train d'entrer dans la ville... Mais alors pourquoi ne le vois-je pas dans les ruines de l'ancien monde ?

Désert de glace (40)

Je vois Algo ! Il a dû abandonner son dessin depuis longtemps. Car l'immense oiseau de neige n'apparaît plus sur mes images. Algo s'approche d'une forêt. Je vais immédiatement me téléporter à ses côtés.

....
....
....

Il est juste devant moi. Je vais m'approcher lentement de lui. Il ne faut surtout pas que je l'effraie.

« Algo ! »

Il me regarde. Il semble apeuré. Le rassurer. Tout de suite.

« N'aie pas peur, Algo. Je suis un ami. »

« A... Ami ? »

« Oui. Tu n'as rien à craindre. Je suis là pour t'aider. »

« C'est... C'est... toi ? »

Que veut-il dire ?

« Je m'appelle Cronosus, Algo. Je suis un ami. »

« Tu... Tu m'as dé... déjà parlé... »

Il doit penser que je suis Cantor...

« Ce n'était pas moi, Algo... Tu veux bien t'asseoir ? »

Il semble toujours méfiant, mais je crois que je l'intrigue beaucoup. Il s'approche et s'assied. Très bien, Algo ! Je savais que tu n'étais pas peureux !

« Comme je te le disais, Algo, je m'appelle Cronosus. Je suis un être humain, comme toi. »

« ... »

« Je voudrais que tu viennes avec moi. Cet endroit n'est plus sûr pour toi. »

Il semble fasciné par mes paroles. Comme si je parlais un langage étranger. Ou sacré.

« Cro... Cronosus... C'est ton nom ? »

« Oui, Algo. Tu veux bien venir avec moi ? »

« Pou... Pourquoi ? Je... Je suis bien ici... C'est... chez moi... »

Ma théorie se confirme. Il leur suffit d'être en contact avec un autre être humain pour améliorer en un temps record leur maîtrise du langage.

« Je comprends. Tu as toujours vécu là. Moi aussi, je n'ai pas aimé la première fois où j'ai dû partir de chez moi. Mais c'était nécessaire. »

« Oiseau blanc... »

« Je sais que tu as été attaqué par un oiseau blanc. Mais ce n'est pas le danger auquel je songeais tout de suite... »

« Quoi ? Qu'est-ce qui... peut me faire mal ? »

« Je n'en suis pas totalement sûr... Le mieux serait que tu viennes avec moi... »

« Où ? »

« Dans une zone différente de celle-ci. »

« Je... Je ne veux pas ! »

« Ce n'est pas raisonnable, Algo ! Si tu viens avec moi, tu seras en sécurité. »

« Je ne te connais pas. »

« J'aimerais pouvoir tout t'expliquer maintenant... Te dire qui je suis, pourquoi tu es là... J'ai des réponses à tes questions... »

« Alors dis-moi. »

« Pas maintenant... »

Quel est ce bruit ? Le sol tremble à nouveau ! Qu'est-ce que c'est ?

Un... Un troupeau de mammouths ?

« Viens Algo, suis-moi ! »

Il faut courir ! Ils foncent droit sur nous...

....
....
....

Algo est tombé. J'ai dû revenir sur mes pas pour le relever. Je ne sais pas s'il s'agissait réellement de mammouths... Ils ressemblaient à ces animaux de la préhistoire, mais ils avaient toutefois l'air plus grands... Beaucoup plus grands... Sans doute le fruit du processus de CRÉATION ALÉATOIRE... Ces animaux étaient très rapides, malgré leur poids. Nous avons pu nous réfugier sur un côté. Après les mammouths sont venues des sortes de tigres. De gros tigres blancs avec des rayures rouges sur le corps. Heureusement qu'ils ne nous ont pas vus ! Je ne crois pas que nous aurions pu rivaliser avec eux... Le désert de glace n'est décidément plus un endroit sûr... Algo semble me faire confiance depuis que je l'ai aidé. Comme s'il avait acquis la preuve que j'étais bien intentionné à son égard. Il a accepté de me suivre.

....
....
....

<u>Zone changeante (34)</u>

« Alina »

« Cronosus ! »

Elle court vers moi, toujours aussi enthousiaste. Elle s'arrête brusquement. Elle savait que d'autres allaient venir, mais la rencontre avec l'un de ses semblables n'a encore rien de naturel pour elle. Elle dévisage Algo. Lui-même la regarde avec intérêt. On dirait qu'il essaie de se convaincre que ce n'est pas un songe.

128

« Bonjour Alina. Comme prévu, je t'amène un nouvel ami ! »

« Alina... C'est... C'est beau... »

« Merci... »

« Laisse-moi faire les... »

« Je... Je m'appelle Algo... »

Il n'a visiblement pas besoin de moi pour se présenter !

« Bon, je vois que vous pourrez très bien vous passer de moi ! Occupe-toi bien de lui, Alina. Je vais bientôt revenir avec d'autres. »

« D'accord Cronosus ! »

« À bientôt ! »

« Cronosus ? »

« Oui Alina ? »

« Merci ! »

....
....
....

Une première étape de ma mission a été accomplie. Algo est désormais en sécurité. Je sais qu'Alina saura lui enseigner ce qu'elle a appris. J'ai toute confiance en elle.

Je suis satisfait des modifications apportées à mon livre. Ce lecteur de pensées intérieures me permet de ne pas laisser de côté mes impressions. Je me rendais bien compte que je retranscrivais de manière très incomplète mes visites sur le terrain. Il me reste une dernière évolution à apporter. Il faut que je mette au point un logiciel capable de décrire en direct mes actions et celles des personnes qui m'entourent. Un épisode comme celui de l'attaque des mammouths est susceptible de se produire à nouveau. Tout doit apparaître : leurs paroles, mes pensées, nos actions.

FIN (PROVISOIRE ?) DES AVENTURES D'ALGO DANS LE DÉSERT DE GLACE

Je dois agir. Vite. Très vite. Il est possible que je n'aie pas le temps de tous les sauver. Rinov ? Vana ? Vané ? Seldona ? Comment choisir ? Tout ceci est tellement arbitraire... Je suis responsable de leur existence. Leur naissance fut le fruit de ma volonté. De mes talents. Comment choisir ? Je dois bien reconnaître que j'ai certaines préférences... Mais je les aime tous. Peut-être suis-je toutefois un peu plus attaché à Seldona... Rinov et Vana sont deux : ils seront plus à même de se défendre. Quant à Vané... Cela fait bien longtemps que je ne sais plus où elle est... Peut-être est-elle elle aussi dans la vaste forêt ? Auquel cas je tâcherai de la trouver, après être allé chercher Seldona...

....
....
....

Grande clairière (24)

Seldona n'est plus là. Elle aussi a disparu. Je suis arrivé trop tard...

Je dois rapidement me rendre dans la vaste forêt. Peut-être est-il encore temps...

....
....
....

Vaste forêt (27)

Je les vois. Rinov et Vana. Ils sont debout, et se tiennent par la main. Ils ont l'air d'être en alerte. Comme s'il s'était passé quelque chose. Ou comme s'ils pressentaient que quelque chose était sur le point de se produire. Rinov m'aurait-il entendu ? Depuis le Centre, j'ai eu l'occasion de constater la puissance de ses facultés auditives. Il vaut mieux que je me cache. Pour l'instant.

Rinov parle à Vana. Mais je suis trop éloigné pour entendre ce qu'il lui dit. Il semble lui indiquer un endroit. Peut-être lui propose-t-il de quitter ce lieu ? Ils partent en courant. Je vais les suivre. Le logiciel que je viens de confectionner devrait normalement décrire nos actions, sans que j'aie à les commenter.

Cronosus suit Rinov et Vana. Ils courent très vite. Cronosus a des difficultés à les suivre.

....

Ils ont cessé de courir. Ils se trouvent désormais dans une clairière. Cronosus arrive plusieurs secondes après eux. Il est haletant. Il s'appuie contre un arbre. Pour reprendre son souffle.

....

Je ne voulais pas qu'ils me voient. Je me suis donc à nouveau caché. Je vais attendre encore un peu avant d'aller à leur rencontre.

....
....
....
....
....

De retour au Centre. Je vais être franc : je ne me suis pas senti capable de les rencontrer... Pour quelles raisons ? Je ne saurais le dire... Ils représentaient une telle unité, une telle fusion, que je ne me voyais pas rompre leur harmonie. Je n'avais pas envie d'être le terzo incomodo. Ce rôle n'est pas fait pour moi. Et puis... Comment dire ? Il y avait une telle aura qui entourait Rinov et Vana... Une aura puissante, protectrice... Comme si leur amour constituait une force immense, presque indestructible... Je ne sais pourquoi, mais j'ai l'impression que tant qu'ils seront ensemble, ils ne seront pas en danger. C'est peut-être d'ailleurs la raison pour laquelle ils sont les seuls à ne pas avoir disparu. L'amour comme protection ultime ? Il s'agit peut-être d'une pure élucubration de ma part, mais l'idée est belle en tout cas ! Vané ?

J'ai abandonné l'idée de la chercher. Cette forêt est si vaste...
Avec les moyens dont je dispose actuellement, il serait trop long
et trop difficile de la retrouver... J'avais bien dit à Govan qu'il
fallait installer plusieurs géocapteurs dans chaque zone. Il était
évident que ces êtres n'allaient pas rester stoïques. « Nous aurons
tout le temps d'en ajouter, dès que nous les verrons sur le point de
quitter leur zone d'origine ». C'est vrai. Mes regrets n'ont pas lieu
d'être. Qui de nous aurait pu prévoir que ce projet serait lancé
dans de telles conditions ?

FIN DE LA TENTATIVE DE RÉUNION DES ÊTRES

Au Centre. Au centre de tout et au centre de rien. Cet endroit porte bien son nom. C'est effectivement le lieu le plus central de ce vaste territoire. Celui à partir duquel on peut accéder le plus aisément aux différentes zones. Celui où toutes les décisions devaient être prises. Le Centre de contrôle. Contrôle ? Ce mot n'a plus grand sens, désormais... On ne peut effectivement pas dire que je possède une maîtrise parfaite de ces différents espaces... Beaucoup de choses m'échappent. Bien plus, à vrai dire, que je ne l'aurais imaginé... Je me plais toutefois à penser que cette absence de maîtrise est en partie volontaire. Je crois, au fond, que je n'ai jamais été totalement à l'aise avec l'idée de les surveiller en permanence. Peut-être parce que je savais que je serais celui qui les connaîtrait le mieux. Ce ne sont pas des animaux. Ce ne sont pas des souris de laboratoire. Ce sont des êtres humains. Particulièrement évolués. Bien plus, en réalité, que ceux qui préconisaient de « s'en servir ». Que va-t-il se passer désormais ? Il paraît bien difficile de réaliser la moindre projection... Comment prédire l'avenir, lorsque l'on n'est déjà pas parvenu à comprendre les mystères du passé ? Des passés même. Le mien. Celui de ces êtres. Mais aussi le passé qui précède le jour de ma naissance. Peut-être est-ce là où nous avons péché ? En voulant agir sur l'avenir comme aucune autre génération humaine ne l'avait fait auparavant, nous en avons oublié de regarder vers le passé. Ou si nous l'avons fait, c'était simplement pour corriger ce qui, ponctuellement, nous semblait ne pas fonctionner. Il est vrai que l'ancien monde ne se portait pas très bien... Mais y avait-il urgence à agir ? Ne pouvions-nous pas attendre de voir nos réflexions mûrir davantage, avant de lancer la phase de « production » ? Ah ! Que ce terme me déplaît...

Avions-nous le droit d'intervenir à ce point sur la vie ? Ne se suffisait-elle déjà pas à elle-même ? N'a-t-elle pas toujours été une force incroyablement autonome ? Nous avons voulu l'assister. La guider. Lui montrer le chemin. Notre chemin. Mais avait-elle réellement besoin de nous ?

Du vent. De la pluie. Beaucoup de pluie. Je rentre chez moi. Trempé. Mécontent de ne pas avoir su prévenir cette averse. Je peste en posant mes affaires dans le salon. Aloca est là. Elle me

135

regarde en souriant. Elle s'amuse de ma mauvaise humeur. Son sourire me fait sourire. Après tout, ce n'est que de la pluie...

Résoudre ce qui n'a jamais été résolu. Soit. Un problème est posé et il faut trouver sa solution. La formule est là, et attend que l'on découvre son mystère. Mais créer la formule. Une formule à laquelle jamais personne n'a songé. Devenir à la fois le professeur et l'élève. Imaginer le problème. Le formuler. Le résoudre. Quelle complexité ! « Nous savons que vous pouvez le faire : c'est pour cela que nous sommes venus vous chercher ». Des heures passées à réfléchir. En ayant souvent l'impression que cela n'aboutira à rien. Avancer enfin. Puis reculer. Savoir que personne ne pourra vous aider. Que personne ne pourra comprendre. Heureusement que toi, tu pouvais me comprendre...

Réunion au sommet. Des désaccords. Nous devons définir plus clairement le projet. Ne pas aller trop vite en besogne. J'hésite. Je ne supporte pas l'influence néfaste de certaines personnes sur les dirigeants. Me faire entendre. Aloca parvient bien à le faire, elle. Je doute peut-être trop pour cela. Ai-je une solution à proposer ? Non. Pas encore du moins. Mais certaines choses ne me plaisent pas. Ils ne peuvent pas continuer sans moi. Je le sais. Ils le savent. Je sors de la salle de réunion. Précipitamment. Je m'arrête dans le couloir. Une secrétaire passe, me dévisage, mais ne dit rien. Elle a pourtant dû voir mon trouble. Bel exemple d'humanité ! Elle entre dans la salle de réunion. Je réfléchis. Du moins, j'essaie. La colère m'empêche de penser. La porte s'ouvre. La secrétaire, sans doute. Je garde le dos tourné à la porte. Je n'ai pas envie qu'elle me dévisage à nouveau. Surtout si c'est pour ne m'adresser aucune parole de réconfort. Je vais attendre qu'elle parte. Ensuite, je rentrerai chez moi. Je sens une main qui touche mon épaule. Je me retourne. Ce n'est pas la secrétaire. C'est Aloca. « Viens : ils veulent te parler ».

FIN (PROVISOIRE) DE LA QUÊTE DU PASSÉ

Penser. Penser l'avenir. Mais pas seulement. Affronter l'avenir. Le redéfinir. Le formater comme on le souhaite. Lutter contre la contingence. Éliminer le spectre du hasard. Pour avoir le pouvoir. Le contrôle. Pour créer. Créer une nouvelle réalité. C'était mon emploi. C'est devenu ma vocation. Aujourd'hui, je dois à nouveau penser l'avenir. Non plus pour tenter d'en avoir une parfaite maîtrise. Mais pour essayer de le comprendre. Pour éviter que la contingence ne m'élimine. Ne les élimine. Que va-t-il se passer ? Voilà une question dont je n'ai pas la réponse. À moi de la trouver... À moi, même, d'avoir le plus d'influence possible sur ce qu'elle sera...

Zone changeante (35)

Alina est assise sur une pierre verte. Ino et Algo sont assis eux aussi, mais sur le sol. Un sol rose. Ils l'écoutent. Elle leur parle avec flamme. Le livre dans sa main droite.

C'est bien. Elle commence à transmettre ce qu'elle a elle-même appris. Il est important qu'ils soient informés d'un certain nombre de choses. Cela pourrait leur être utile...

Vaste forêt (28)

Rinov et Vana marchent. Ils traversent une forêt d'arbres touffus. Ils sont obligés de se servir de leurs mains pour repousser les branches. Leurs bras sont écorchés. Le déplaisir est visible sur leurs visages.

Grande clairière (25)

RAS.

Désert de sable (42)

RAS.

Ruines de l'ancien monde (41)

RAS.

Montagnes boisées (20)

RAS.

Zone rocailleuse (24)

RAS.

Labyrinthe (24)

RAS.

Plaine desséchée (21)

RAS.

Désert de glace (41)

RAS.

Collines des mers (23)

RAS.

*Les géocapteurs des différentes zones fonctionnent. Et pourtant...
Je ne vois plus aucun d'entre eux... Comment résoudre cette
énigme ?*

*Seraient-ils tous... morts ? Impossible. Ils n'ont pas été créés pour
cela. Ce sont des êtres résistants. Particulièrement résistants. À
moins que... C'est vrai qu'ils ont quelques failles... Mais tout de
même... Aurais-je fait une erreur quelque part ?*

*Je vais retourner dans la zone changeante. Il était important que
je les laisse seuls quelque temps. Je continue à penser que mon*

intervention se doit d'être limitée. Je ne suis certes pas animé de mauvaises intentions, mais j'ai le sentiment que ma présence pourrait avoir des conséquences négatives... Je ne sais pourquoi... Il n'y a, dans cette intuition, absolument rien de rationnel. Peut-être cela vient-il de la connaissance personnelle que j'ai de ces êtres ? Après tout, je sais pertinemment qu'ils sont différents de moi. Nous n'avons pas le même passé. Pas la même histoire. Pas le même rapport à la vie. Mais je suis curieux d'observer leur évolution. La disparition de tous les autres m'oblige de toute façon à focaliser mon attention sur ce petit groupe. Je dois m'adapter. C'est la raison pour laquelle j'ai décidé d'apporter encore des améliorations à mon livre. Avec le matériel technique laissé dans le Centre, cela n'a pas été trop difficile. Je n'ai certes pas les dons de Govan dans le domaine des hautes technologies... Mais je suis issu d'un programme de formation si prestigieux ! Comme Govan ! Ah ! Mon vieil ami, tu me manques toi aussi... Nous n'étions pas toujours d'accord, mais tu étais cher à mon cœur... Je me rappelle encore nos échanges... Nous avons tant appris l'un de l'autre. Sans toi, je n'aurais jamais pu écrire ce récit. Tel que je voulais qu'il soit. Avec les modifications apportées à mon livre, je vais pouvoir devenir encore plus aisément un personnage de cette histoire. Les géocapteurs ne m'étant presque plus utiles, il me fallait miser bien davantage sur ce projet d'écriture. Ils sont encore trois. Trois ? Cela me rappelle quelque chose... Aloca... Govan... Je ne vous oublierai jamais...

Zone changeante (36)

Cronosus est arrivé dans la zone changeante. Il avance lentement. Il caresse les hautes herbes violettes de la plaine avec sa main droite. Il contemple le ciel jaune. Algo, Alina et Ino sont toujours assis près d'un petit arbre bleu. Cronosus s'arrête un instant. Il les regarde avec affection. Il inspire profondément. Alina a dû l'entendre arriver. Car elle lève la tête. Et lui adresse un grand sourire. Elle ferme son livre avec force.

« C'est Cronosus ! » (Alina)

Cronosus s'approche d'eux. Alina pose son livre sur la pierre.

« Heureux de te revoir Alina ! » (Cronosus)

« Moi aussi, Cronosus ! Je me demandais quand tu allais venir... » (Alina)

« J'avais quelques affaires à régler... Mais me voici désormais ! » (Cronosus)

« Où sont les autres ? » (Alina)

« Je ne les ai pas retrouvés... » (Cronosus)

« As-tu une idée de l'endroit où ils pourraient être ? » (Alina)

« Je n'en sais rien... Je dois t'avouer, à ma grande honte, que la situation m'échappe totalement... » (Cronosus)

« Tu ne peux pas tout contrôler, Cronosus... Tu n'as pas à avoir honte... » (Alina)

« Tu es gentille, Alina. Comme toujours. » (Cronosus)

« Je suis sûre que tu as fait tout ce que tu pouvais. Tu n'as rien à te reprocher. » (Alina)

Cronosus semble pensif.

« Bon... Et toi, Alina, comment vas-tu ? Et comment vont Ino et Algo ? » (Cronosus)

« Je vais bien ! » (Alina)

« Moi aussi, Cronosus ! Je te remercie de prendre de nos nouvelles ! » (Algo)

« Algo ! Je vois que tu as bien évolué, depuis notre dernière rencontre... » (Cronosus)

« Oui. J'ai appris beaucoup de choses. Grâce à Alina. » (Algo)

Alina rougit. Elle regarde Algo avec une légère gêne. Tout en souriant.

« Je n'ai aucun mérite. Algo est un très bon élève... » (Alina)

« Et Ino ? » (Cronosus)

« Ino est très attentif ! Mais il ne parle pas encore... » (Alina)

Cronosus regarde Ino avec affection. Il lui sourit. Ino semble timide. Il lui répond par un sourire, mais paraît être sur la défensive.

« Ce n'est pas grave, Ino. Rien ne presse ! Tout vient à point à qui sait attendre. » (Cronosus)

« Je pense comme toi, Cronosus. Je suis persuadée qu'il a beaucoup de choses à dire. Et qu'il fera bientôt entendre sa voix. » (Alina)

« Espérons-le ! » (Cronosus)

Cronosus fait un signe de la main à Alina. On dirait qu'il lui demande de le suivre. Ce doit être cela, car elle fait elle-même un petit geste à Ino et Algo. Algo prend Ino par l'épaule. Ils partent dans la direction opposée à celle de Cronosus et Alina.

« Je voulais te parler seul à seul, Alina... » (Cronosus)

Ils marchent dans les hautes herbes grises.

« Réponds-moi en toute franchise : comment se passe l'apprentissage d'Algo et d'Ino ? » (Cronosus)

« Très bien, Cronosus. Vraiment très bien. Ils écoutent tout ce que je leur dis. » (Alina)

« Comprennent-ils bien le sens de tes paroles ? » (Cronosus)

« Oui. J'en suis certaine. Algo pose beaucoup de questions. Il m'écoute, bien sûr, mais il veut toujours en savoir plus. Comprendre les causes. » (Alina)

« Parfait. Ce que tu dis là ne m'étonne pas, mais je voulais en avoir le cœur net... » (Cronosus)

Ils avancent à pas très lents. Cronosus s'arrête, et fixe Alina du regard.

« Et Ino ? Même s'il ne parle pas, j'imagine que tu es capable de savoir s'il te comprend ? » (Cronosus)

« Il me comprend, Cronosus. Je n'ai aucun moyen de le vérifier, mais je le sais. Je le vois dans ses yeux. » (Alina)

« Tant mieux. Là encore, je ne suis pas surpris. Vous êtes tous dotés de capacités intellectuelles très largement supérieures à la moyenne de l'ancien monde. » (Cronosus)

« Mais alors, pourquoi Ino ne parle-t-il pas ? » (Alina)

« Je n'ai pas la réponse à ta question... C'est un mystère pour moi aussi... » (Cronosus)

Silence. Cronosus a l'air de réfléchir. Alina le regarde, guettant sa réponse.

« Peut-être... Peut-être cela vient-il du traumatisme qu'il a vécu ? Il a failli perdre la vie, tu sais... » (Cronosus)

« Pourquoi cela l'empêcherait-il de parler, même maintenant ? » (Alina)

« Vous étiez tous vulnérables au début de votre existence. Comme peuvent l'être des enfants. C'est la raison pour laquelle je vous surveillais tous avec attention. » (Cronosus)

« Mais moi, Cronosus ? Moi aussi j'ai failli mourir ! » (Alina)

« C'est vrai. Mais je suis intervenu suffisamment tôt pour que cet épisode ne demeure pas un traumatisme dans ton esprit. Ino a été longtemps seul. Trop longtemps seul... » (Cronosus)

« Parlera-t-il un jour ? » (Alina)

« Je n'en sais rien. Je l'espère, mais je n'ai aucune certitude à ce sujet. Beaucoup de choses sont nouvelles ici, même pour moi... » (Cronosus)

Alina baisse la tête. Elle semble triste. Cronosus le remarque. Il place sa main droite sous son menton, et lui redresse la tête. Ils se regardent dans les yeux. Cronosus lui sourit.

« Ne t'inquiète pas, Alina. Je pense qu'un jour Ino parlera. Après tout, il en a la capacité ! Peut-être suffira-t-il d'un événement déclencheur pour que ce soit le cas ? » (Cronosus)

Alina retrouve le sourire.

« Je ferai tout pour l'aider alors ! Je l'aime beaucoup, tu sais ! » (Alina)

« Je vois cela. Je suis ravi que vous vous entendiez si bien. Rien ne me permettait de prévoir que vos rapports seraient si bons. » (Cronosus)

« Ino et Algo sont très gentils. Ils sont différents. Très différents. Mais je perçois la même gentillesse chez eux. » (Alina)

« Une grande intelligence comme source de bonté. C'était une de mes théories. Je suis heureux de voir qu'elle se vérifie. » (Cronosus)

« Mais tous les êtres intelligents ne sont pas forcément bons ? » (Alina)

« Malheureusement non... Je constate que tu as lu avec attention L'*Histoire du monde et de l'humanité*. » (Cronosus)

Cronosus se tait un instant. Il réfléchit.

« Les choses seraient bien sûr plus simples si la seule intelligence avait le pouvoir de répandre la bonté... » (Cronosus)

Il songe.

« Dans notre histoire, certains hommes se sont servis de leur intelligence à des fins très personnelles. Non pas qu'il y ait nécessairement de mal à faire cela. Mais les intérêts de quelques-uns s'opposent parfois à ceux de beaucoup d'autres... » (Cronosus)

« Donc l'intelligence n'est pas la solution au mal ? » (Alina)

« Pas la seule, en tout cas. Elle est d'après moi un préalable nécessaire. Mais non suffisant. » (Cronosus)

« Pourquoi les choses seraient-elles différentes cette fois-ci ? » (Alina)

« Il me faut pour cela évoquer ce que vous êtes tous. J'avais des réticences à le faire jusqu'à maintenant. Mais je crois que tu es prête. Et je pense que cela aura désormais moins d'impact. » (Cronosus)

« Car nous sommes peut-être les seuls survivants ? » (Alina)

Cronosus sourit.

« Tu es remarquablement intelligente... » (Cronosus)

Silence.

« Je dois t'avouer que je préférais attendre... Vous étiez onze au départ... Comment ne pas commettre d'erreurs ? Comment diffuser les informations que j'étais le seul à posséder ? Les transmettre à qui ? À quel moment ? » (Cronosus)

« Je comprends, Cronosus. Ce ne devait pas être facile... » (Alina)

« Je ne voulais pas marquer de trop grandes différences entre vous tous. Je n'avais pas envie d'être la source de vos maux futurs... » (Cronosus)

« Tes scrupules t'honorent, Cronosus, et prouvent que tu n'aurais jamais pu être cette source... » (Alina)

« Merci Alina. Je sais que, malgré toute ma bonne volonté, j'ai dû commettre des erreurs. Je ne suis actuellement pas capable de les analyser en détail, mais je sais que j'en ai commis... » (Cronosus)

« Dis-moi pourquoi tout serait différent cette fois-ci ? » (Alina)

« La différence est liée à votre nature particulière. Vous êtes tous des êtres humains, mais vous n'êtes pas comme moi... » (Cronosus)

« C'est-à-dire ? » (Alina)

« Ce que je vais t'apprendre peut te troubler, Alina. Il faut que tu le saches. » (Cronosus)

« Je... Je me doute depuis longtemps que nous ne sommes pas comme les humains du livre... J'ai peur de ce que tu t'apprêtes à m'apprendre, Cronosus... Mais je veux savoir... » (Alina)

« C'est ton droit. Et cela me semble de toute façon nécessaire. » (Cronosus)

« Je t'écoute. » (Alina)

« Tout est une question de naissance... » (Cronosus)

Il se tait. Alina le regarde avec intensité.

« Comme tu le sais maintenant, chaque être vivant naît d'un être de son espèce. » (Cronosus)

Alina ne dit rien. Elle attend la suite avec impatience.

« Chez les humains, un enfant naît de la relation sexuelle entre un homme et une femme en âge de copuler. » (Cronosus)

Cronosus sourit.

« Désolé, ce n'est pas très romantique... Ma formation de scientifique, sans doute... » (Cronosus)

Cette phrase a le mérite de faire sourire Alina. Mais celle-ci redevient grave très rapidement.

« Je préfère pour ma part parler d'amour... Même si toutes les naissances n'en sont pas nécessairement le fruit... » (Cronosus)

Cronosus semble très songeur. Alina n'est pas à l'aise.

« Bref, nous sommes tous le fruit de l'alliance, même ponctuelle, entre un homme et une femme... » (Cronosus)

« Et nous ? » (Alina)

Cronosus est surpris de l'intervention d'Alina. Il ne s'attendait visiblement pas à être interrompu.

« Vous ? » (Cronosus)

« Oui, nous : qui sont nos parents ? » (Alina)

« C'est là que votre situation diffère de celle de tous les autres... Vous n'avez pas de parents... » (Cronosus)

Alina semble stupéfaite. Elle attrape le bras droit de Cronosus. Comme pour se raccrocher à quelque chose.

« Comment ? C'est impossible ! » (Alina)

« C'est ce que tout le monde a toujours pensé, Alina. Moi-même je l'ai pensé une grande partie de ma vie. Et puis le miracle fut finalement possible... » (Cronosus)

« Explique-moi, Cronosus ! C'est une véritable torture ! » (Alina)

« Viens, assieds-toi. » (Cronosus)

Cronosus prend Alina par le bras. Il la soutient et l'amène jusqu'à un tronc d'arbre mort, situé un peu plus haut.

« Tu dois savoir que ta naissance, comme celle de tes congénères, n'a rien de commun. Vous êtes le fruit d'intenses recherches scientifiques. Des recherches qui ont su repousser l'impossible. » (Cronosus)

Alina l'écoute avec une attention redoublée.

« Vous êtes ce que l'on appelle des générations spontanées. Vous êtes venus au monde à partir de rien. Si ce n'est des résultats de mon imagination. » (Cronosus)

Alina paraît abasourdie. Elle s'efforce de rester attentive. Jamais elle n'a fait un effort aussi grand.

« C'est... » (Alina)

Sa voix tremble.

« C'est... c'est donc toi notre... père ? » (Alina)

Cronosus semble à son tour déstabilisé. Il ne se doutait peut-être pas qu'une telle question lui serait posée.

« En un sens, oui... Mais tu sais, ce mot n'a pas une grande signification ici... Il désignait un rôle bien précis dans l'ancien monde... » (Cronosus)

Alina tremble. Cronosus s'assied à ses côtés. Il prend ses deux mains dans les siennes, et les caresse tendrement. Alina le regarde. Désespérée. On dirait qu'elle aimerait qu'il dise autre chose. Qu'il corrige ce qu'il vient de lui annoncer.

« Comment ?... » (Alina)

Silence.

« Comment... as-tu fait ? » (Alina)

Comment lui dire ?

Alina semble faire un immense effort sur elle-même, pour pouvoir continuer à parler.

« Je... J'ai beau... réfléchir... Je ne comprends pas... » (Alina)

« Je suis généticien, Alina. Entre autres choses... » (Cronosus)

« Dis-moi, Cronosus ! Je ne supporte plus l'attente ! » (Alina)

Alina se lève précipitamment. Elle semble être en colère.

« Je vais tout te dire... » (Cronosus)

Essayer de trouver les mots justes...

« J'étais le généticien le plus brillant de mon monde. J'avais atteint un niveau de maîtrise inédit dans mon domaine. J'ai été contacté. On m'a demandé d'essayer de créer des êtres humains. À partir de rien. On me proposait de travailler avec une équipe. Des gens extrêmement brillants. On m'offrait des moyens extraordinaires. J'ai accepté. J'ai travaillé pendant des années. Sans toujours croire au bienfondé du projet. Et puis... j'ai trouvé la formule. J'ai créé la vie. Avant... de triompher de la mort... » (Cronosus)

« Comment cela ? » (Alina)

« Tu es immortelle, Alina. Comme Ino, Algo et tous les autres. Vous n'avez pas eu d'enfance. Mais vous n'aurez pas de vieillesse. Peu de choses peuvent vous abattre. Voilà pourquoi tout est différent... » (Cronosus)

Alina ne dit rien. Elle semble comme frappée de paralysie. Cronosus comprend qu'il lui faut reprendre la parole.

« Tu n'as pas besoin de boire. Ni de manger. Ni même de dormir. Tu ne dépends de rien. Contrairement à moi. Contrairement à tous les humains t'ayant précédée. Tu es exceptionnelle. » (Cronosus)

Alina ne dit toujours rien. Elle paraît songeuse. Cronosus se lève, s'approche d'elle. Il la prend dans ses bras.

Les mots ne peuvent cette fois pas décrire ce que je viens de vivre. Mieux vaut s'en tenir là. Pour l'instant...

FIN DE LA GRANDE RÉVÉLATION

Paternité. Paternité. Paternité. Un mot. Pour désigner une réalité. Des réalités. Celles de milliards d'hommes. Nous naissons. Nous grandissons. Nous donnons la vie. Nous vieillissons. Nous mourons... Paternité. Création. C'est en devenant père qu'on lègue la vie. Cette petite flamme intérieure que chaque être humain a au fond de lui. Sans naissance, la vie n'existerait plus. Elle a besoin de se renouveler. En permanence. C'est ce qui fait sa force. C'est ce qui la rend éternelle. Indestructible. En devenant un père d'un nouveau genre, j'ai modifié le rapport à la vie. Ils naissent. Ils vivent. Ils vivent. Ils vivent. Je ne suis pas un père au sens classique du terme. Mais eux non plus ne sont pas des enfants comme les autres. Alina m'a pourtant dit que j'étais leur père. Dois-je assumer cette fonction désormais ? Si seulement elle savait tout ce que je sais... Mais ce temps n'est pas encore venu...

Zone changeante (37)

Je n'ai finalement pas quitté la zone changeante. J'ai décidé de rester auprès d'Alina. Un long moment. Nous n'avons pas beaucoup parlé. Je lui ai surtout adressé des paroles de réconfort. Mais j'étais très mal à l'aise... Je ne savais pas vraiment quoi faire... Nous sommes retournés auprès d'Ino et Algo. Alina a essayé de se reposer. Mais elle n'a pas pu. Elle est allée se promener. Seule. La zone a encore évolué. Une montagne orange s'est dressée à côté du lac, qui lui ne cesse de rétrécir. Je suis resté avec Algo et Ino. Mais ils n'ont pas trop parlé. Alina est de retour. Elle descend de la montagne rouge en courant.

« Cronosus ! » (Alina)

Alina est haletante.

« Cronosus ! » (Alina)

« Qu'y a-t-il ? » (Cronosus)

Cronosus la regarde, soucieux.

« Je viens d'entendre une voix ! » (Alina)

« Une voix d'homme ? » (Cronosus)

« Oui ! Comment le sais-tu ? » (Alina)

« Tu n'es pas la première avec qui il essaie d'entrer en contact... » (Cronosus)

Cronosus regarde Algo. Algo regarde Alina.

« Cantor ! Cantor s'est adressé à toi ! » (Algo)

« Il avait déjà essayé de te parler, Alina, lorsque tu vivais dans le désert de sable. Je me demandais ce qu'il était devenu... Quelque chose me disait qu'il était toujours vivant... » (Cronosus)

« Comme les autres, non ? Lorsque tu nous as révélé qui nous étions, tu nous a dit que nous étions immortels. » (Algo)

« C'est vrai. C'est ainsi que vous avez été conçus. Mais vous n'en demeurez pas moins vulnérables. Surtout au début de votre vie. Rien ne dit que les autres ne sont pas morts. Il y en a juste deux dont je suis encore sûr de l'existence... » (Cronosus)

« Qui sont-ils ? » (Algo)

« Ils s'appellent Rinov et Vana. Un homme et une femme. Ils vivent dans une vaste forêt. » (Cronosus)

« Pourquoi n'es-tu pas allé les chercher eux aussi ? » (Alina)

« J'y suis allé. Mais je n'ai pas voulu intervenir dans leur existence. C'est un couple déjà très uni. » (Cronosus)

« Ils s'aiment ? » (Alina)

« Oui. D'après ce que j'ai pu observer, oui. » (Cronosus)

Silence.

« J'aurais pu les faire venir ici. Mais j'ai eu l'intuition qu'ils seraient encore plus en sécurité ensemble. Et puis je ne crois pas qu'ils soient capables de vivre tout de suite en communauté. Ils ont besoin de leur solitude à deux. » (Cronosus)

Silence.

« Que t'a dit Cantor ? » (Cronosus)

« Il savait comment je m'appelais. Il s'est présenté. Il a dit qu'il voulait me rencontrer. Car il avait des choses importantes à m'apprendre. » (Alina)

Algo, Alina et Ino regardent Cronosus.

« Que penses-tu de tout cela, Cronosus ? » (Algo)

Cronosus ne semble pas tenir compte de la question d'Algo. Il continue à réfléchir.

« Ce Cantor est décidément très étrange... Aucun d'entre vous n'est censé connaître le nom des uns et des autres... Je suis le seul à disposer de cette information... Je ne comprends pas... » (Cronosus)

Cronosus s'approche d'Alina, met ses mains sur ses épaules, et la regarde avec gravité.

« T'a-t-il dit autre chose ? T'a-t-il posé des questions ? » (Cronosus)

« Il m'a dit qu'il savait où j'étais. Qu'il ne pouvait pas venir me voir. Mais qu'il fallait que je vienne à lui. » (Alina)

Cronosus ne paraît pas satisfait de la réponse d'Alina.

« Est-ce là tout ? Ne t'a-t-il rien dit d'autre ? » (Cronosus)

Alina semble gênée.

« Si tu sais quelque chose, Alina, tu dois me le dire. Tous les éléments que nous pourrons regrouper nous aideront à mieux comprendre ce que veut faire Cantor. » (Cronosus)

« Il... Non, ce n'est pas important... Cela ne veut rien dire... » (Alina)

« Quoi ? Que t'a-t-il dit ? » (Cronosus)

« Il m'a dit que je ne devais parler de notre conversation à personne... » (Alina)

« Quoi d'autre, Alina ? Je te connais : je sens que tu me caches quelque chose... » (Cronosus)

« Cela n'a pas d'importance, Cronosus : je t'ai dit l'essentiel... » (Alina)

« Tout est important, Alina. Pense à Algo et Ino. Pense à tous les autres. Nous devons essayer de comprendre les intentions de Cantor. » (Cronosus)

« Il m'a dit que... » (Alina)

Algo regarde Alina affectueusement. Ino s'approche de la jeune femme, et caresse son bras droit. Alina fixe Cronosus avec crainte.

« Il m'a dit que tu nous mentais... et que je devais me méfier de toi... » (Alina)

Cronosus ne sait quoi répondre. Il semble déstabilisé. Alina ne dit rien. Algo prend les devants. Il regarde Cronosus d'un œil perçant.

« Est-ce vrai ? Nous caches-tu quelque chose ? » (Algo)

« Je ne vous ai pas menti. » (Cronosus)

Silence.

« Mais je ne vous ai pas encore tout dit... » (Cronosus)

« Nous avons le temps. Nous t'écoutons. » (Algo)

« Venez. Allons nous installer sous l'arbre bleu. » (Cronosus)

L'arbre n'est plus bleu, mais vert. Il est encore plus petit qu'avant. Ses branches sont très basses, ce qui donne l'impression d'être dans une sorte de grotte végétale.

« Il est normal que vous ayez envie de savoir. Je vous ai déjà dit beaucoup de choses. Mais il reste encore quelques mystères à éclaircir... » (Cronosus)

Cronosus inspire profondément. Comme s'il s'apprêtait à faire un effort conséquent sur lui-même.

« Une question demeure en suspens : pourquoi avez-vous été créés ? Y avez-vous réfléchi ? » (Cronosus)

Aucun des trois jeunes gens n'ose prendre la parole. Cronosus regarde Alina.

« Toi, Alina, tu as su avant tout le monde. J'ai vu ton trouble lorsque je t'ai fait certaines révélations... Je t'ai toujours connue songeuse : tu réfléchis plus qu'aucun autre. Je suis sûr que tu as ton avis sur la question. » (Cronosus)

Alina regarde Ino, puis Algo, puis Cronosus. On dirait qu'elle cherche à obtenir leur approbation avant de s'exprimer.

« J'ai essayé de comprendre... » (Alina)

Elle avale sa salive.

« Je ne crois pas que vous nous ayez créés sans dessein précis. Vous saviez parfaitement pourquoi vous espériez notre naissance... » (Alina)

« Et alors ? » (Cronosus)

« Je pense que vous nous avez créés pour vous servir de nous... » (Alina)

En disant cela, Alina a légèrement incliné la tête. Comme si elle avait conscience de porter une attaque contre Cronosus. Ce dernier ne dit rien. Mais l'interprétation d'Alina semble l'avoir atteint. Algo et Ino se tournent vers Cronosus. Impatients d'entendre sa réponse.

« Je... Je ne peux le nier, malheureusement... » (Cronosus)

« J'en étais sûre ! Vous vous êtes servis de nous ! Pour vos expériences ! Nous étions vos souris de laboratoire ! » (Alina)

Alina se lève, et part en courant.

« Alina, reviens ! » (Cronosus)

Cronosus se lève à son tour. Il tente de la rattraper. Mais il n'est pas assez rapide. Algo et Ino courent après la jeune femme. Cronosus retourne près de l'arbre. Seul.

Enfuie. Échappée. Comme la vérité. Il fallait bien que certaines choses soient dites... Mais devaient-elles être annoncées de cette façon-là ? Aussi vite ? Je n'ai même pas eu le temps de développer ma pensée... De dire ce qu'il en était réellement... D'expliquer ma position... Peut-être avais-je finalement raison de ne rien vouloir révéler ?

FIN DES RELATIONS INNOCENTES AVEC ALINA

Pêcher. Pêcher par orgueil. Pêcher. Pêcher par faiblesse. Orgueil. Faiblesse. Deux termes a priori antinomiques. Et pourtant... L'orgueilleux n'est-il pas celui qui croit posséder ce qu'il n'a pas ? Son orgueil n'est-il pas justement la manifestation de sa faiblesse ? Être orgueilleux, c'est se mettre en danger. Prendre le risque de ne pas avoir les moyens de ses ambitions. Se confronter à une grande désillusion.

De retour au Centre. Besoin de faire le point. Sur tout ce qui vient de se passer. Trop d'événements. Trop d'émotions.

Je comprends la colère d'Alina. Elle est légitime... Un être humain a-t-il déjà vécu pareille situation ? Tiens ! Pour le coup, voilà bien une question rhétorique !

Que faire désormais ? M'excuser ? Non, cela ne résoudrait rien...

Il faut que je lui parle. Que je lui explique tout. Tout ? N'est-ce pas trop ?

Comment rendre clair ce qui ne l'est déjà pas pour moi ?

Cantor... Je ne peux m'empêcher de penser à Cantor... Non pas que mes états d'âme n'aient pas leur importance en cet instant, mais Cantor... Qui est-il ? L'un des leurs. Soit. Mais encore ?

<u>Zone changeante (38)</u>

Alina est retournée au sommet de la montagne. Elle est assise. Elle regarde le soleil bleu se coucher. Il y a de la colère et du désespoir dans ses yeux.

Pauvre Alina... Si tu savais comme je regrette...

....
....
....

Cronosus s'est téléporté près de Rinov et Vana. Il n'a pas cherché à entrer en contact avec eux. Il voulait respecter leur intimité. Les deux jeunes gens semblent plus sereins, désormais. Comme s'ils ne craignaient plus d'être attaqués. Cronosus voudrait leur parler. Mais il hésite. Il ne sait pas s'il le doit. S'il le peut. Il recule, et repart en arrière. Il s'arrête brusquement. Un troupeau de gros animaux verts passe devant ses yeux.

Je n'ai jamais vu cela...

....

....

....

J'ai voulu aller chercher Rinov et Vana. Mais, à nouveau, je n'ai pas pu. Il y avait plusieurs raisons à mon retour dans la vaste forêt. Je voulais cesser de penser à ce qui venait de se passer avec Alina. J'avais besoin de changer de lieu. Changer de lieu pour changer d'idées. Je crois aussi que j'avais besoin de me dire que je pouvais entamer une nouvelle relation. Sans commettre les mêmes erreurs. Mais c'est inutile. Alina est là, quelque part, à m'attendre. Ce n'est pas parce qu'elle m'en veut que je dois la fuir. Je voulais convaincre Rinov et Vana de venir avec moi. Ils auraient été mes trophées de chasse. Le bouquet qu'un homme fautif apporte en guise de pardon. Mais je ne suis pas comme cela. Je dois assumer mes responsabilités. J'ai fait certaines choses. Bonnes. Mauvaises. Qu'importe. Je les ai faites.

....

....

....

Cronosus s'approche d'Alina. Le soleil bleu ne laisse plus apparaître que quelques rayons. Cronosus s'assied à côté de la

jeune femme. Il la regarde, puis fixe comme elle l'horizon. Il ne dit rien. Elle le regarde. Il lui adresse un sourire. Très discret. Très pudique. Gêné, il contemple à nouveau l'horizon. Alina pose sa tête contre son épaule. Des larmes coulent le long de son visage.

« Alina... Je suis désolé... » (Cronosus)

« Je sais... » (Alina)

....
....
....
....
....

Je ne suis pas tenu de tout raconter...

FIN DES TENSIONS AVEC ALINA ?

Libérée. Délivrée. Délivrée d'un poids. Je me sens mieux désormais. Je sais. Certaines questions que je me posais ont obtenu des réponses. Suis-je satisfaite ? Oui. En partie. Désenchantée ? Un peu... Beaucoup... Mais je ne peux pas changer le passé. Je suis ce que je suis. Il faut l'accepter. Vivre avec cette réalité. Cronosus ne m'a sûrement pas encore tout dit. Je le sens. Mais il a été honnête avec moi. Je le sens également. Je vois bien qu'il est plein de bonnes intentions à mon égard. À notre égard. Après tout, pouvait-il connaître tous les tenants et aboutissants du projet au moment où il a accepté d'y participer ? Il m'a dit qu'il avait beaucoup douté. Qu'il n'était sûr de rien. Je le crois. J'ai foi en lui. C'est mon père. Même s'il trouve ce terme impropre. Je sais que je peux lui faire confiance. Je ne pense pas qu'il ait la moindre envie de se servir de moi. J'ai surtout l'impression qu'il veut que je sois heureuse. Il semble craindre pour mon bonheur. Et même pour ma vie. Cantor. Cantor m'a dit que Cronosus nous mentait. Mais n'était-ce pas là une manipulation de sa part ? Il faudrait que je le rencontre. Il est très difficile d'émettre un jugement abstrait sur quelqu'un que l'on ne connaît pas. J'aime écrire. Cela n'a aucun lien avec les réflexions que je viens de développer, mais j'avais besoin de le dire. Oui, j'aime écrire ! Je suis reconnaissante envers Cronosus. C'est lui qui m'a prêté son livre électronique. Lui qui m'a expliqué comment cela fonctionnait. Il est d'ailleurs allé au Centre. Pour m'en fabriquer un. Il devrait être bientôt de retour. Il pense que je peux m'épanouir dans cette activité. Il a sans doute raison. C'est une telle libération de pouvoir donner un caractère concret à ses pensées ! J'ai l'impression de leur conférer une tout autre portée. Cronosus m'a dit qu'il trouvait intéressant que ma propre vision figure dans le livre qu'il est en train d'écrire. Il comptait l'appeler d'abord « Projet Cosmogonia ». Mais plus le temps passe, et plus il trouve que « Cosmogonia » conviendrait mieux. Venir nous voir l'a changé, m'a-t-il dit. Lui aussi se considère désormais comme un être de ce monde. Il n'est plus seulement un observateur. J'apprécie le fait qu'il fabrique un livre pour mon seul plaisir. Je serai libre de ne pas faire figurer dans son livre les écrits que je voudrais garder pour moi seule. Je vais lui proposer que nous regardions la fusion de nos deux textes plus tard. Quand nous jugerons le livre mûr. Nous avons tout le temps.

Zone changeante (40)

Cronosus est arrivé. Il a donné le livre à Alina. Et du matériel de sculpture et de peinture pour Ino et Algo. Ils sont allés se promener sur les collines entourant le lac. Alina leur a proposé de s'asseoir. Pour discuter.

Alina regarde Algo, puis Ino. Elle se tourne ensuite vers Cronosus.

« Vous avez des choses à me dire, n'est-ce pas ? » (Cronosus)

« Oui. Il nous reste quelques questions à te poser... » (Alina)

« J'imagine qu'elles doivent être nombreuses... » (Cronosus)

« Tes révélations ont fait naître beaucoup d'interrogations, c'est vrai... Mais nous nous en tiendrons seulement à quelques points très précis pour l'instant... » (Alina)

Cronosus prend le temps de poser son regard sur chacun d'entre eux.

« Je vous écoute. » (Cronosus)

« Tu m'as raconté les origines de ce projet, et j'en ai fait part à Algo et Ino... » (Alina)

Elle les regarde.

« Je pense que tu ne m'as pas tout dit, mais je crois que cela n'a pas trop d'importance... Nous avons tous les trois conscience qu'il convient surtout de savoir ce qui est arrivé aux autres... » (Alina)

Silence.

« Comme je vous l'ai déjà dit, je ne sais malheureusement pas ce qui leur est arrivé... Je peux simplement vous expliquer plus en détails le fonctionnement du Centre, si vous le souhaitez... » (Cronosus)

« Oui, je pense que c'est nécessaire. » (Algo)

Cronosus se racle la gorge.

« Bien... Vous devez savoir que le Centre est le lieu où nous étions censés gérer l'ensemble du projet. C'est un vaste édifice métallique qui présente la particularité de toucher chaque zone. » (Cronosus)

« Est-ce là où nous sommes nés ? » (Alina)

« C'est là où vous avez été conçus. Le Centre avait plusieurs fonctions : il était un centre de décisions et de production. Mais aussi un centre de surveillance. » (Cronosus)

« Tu parles des géocapteurs, n'est-ce pas ? » (Alina)

« Exactement. On peut voir chaque zone précisément à partir du Centre. » (Cronosus)

« Mais justement, ces géocapteurs et ces différentes zones, quelles étaient leurs fonctions initiales ? » (Algo)

« Nous avions prévu de laisser chacun d'entre vous errer seul dans une zone très vaste. Nous jugions préférable qu'il n'y ait pas de rencontres entre vous. En tout cas pas avant un long moment. Les géocapteurs avaient pour fonction de vous surveiller. En permanence. » (Cronosus)

« Alina nous a expliqué. Ce que je ne comprends toujours pas, c'est pourquoi vouloir nous séparer ? » (Algo)

« Tu dois savoir qu'il y avait des désaccords profonds entre les membres les plus influents du projet. Certains considéraient que vous placer ensemble dans la même zone pourrait être dangereux. » (Cronosus)

« Pourquoi ? » (Algo)

« Difficile à dire. C'était une situation inédite. Nous étions conscients qu'allaient se dresser face à nous beaucoup d'événements imprévisibles. » (Cronosus)

Cronosus réfléchit.

« Et puis, dans notre monde, les relations entre êtres humains étaient devenues... compliquées... » (Cronosus)

Silence.

« Comment était votre monde ? » (Alina)

« C'est drôle que tu en parles au passé... Après tout, il n'a pas disparu... » (Cronosus)

« Tu m'as pourtant dit que tu avais été le seul à lancer ce projet. Que tous les autres avaient brusquement disparu... » (Alina)

« L'histoire semble se répéter, n'est-ce pas ?... Ironie tragique... » (Cronosus)

« Cronosus, réponds à sa question... S'il te plaît... » (Algo)

« Je ne sais pas ce qui s'est produit. L'espace dans lequel nous nous trouvons actuellement est vaste. Immense même si l'on tient compte de toutes les zones que nous avons créées. Mais nous l'avions volontairement tenu éloigné de notre monde... » (Cronosus)

« Tu veux dire que nous sommes dans une sorte de monde à part ? » (Algo)

« En un sens, oui. C'est la raison pour laquelle je ne sais pas ce qui s'est produit dans l'ancien monde... » (Cronosus)

« Mais tu aurais pu le savoir, non ? Pourquoi ne pas être sorti du Centre ? » (Algo)

« Je ne pouvais pas... » (Cronosus)

Cronosus semble soudain perdu dans ses pensées. Alina lui prend la main. Il la regarde.

« Tu n'es pas obligé d'en parler, Cronosus... » (Alina)

« Je vous dois la vérité, Alina. Même si ressasser le passé est pour moi extrêmement douloureux... » (Cronosus)

« Nous pouvons attendre... » (Alina)

Ino regarde Cronosus avec empathie. Cronosus prend la main droite d'Alina, et y dépose un baiser. Ino et Algo paraissent surpris de ce geste.

« Il faut savoir qu'une partie du Centre est reliée aux terres de l'ancien monde. Or, pour éviter que le Centre et les différentes zones subissent le moindre dommage, nous les avons rendus hermétiques au monde extérieur. Le Centre est le cœur même du système de défense. Si nos ordinateurs jugent qu'il y a un danger à l'extérieur, les portes principales se ferment automatiquement. » (Cronosus)

« Elles sont actuellement fermées ? » (Algo)

« Oui. » (Cronosus)

« Depuis combien de temps ? » (Alina)

« Plusieurs années. » (Cronosus)

« Peut-on quand même forcer les portes ? » (Alina)

« Sans doute. Mais c'est une tâche impossible à accomplir seul. Il faudrait concevoir un matériel spécifique pour pouvoir les détruire. » (Cronosus)

« Et pourquoi ne pas reconfigurer les ordinateurs ? » (Algo)

« Je n'ai malheureusement pas ce talent... Vous devez savoir que le projet n'était pas encore arrivé à maturité lorsque les portes ont été fermées... Certains d'entre nous étaient encore en train de perfectionner les géocapteurs et les ordinateurs... Je crois que la fermeture des portes les a figés dans une certaine configuration... J'ai essayé d'y remédier, mais cela n'a rien donné... » (Cronosus)

« Que sais-tu de l'ancien monde ? Je veux dire... Sais-tu ce qui s'y passe actuellement ? » (Alina)

« Je n'en ai malheureusement aucune idée... Les ordinateurs indiquent simplement que la vie n'est plus possible là-bas... » (Cronosus)

Cronosus retire ses lunettes. Alina lui caresse le bras. Algo et Ino semblent également compatir.

« Peut-être les ordinateurs se sont-ils trompés ? » (Alina)

Cronosus la regarde avec un petit sourire triste.

« J'aimerais beaucoup... Je me suis longtemps dit cela... Mais nous avons des caméras qui nous permettent de voir l'extérieur... Il n'y a rien... Rien qu'une vaste plaine desséchée... » (Cronosus)

Alina voudrait dire quelque chose, mais elle préfère respecter la douleur de Cronosus. Elle reste à ses côtés. Lui serre la main.

« Tu... Tu m'avais dit qu'il y avait plusieurs zones... Désert de sable, désert de glace, grand labyrinthe... » (Alina)

« Il y en a dix au total. Aux trois que tu as nommées il convient d'ajouter la vaste forêt, la grande clairière, les collines des mers, les montagnes boisées, la zone rocailleuse, la zone changeante...

et les ruines de l'ancien monde... » (Cronosus)

« Les ruines de l'ancien monde ? » (Algo)

« C'est une zone qui reproduit différents styles architecturaux de l'ancien monde. Mais en les présentant sous un aspect délabré. » (Cronosus)

« Pourquoi une telle idée ? » (Algo)

« Nous voulions proposer des zones extrêmement diverses. La plupart d'entre elles sont totalement naturelles. D'autres rappellent le monde des hommes. Ino était dans une de celles-ci... » (Cronosus)

Alina et Algo regardent Ino, qui semble regretter de ne pouvoir répondre. Alina se tourne vers Cronosus.

« Les zones ont-elles une influence sur ce que nous sommes ? » (Alina)

« C'est possible, bien que j'en n'aie pas la certitude... » (Cronosus)

« Qui vit dans la zone des ruines de l'ancien monde ? » (Algo)

« Cantor... » (Cronosus)

« Je crois que nous avons assez parlé du passé, Cronosus. Alina, Ino et moi voulions mieux connaître le fonctionnement de ce vaste ensemble. Pour pouvoir enfin agir. » (Algo)

« Que comptez-vous faire ? » (Cronosus)

« Avec ton aide, nous souhaiterions aller à la recherche des autres. Nous sommes prêts à quitter la zone changeante. » (Alina)

« Ce projet vous honore. Mais sachez que sortir d'ici n'est pas sans risques. Le premier habitant de la zone changeante a disparu peu de temps après l'avoir quittée... » (Cronosus)

« Comment s'appelait-il ? » (Algo)

« Vario. Vous êtes cinq femmes et six hommes. Vario était l'habitant de la zone changeante. » (Cronosus)

« Qui sont les autres ? » (Alina)

« Chez les hommes, il y a Rinov et Palo. Le premier se trouve, comme vous le savez déjà, dans la vaste forêt. Palo vivait quant à lui dans une très belle zone, appelée collines des mers. Vous connaissez les autres hommes : Ino, Algo et... Cantor... Pour ce qui est des femmes... Disons que c'est un peu plus compliqué... » (Cronosus)

« J'espère que tu ne dis pas cela pour d'obscures raisons misogynes, Cronosus... » (Alina)

Cette phrase a le don de tous les faire rire.

« Ce serait mal me connaître, Alina... » (Cronosus)

Cronosus sourit, puis redevient sérieux.

« Non, si la situation des femmes est différente, c'est parce qu'elle est encore plus complexe... » (Cronosus)

Alina hésite avant de prendre finalement la parole.

« L'une d'entre nous est décédée, n'est-ce pas ? » (Alina)

« Oui... Je vois que tu t'en souviens bien... Elle s'appelait Evona. Elle vivait dans la zone rocailleuse. Elle a succombé à l'immense tremblement de terre... » (Cronosus)

Tous se taisent.

« Je n'ai malheureusement pas eu le temps d'aller la sauver... » (Cronosus)

Silence.

« Les trois autres femmes se nomment Seldona, Vana et Vané. Vana et Vané sont jumelles. Je les avais placées exceptionnellement dans la même zone, mais à des endroits différents. À ma connaissance, elles ne se sont jamais rencontrées. » (Cronosus)

« Tu nous as dit que Vana vivait avec Rinov dans la vaste forêt. Mais qu'est devenue Vané ? A-t-elle disparu elle aussi ? » (Algo)

« Elle fut l'une des premières à disparaître de mes écrans. Mais son cas est particulier. Il est tout à fait possible qu'elle ait gagné la vaste forêt en même temps que sa sœur. Un géocapteur ne se fixe normalement que sur une personne. C'est parce que Vana est entrée en contact avec Rinov que j'ai pu la suivre. » (Cronosus)

« Donc il est possible que Vané soit saine et sauve dans la vaste forêt, sans que nous le sachions ? » (Algo)

« C'est ce que j'espère... » (Cronosus)

Algo regarde Alina.

« Qu'en penses-tu ? » (Algo)

« Je crois que nous avons deux possibilités : rencontrer Cantor, ou aller dans la vaste forêt chercher Vané... Qu'en est-il de Seldona ? » (Alina)

« Mystère... Elle avait bien résisté au tremblement de terre. Elle semblait heureuse et autonome. La dernière fois que je l'ai vue, elle chantait. » (Cronosus)

« Est-il possible qu'elle ait changé de zone ? » (Algo)

« Oui. Car je me suis absenté un certain temps avant de retourner la voir... » (Cronosus)

« Quoi qu'il en soit, toutes ces disparitions sont étranges... Si les zones sont si vastes, il paraît peu probable que tous aient quitté en même temps leur zone d'origine... » (Alina)

« C'est aussi ce que je pense. » (Cronosus)

« Alors il faut entrer en relation avec Cantor. Nous risquons de perdre du temps à explorer chaque zone. » (Algo)

« Tu as raison. » (Alina)

Ino ne parle toujours pas, mais approuve de la tête.

« Comment peut-on se rendre dans une autre zone rapidement ? » (Alina)

« Il suffit de se téléporter. Il existe deux façons de le faire. À partir du géocapteur. Cela permet de se trouver très près de l'occupant de la zone. Ou alors à partir d'un point relais. Il y en a un par zone. » (Cronosus)

« Seulement un ? Cela paraît bien peu... » (Algo)

« Je suis de ton avis. Mais n'oublie pas que le projet en était encore à sa phase de production lorsque les portes furent fermées... Nous avions bien entendu prévu d'en installer davantage... » (Cronosus)

« À quoi ressemble un point relais ? Et comment l'utilise-t-on ? » (Alina)

« Je vais vous montrer. » (Cronosus)

Ils sont partis à la recherche du point relais de la zone changeante. Cronosus leur a expliqué comment cela fonctionnait.

« Une dernière chose... Vous devez savoir que la zone changeante est particulière... » (Cronosus)

170

« C'est-à-dire ? » (Algo)

« Il est impossible de l'atteindre depuis un autre point relais. » (Cronosus)

« Mais on peut y accéder depuis le Centre ? » (Alina)

« Oui. En entrant un code spécial. Dont je suis le seul possesseur. » (Cronosus)

« Donc personne ne peut venir ici ? Cette zone est protégée ? » (Algo)

« Elle ne l'est que partiellement. Ino vivait dans le grand labyrinthe. Il est pourtant arrivé jusqu'ici. » (Cronosus)

« Comment as-tu fait, Ino ? » (Algo)

Ino ne répond pas.

« Excuse-moi, j'oubliais... » (Algo)

« Cronosus... » (Alina)

« Eau. » (Ino)

Tous regardent Ino. Alina est ravie.

« Ino, c'est formidable ! Tu parles ! » (Alina)

Ino ne dit plus rien.

« Tu as déjà dit un mot... C'est un bon début ! » (Alina)

« Les paroles vont venir progressivement, Ino : il faut garder confiance ! » (Algo)

Ils se taisent.

« Ino est sorti du lac. Un lac qui ne cesse d'ailleurs de rétrécir... » (Cronosus)

Tous regardent le lac. Pour constater que Cronosus a raison. Le lac est presque à sec.

« Je n'étais pas en charge de la création des zones... Mais je connaissais suffisamment bien leur créatrice pour être informé de certaines spécificités... » (Cronosus)

Cronosus se tait. Un léger sourire apparaît sur son visage. Il semble se souvenir de moments heureux.

« Comme je vous l'ai dit, il y avait des désaccords entre nous. Certains voulaient que nous ayons une totale maîtrise de ce nouveau monde. Ainsi que des êtres qui allaient le peupler. D'autres n'étaient pas de cet avis... » (Cronosus)

Cronosus regarde Alina, avec un sourire malicieux.

« La créatrice des zones avait décidé la mise en place de passerelles qui ne dépendraient pas de la technologie des géocapteurs ou des points relais... Ça, c'était le domaine de Govan... » (Cronosus)

« Un de tes collaborateurs ? » (Alina)

« Un ami même. Il était le responsable de la partie technologique du projet. Un homme brillant... » (Cronosus)

« Et qui était la créatrice des zones ? » (Alina)

Après avoir posé cette question, Alina a l'impression d'avoir mal agi. Sans savoir véritablement pourquoi. Mais elle a regretté son interrogation dès l'instant où elle l'a formulée.

« Aloca... Elle s'appelait Aloca... » (Cronosus)

Le laconisme de Cronosus doit être d'une nature particulière.

Car tous se taisent pendant plusieurs secondes.

« Tu nous parlais de passerelles, Cronosus... » (Algo)

Cronosus sort de sa rêverie.

« Oui. Aloca et moi estimions qu'il fallait vous laisser une part de liberté. Ne pas trop vous contraindre. Ne pas faire de vous de simples êtres utiles... » (Cronosus)

Cronosus regarde Alina. Celle-ci baisse la tête.

« Les passerelles permettent de se téléporter d'une zone à une autre. Je ne les connais pas toutes dans le détail, mais je sais qu'elles existent. Il y avait visiblement une passerelle aquatique entre le grand labyrinthe et la zone changeante... Le fait que le lac soit en train de disparaître montre d'ailleurs que ces passerelles sont potentiellement évolutives... » (Cronosus)

« Donc les risques de voir quelqu'un entrer ici sont faibles ? » (Algo)

« Oui, et c'est la raison pour laquelle je reste opposé au fait que vous sortiez. Vous êtes en sécurité dans cette zone. » (Cronosus)

« Peut-être... Sûrement même... Mais nous ne pouvons pas rester là sans rien faire... Sans aider les autres... Sans savoir ce qui leur est arrivé... » (Alina)

Cronosus est pensif.

« Je comprends... Je crois que je ferais la même chose, si j'étais à votre place... » (Cronosus)

« Bon. Alors contactons immédiatement Cantor ! Il t'a dit comment faire, Alina ? » (Algo)

« Il m'a dit de retourner sur la montagne. Puis de penser très fort à lui. » (Alina)

Alina regarde Cronosus, guettant une réaction de sa part.

« Comme vous le savez, vos facultés sont très largement supérieures à celles des humains dont parlait l'*Histoire du monde et de l'humanité*. Vous avez notamment la capacité de communiquer par télépathie. Avec le temps, vous saurez vous servir parfaitement de ce don. » (Cronosus)

« Une nouvelle entorse aux règles du Projet Cosmogonia, Cronosus ? » (Algo)

« Peut-être ma contribution personnelle à votre liberté... » (Cronosus)

Cronosus sourit à Algo.

« Allons sur la montagne ! Et donnons à Cantor un lieu de rendez-vous ! » (Algo)

« Pourquoi ne pas le voir chez lui ? Dans les ruines de l'ancien monde... » (Alina)

Libéré. Délivré. Délivré d'un poids. Ils savent. Tout ? Non. Mais l'essentiel. Ils se sentent mieux désormais. Je me sens mieux moi-même. Prendre contact avec Cantor représente un risque. Mais le risque ne les effraie pas. Alors moi non plus !

FIN DE LA PREMIÈRE CONCERTATION

Arrivée au sommet. Enfin. L'ascension a été plus ardue cette fois-ci. La montagne ne cessait de croître à mesure que je montais... Cette zone est vraiment étrange ! Je suis seule. Ils voulaient tous m'accompagner. C'est ce qui était prévu. Mais j'ai insisté pour être seule. Je pense que c'est mieux ainsi. En échange, Cronosus m'a demandé de connecter mon livre au sien. Pour être informé de tout ce qui pourrait m'arriver. Ai-je peur ? Non. Je suis plutôt excitée ! J'ai hâte de voir qui est Cantor. Je suis sûr que c'est lui qui détient la clé du mystère...

....
....
....

Ruines de l'ancien monde (42)

Je suis bien arrivée. Quel lieu incroyable ! Cette terre ocre... C'est à la fois magnifique et... on dirait un paysage de fin du monde... Tous ces immeubles noirs en ruines... L'ancien monde était-il réellement comme cela ? Où est-ce le délabrement qui confère un sentiment si désagréable ? La grande pyramide. C'est l'endroit où Cantor m'a donné rendez-vous. Il m'a dit que je la verrai très vite à mon arrivée. Il semblait être au courant de l'existence des points relais. Bizarre... Ah ! Je la vois.

Alina marche en direction de la grande pyramide. Elle parcourt des rues désertes. Ses pieds soulèvent le sable ocre qui se trouve sur le sol. Une traînée rougeâtre se détache ainsi de ses pas. Comme si elle était le prolongement direct de son corps. Alina arrive devant la pyramide. Personne. Elle se décide à monter. Elle arrive au sommet. Le soleil est en train de se coucher. Un homme se tient tout près du bord. Il a le dos tourné. Il est grand. Brun. Les cheveux bouclés.

« Alina... »

Il se retourne. Il regarde Alina avec un sourire. Il s'avance vers la jeune femme. Lui tend la main.

« Ma chère Alina, je suis ravi de faire enfin ta connaissance ! » (Cantor)

Alina lui serre la main. Elle paraît un peu décontenancée.

« Bonjour... Cantor... » (Alina)

« Alors, tu as fait bon voyage ? La téléportation n'a pas été trop effrayante ? » (Cantor)

« Non... Et puis... ce n'est pas la première fois que je change de zone... » (Alina)

« C'est vrai... Tu vivais dans le désert de sable autrefois... » (Cantor)

« Comment le savez-vous ? » (Alina)

« Je sais beaucoup de choses, Alina... » (Cantor)

« Pourquoi vouliez-vous me rencontrer ? » (Alina)

« Je te trouve bien tendue, Alina... Tu me semblais plus à l'aise lorsque nous parlions par télépathie... » (Cantor)

« C'est une chose de parler à une personne à distance... C'en est une autre de faire la connaissance d'un inconnu... Surtout dans ce lieu... » (Alina)

Cantor regarde sa zone.

« Cet endroit te déplaît ? » (Cantor)

« Je ne dirais pas cela... Mais il me fait une impression étrange... » (Alina)

« C'était sans doute la volonté de ceux qui l'ont créé... Cette zone a un caractère fantomatique... » (Cantor)

« Oui... » (Alina)

Alina caresse son bras droit avec sa main gauche. Gênée. Troublée. Cantor le ressent.

« Tu verras : on s'habitue assez vite à ce lieu. L'être humain n'a de toute façon jamais beaucoup aimé le changement... » (Cantor)

« Vous vivez donc là depuis toujours ? » (Alina)

« Tu peux me tutoyer, Alina. Et pour répondre à ta question, je vis effectivement là. Je suis le gardien de cette zone... » (Cantor)

« Vous... Tu es déjà allé ailleurs ? » (Alina)

« Tu es bien curieuse, Alina... » (Cantor)

Cantor la regarde. Alina semble mal à l'aise.

« Pourquoi veux-tu savoir cela ? En quoi est-ce important ? » (Cantor)

« Je... Je te demande cela car... nous ne sommes pas seuls dans ce monde... » (Alina)

Cantor regarde Alina. Il s'approche d'elle.

« Je sais. » (Cantor)

Cantor lui tourne le dos.

« Vous pouvez venir ! » (Cantor)

Alina est sur ses gardes. Soudain, des hommes et des femmes arrivent par les airs. Chacun se tient sur une petite planche métallique. Ils se posent tous sur le sommet de la pyramide. Alina est abasourdie. Certains gardent leur planche dans la main. D'autres la réduisent à la taille d'un petit cube, et la rangent dans leur poche. Ils avancent vers elle. Cantor se

retourne. **Les hommes et femmes se tiennent tous derrière lui. Ils sont cinq.**

« Alina, permets-moi de faire les présentations ! » (Cantor)

Alina ne parvient toujours pas à sortir de son étonnement. Cantor s'approche d'une femme, et met ses mains sur ses épaules.

« Voici Vané » (Cantor)

Vané fait un signe de tête à Alina. Cantor lâche les épaules de la jeune femme, puis pose ses mains sur celles d'un homme.

« Voici Vario » (Cantor)

Alina met sa main devant sa bouche. Elle ne peut contenir sa joie.

« Il a vécu quelque temps dans le désert de sable... Vous aurez sans doute des choses à vous dire... » (Cantor)

Cantor poursuit les présentations, en adoptant toujours le même rituel.

« Voici Palo... Un excellent nageur... » (Cantor)

Palo regarde Cantor avec reconnaissance.

« Voici Seldona... Elle chante divinement bien... » (Cantor)

Alina semble se souvenir de Seldona. Elle en avait parlé avec Cronosus. Elle paraît particulièrement heureuse de la voir.

« Et enfin, voici... Evona... » (Cantor)

Cantor a posé ses mains sur Evona. Très affectueusement. Il reste un certain temps à ses côtés. Puis il retourne vers Alina.

« J'ai effectivement visité un certain nombre de zones... » (Cantor)

Alina reste sans voix. Elle regarde tous ces hommes et femmes avec fascination. Eux-mêmes l'observent. Mais sans surprise. Certains lui sourient, comme Seldona. D'autres la regardent avec une méfiance à peine dissimulée, comme Vané.

« Nous allons faire plus ample connaissance... Mais ne restons pas là : allons chez moi ! » (Cantor)

Tous descendent de la pyramide.

....
....
....

Plus aucune information. La connexion entre les deux livres a été interrompue. J'espère qu'il s'agit là d'un acte volontaire de la part d'Alina... Je n'étais guère tranquille à l'idée de la laisser partir seule... Mais elle a tellement insisté... Elle a été choquée par les révélations que je lui ai faites... Notamment lorsqu'elle a su qu'ils avaient tous été créés pour être utiles... Pour servir... Je ne voudrais pas qu'il lui arrive quoi que ce soit... Mais je ne peux pas non plus aliéner sa liberté... Ils sont donc tous dans les ruines de l'ancien monde. Sauf Rinov et Vana. Au moins est-ce un soulagement de les savoir vivants ! Même Evona a survécu au tremblement de terre ! Quelle bonne nouvelle ! Mais cela n'est pas sans poser quelques questions... Il est évident que le géocapteur des ruines de l'ancien monde ne marche plus correctement : il aurait dû se fixer sur Cantor, sinon... Et pourquoi Cantor est-il allé tous les chercher ? Comment connaissait-il leur existence ? Et comment savait-il où ils vivaient ? L'aurais-je créé trop intelligent ? Il n'est pourtant pas censé l'être beaucoup plus que les autres... Mais certains aspects de leur évolution peuvent m'échapper... Le fait d'être placé dans les ruines de l'ancien monde lui a peut-être conféré des qualités particulières ? Aussi aberrant que cela puisse paraître, ce lieu lui aurait-il permis de comprendre le passé ? Un passé qu'il n'a pourtant pas connu... Alina va sûrement apprendre beaucoup de choses. Je vais rester près de mon livre. Mais je vais d'abord informer Algo et Ino des derniers événements...

FIN DE LA PREMIÈRE RENCONTRE ENTRE ALINA ET CANTOR

Rien. Les heures passent... Mais toujours aucune nouvelle d'Alina... Que lui est-il arrivé ?

Je n'aurais jamais dû la laisser partir seule... Ce Cantor ne m'inspire pas confiance... Depuis le début, il me semble étrange. Bizarre. Différent de tous les autres. Mais Alina n'est-elle pas elle-même un être particulier ?

Est-elle en danger ? Après tout, il n'a attenté à la vie d'aucun d'entre eux. Il a même recueilli Evona. Evona vivante ! Alors que je la croyais morte ! Peut-être Cantor est-il plus à même de les protéger que moi ? Après tout, s'il y en a un qui est vraiment différent de tous les autres, c'est bien moi...

Y aller ? Rejoindre Alina dans les ruines de l'ancien monde ? Elle ne le voulait pas. Sous aucun prétexte. Elle m'a assuré que si elle rencontrait le moindre problème, elle utiliserait son livre pour me le signaler. Lui faire confiance.

Alina. Aloca. Le passé. Le présent. L'avenir. Tout se mêle. Peut-on réellement repartir de zéro ? Tout reconstruire ? Ne dépend-on pas toujours de ce dont a hérité ? Et cet héritage est si ancien...

Que veut Cantor ? Fonder une nouvelle société ? Ou simplement procéder à la réunion des êtres ? Ses intentions sont-elles bonnes ? Ou veut-il lui aussi se servir de leurs étonnantes facultés ?

Cantor... Cantor... Non, rien ne le prédestinait à savoir. À savoir plus. À savoir mieux. Les ruines de l'ancien monde ont eu une influence décisive sur sa personnalité. C'est la seule explication plausible. Ou alors je ne comprends vraiment plus rien...

Algo et Ino veulent intervenir. Eux aussi sont inquiets. Y aller. Soit. Mais pour quoi faire ? Et quelle sera l'attitude de Cantor à mon égard ?

Ruines de l'ancien monde (43)

Nous sommes arrivés sur place. Nous nous approchons de la grande pyramide. Alina n'est plus là, bien sûr. Elle est chez Cantor. Il a donc une maison ! Le livre d'Alina est censé émettre un signal. La tonalité est très faible. Nous sommes pourtant dans la même zone...

Ino et Algo paraissent très surpris. Il faut dire que c'est la première fois que l'un et l'autre voient des bâtiments. Nous nous approchons du signal.

Nous sortons de la ville. Nous entrons dans un désert de couleur ocre. Je ne vois toujours personne...

Cronosus, Algo et Ino marchent dans le désert. Le soleil est d'un rouge sang. La chaleur est extrême. Ils aperçoivent des taches noires au loin.

« Qu'est-ce que c'est, Cronosus ? » (Algo)

« Je ne sais pas... » (Cronosus)

« Ce sont peut-être les autres ? Nous ne sommes plus très loin du livre d'Alina, non ? » (Algo)

« Oui, il est possible que ce soit eux... » (Cronosus)

Quelque chose approche. Quelque chose qui remue la terre ocre. Des humains ? Non. Des animaux noirs. Aux longues dents blanches. Ce sont des quadrupèdes.

« Cronosus... » (Algo)

« Fuyons ! » (Cronosus)

Cronosus, Algo et Ino courent en direction de la ville. Les animaux les pourchassent. Ils sont plusieurs. Il s'agit d'une meute. Ce sont des sortes de loups. Qui se déplacent très

rapidement.

Ils vont finir par nous rattraper, c'est sûr... Mais Ino et Algo peuvent encore s'en sortir !

Cronosus s'arrête brutalement. Ino et Algo interrompent eux aussi leur effort.

« Qu'y a-t-il, Cronosus ? » (Algo)

« Continuez sans moi... Je ne cours pas assez vite... Si vous restez à mes côtés, ils vous rattraperont ! » (Cronosus)

« Nous... N... » (Ino)

Ino pose sa main droite sur l'épaule de Cronosus, qui s'est assis sur le sol pour reprendre son souffle. Le jeune homme semble vouloir lui dire qu'ils ne l'abandonneront pas.

« Fuyez ! Vous ne devez pas mourir ! Pas maintenant ! Pas pour moi ! » (Cronosus)

« Nous ne te laisserons pas, Cronosus ! Tu es comme notre père. » (Algo)

Les animaux n'ont pas arrêté leur course. Ils vont bientôt les rejoindre.

« Ces créatures ne sont peut-être pas si dangereuses... Et puis, nous pouvons nous défendre ! » (Algo)

« Mais avec quoi, Algo ? Fuyez ! Et allez retrouver Alina ! » (Cronosus)

Les animaux arrivent près d'eux. Ils marquent un temps d'arrêt. Et les fixent avec attention. Le chef de la meute pousse un hurlement. Les loups reprennent leur course. Cronosus se relève.

Je vais me défendre, bien sûr. Mais je sais que la mort m'attend.
Qui aurait dit qu'elle adviendrait maintenant, en ce lieu ? Et dans
ces circonstances ?

Le chef de meute choisit de porter son attaque sur Ino. Les autres animaux sont à l'arrêt. Ils laissent au mâle dominant le privilège de tuer sa première victime. Ino arrive près d'Algo, puis le dépasse. Le chef de meute prend Algo en chasse. Alors que le loup s'apprêtait à le mordre, le jeune homme l'évite en faisant un saut immense. Algo voit dans les airs des êtres humains lancés à grande vitesse sur de petites planches noires. Alina est sur l'une d'elles. Cantor mène le groupe d'humains. Il tient dans sa main une boule noire, qu'il jette sur la meute. Puis il attrape Algo avant que celui-ci ne retombe. La boule touche le sol. Les animaux, apeurés, reculent. Puis ils s'écroulent. Tous en même temps. Cantor dépose Algo sur le sol. Le chef de meute commence à fuir. Il essaie de rejoindre le désert. Cantor le pourchasse. Il sort de sa poche une petite lame, dont la taille croît de manière instantanée. Cantor, tout en volant, modifie la taille de la lame, ainsi que sa forme. Il s'approche du chef de meute. Ce dernier tourne son regard vers Cantor. Il court de toutes ses forces. Il a peur. Il a beau être un animal, la peur se voit dans ses yeux. Cantor quitte sa planche et, avant de toucher le sol, le pourfend. Un silence immense envahit la plaine.

Cantor regarde l'animal. Il reprend sa planche, puis rejoint les autres.

« Nous leur avons montré l'indéniable supériorité de notre espèce ! » (Cantor)

Tous les membres du groupe de Cantor le regardent avec admiration.

« Tu as été incroyable, Cantor ! Tu ne leur as laissé aucune chance ! » (Vané)

Cantor se dirige vers Cronosus.

« Nous sommes arrivés à temps, n'est-ce pas ? » (Cantor)

« Je dois bien reconnaître que nous vous devons la vie... » (Cronosus)

« Qui sait ? Peut-être auriez-vous pu vous en sortir sans nous ? Mais ce n'est qu'un peut-être... » (Cantor)

Cantor observe Cronosus avec intérêt.

« Je te rencontre enfin, Cronosus. Depuis le temps que j'attendais cela... » (Cantor)

« Je crois que nous avons beaucoup de choses à nous dire, Cantor... » (Cronosus)

« Je crois aussi... Venez chez moi ! Tu dois avoir faim et soif, après cette aventure... » (Cantor)

En prononçant cette phrase, Cantor a semblé à la fois amical et hautain. Ils partent tous sur leurs planches. Algo est monté avec Seldona, et Ino avec Alina. Cronosus, quant à lui, est sur la même planche que Cantor. Ils arrivent enfin dans la ville. Ils se posent dans une rue assez large, près d'un immeuble haut de quatre étages. Ce bâtiment est lui aussi en état de délabrement, mais moins que beaucoup d'autres.

« Bienvenue chez moi ! » (Cantor)

Nous y sommes donc. Voilà enfin l'occasion de comprendre. De nombreuses questions assaillent mon esprit. Je ne sais par laquelle commencer. Aurais-je d'ailleurs le loisir d'interroger Cantor ? Il est en position de force, ici. Je vois bien que beaucoup d'entre eux sont déjà sous son influence. Il nous a sauvé la vie. Il n'a tué aucun d'entre nous. Alors pourquoi suis-je si méfiant ?

FIN DE MA PREMIÈRE RENCONTRE AVEC CANTOR

Nous entrons dans l'immeuble. Tout est très sombre. Forcément, il n'y a pas d'électricité ! Je vois des escaliers qui mènent à une cave. Décidément, Aloca avait le souci du détail ! Nous montons tous les étages. Nous arrivons au quatrième. Nous entrons dans une grande pièce. Il devrait normalement y avoir une immense baie vitrée. Mais la vitre n'est pas là. Non pas qu'elle soit tombée... Elle n'a simplement jamais été là ! Curieux projet tout de même que celui de créer une ville en ruines. Volontairement incomplète. Il y a une forme de perfection dans cette imperfection... Je pense à toi Aloca...

La pièce est très grande. Des canapés se trouvent à proximité de la baie vitrée. Ils sont disposés en carré. Tous s'y assoient. Le soleil couchant est toujours là. Cantor va dans la cuisine, qui se trouve dans la même pièce. Il apporte un verre d'eau à Cronosus.

« Tiens, Cronosus ! Tu dois avoir soif ! » (Cantor)

Cronosus boit une gorgée, puis regarde autour de lui. Les murs sont noirs, et couverts de poussière. Cantor va s'asseoir.

« Alors, Cronosus... Vous vous êtes donc décidés à nous rendre visite ? » (Cantor)

« Comme tu peux le voir... » (Cronosus)

« On peut dire que vous avez choisi le meilleur moment pour cela... » (Cantor)

Rires.

« Je vous taquine... » (Cantor)

Cantor regarde l'ensemble de l'assemblée, avec un petit sourire aux lèvres. Puis il redevient sérieux.

« Pourquoi êtes-vous venus ? Et pourquoi maintenant ? » (Cantor)

« Nous voulions savoir comment allait Alina... » (Cronosus)

« Elle va bien, comme tu peux le voir ! » (Cantor)

Alina regarde Cronosus avec un petit sourire gêné. Son regard croise également celui d'Algo, assis à la droite de Cronosus.

« Je suis heureux de l'apprendre... » (Cronosus)

« Tu en doutais ? » (Cantor)

« C'est-à-dire que... nous ne savions rien de sa situation... » (Cronosus)

« Elle est à l'abri, ici, comme tous ceux qui ont accepté de me rejoindre. Nous venons de vous en faire la démonstration, je crois... » (Cantor)

Silence.

« Mais ne parlons pas du passé... Parlons plutôt de l'avenir ! Un avenir qui s'annonce radieux ! » (Cantor)

« Pourquoi dis-tu cela ? » (Algo)

« Ah, Algo ! Quel dommage que nous n'ayons pas pu nous voir plus tôt ! Tu as été le premier avec lequel je suis entré en contact. » (Cantor)

« Je me rappelle très bien, Cantor... Pour quelles raisons l'avenir te semble-t-il si radieux ? » (Algo)

« Pas très causant... mais direct ! J'aime ça ! » (Cantor)

Cantor se lève, et regarde l'horizon. Puis il se retourne et porte son regard sur Algo.

« L'avenir ne te semblerait-il pas radieux si tu savais que tu avais l'éternité devant toi ? Si tu te savais capable de réaliser tous tes projets, même les plus fous ? » (Cantor)

« Tu sais donc que nous sommes immortels... Mais comment ? Seul Cronosus est censé détenir cette information... » (Algo)

« Ah ! Cronosus ! Tu en parles déjà avec beaucoup de respect ! Comme un petit garçon parlerait de son papa ! » (Cantor)

Cantor dévisage Cronosus.

« Gare la crise d'adolescence... » (Cantor)

Cantor rit.

« Je plaisante, bien sûr ! » (Cantor)

Cantor devient soudainement grave.

« Cronosus n'est fort heureusement pas le seul à tout savoir... » (Cantor)

« Pou... Pour... » (Ino)

Cantor regarde Ino d'un air amusé.

« Tu veux dire pourquoi, n'est-ce pas ? Pourquoi quoi ? Pourquoi moi je sais ? » (Cantor)

Cantor appuie ses mains contre le sommet du canapé.

« Cela n'a clairement pas d'importance, Ino. Ce qui compte, c'est ce que je veux faire des connaissances que je possède. » (Cantor)

Cantor regarde Cronosus.

Il y a... Je... Cela me dit... quelque chose...

« Je suis heureux que nous soyons tous réunis. On dirait une grande famille. » (Cantor)

« Une famille qui n'est pas au complet, Cantor... Rinov et Vana sont toujours dans la vaste forêt... » (Cronosus)

« Je sais... Tu veux les voir, Cronosus ? » (Cantor)

« Comment ? » (Cronosus)

Cantor retrousse le haut de sa manche droite. Une montre argentée se trouve sur son poignet. Cantor appuie sur un bouton. Le fond de la pièce s'illumine. Un grand écran devient vert. On voit Rinov et Vana en train de se promener, main dans la main. Cantor regarde Cronosus. On dirait qu'il veut l'impressionner. Le surprendre.

« Magnifique, n'est-ce pas ? » (Cantor)

Comment a-t-il fait ?

« Tu... Tu as le contrôle des géocapteurs ? » (Cronosus)

« J'en ai comme l'impression... » (Cantor)

Cantor regarde Evona, et sourit. Elle lui rend son sourire.

« Mais... Comment est-ce possible ? » (Cronosus)

« À nouveau, quelle importance ? Tu te focalises trop sur les causes, Cronosus. Tu es trop porté sur le passé. Moi, ce qui m'importe, ce sont les conséquences ! C'est l'avenir ! » (Cantor)

Cantor semble enflammé.

« C'est ce qui nous différencie, toi et moi. Nous sommes tous les deux des êtres de réflexion, Cronosus. Je connais ton intelligence. Tu pourras bientôt constater à quel point la mienne est grande... Mais ton intelligence est mal employée... Tu te disperses trop...

Cesse de juger tes actes potentiels : agis ! » (Cantor)

Il y a vraiment quelque chose...

« Tu sais, si tous ont accepté de me rejoindre ici, ce n'est pas pour la douceur du climat, ou la beauté de nos ruines... » (Cantor)

Rires dans l'assemblée.

« S'ils sont tous là, c'est parce qu'ils croient au projet que je leur ai exposé... » (Cantor)

« Et quel est ce projet ? » (Algo)

« Excellente question, Algo ! Tu vois que tu peux apporter ta pierre à l'édifice, quand tu veux ! » (Cantor)

« Je n'ai pas besoin de tes conseils, Cantor ! » (Algo)

Cantor le regarde avec mépris.

« Pas besoin de mes conseils ? Nous verrons bien... » (Cantor)

Cantor cesse de regarder Algo avec un air sévère. Il lui sourit.

« J'aime ta personnalité. Ce sont des gens comme toi dont j'ai besoin. C'est avec des gens comme toi que nous allons bâtir un nouveau monde ! » (Cantor)

Cantor a les bras ouverts, les mains au niveau de la tête.

« Mais avant de parler de choses trop sérieuses, il me paraît bon de faire un peu connaissance... J'ai certaines obligations de mon côté... Evona, tu n'as qu'à les emmener faire un tour de la ville... Ce n'est pas le lieu le plus touristique au monde, mais je suis sûr que vous aurez plaisir à discuter tous ensemble. Nous reprendrons cette conversation plus tard. » (Cantor)

Tous se lèvent. Ils descendent les escaliers. Alina et Cronosus

ferment la marche.

« Je suis heureux de te revoir, Alina ! Je m'inquiétais pour toi... » (Cronosus)

« Tout va bien. » (Alina)

Quelle froideur...

« Dis aux autres que je les rejoins. » (Cronosus)

Arrêter la discussion au moment où nous allions parler de son projet... Pourquoi essaie-t-il de gagner du temps ? Nous allons avoir un petit échange privé, Cantor...

FIN DE LA PREMIÈRE RÉUNION DE CANTOR

J'entre dans le salon. Cantor regarde l'horizon. Il salue quelqu'un de la main droite. Sans doute un membre du groupe.

« Alors, Cronosus... Il te restait quelque chose à me dire ? » (Cantor)

Cantor se retourne, et regarde Cronosus d'un œil perçant.

« Il y a effectivement plusieurs sujets que j'aimerais aborder avec toi. Tu peux peut-être tromper tout le monde, mais pas moi. » (Cronosus)

« Tromper tout le monde ? Tromper tout le monde ? De qui te moques-tu, Cronosus ? Ou plutôt, devrais-je dire Inalco... » (Cantor)

« Comment ? » (Cronosus)

« Eh oui, mon cher Cronosus, je connais ton nom... Ton vrai nom ! Cela t'étonne ? » (Cantor)

Cronosus semble abasourdi.

« Comment possèdes-tu cette connaissance ? » (Cronosus)

« Décidément, connaître les causes est une manie chez toi, Cronosus ! Tu es vraiment un homme du passé ! » (Cantor)

J'ai maintenant la certitude qu'il n'est pas comme les autres... Il détient trop d'informations...

« Allons bon, cela restera entre nous ! Ce sera, disons, notre petit secret... » (Cantor)

Silence.

« Comment possèdes-tu toutes ces informations, Cantor ? Je ne sais pas ce que tu as pu leur raconter, mais je connais parfaitement chacun d'entre vous... C'est moi qui t'ai créé... » (Cronosus)

« Toi qui m'as créé ? Tu y vas un peu fort... Tu devrais faire preuve de plus de modestie, Inalco... » (Cantor)

Cantor se rapproche de Cronosus.

« Es-tu, toi aussi, capable de garder un secret ? » (Cantor)

« Cela dépend du secret... » (Cronosus)

« Faisons un marché, si tu veux bien... Je m'engage à répondre à tes questions, si tu me promets de ne partager mes réponses avec personne... Cela te convient ? » (Cantor)

Cronosus réfléchit. Cantor, placé juste en face de lui, lui sourit.

Que faire ? Sa proposition est certes alléchante, mais je n'aime guère l'idée d'un pacte... Ce Cantor a vraiment des choses à cacher... Bon... Acceptons, cela ne m'engage pas à grand-chose, après tout...

« C'est d'accord ! » (Cronosus)

« Parfait ! Viens ! Allons sur la terrasse ! » (Cantor)

La terrasse se trouve sur l'aile droite du bâtiment. Il y a une petite table en son centre. Cantor propose à Cronosus de s'assoir sur une chaise.

« Je t'écoute, Cronosus ! » (Cantor)

Menons cet entretien avec finesse...

« Voilà, Cantor... Toutes les questions que je me pose pourraient être résumées en une seule : pourquoi as-tu connaissance d'éléments qu'aucun de tes congénères n'est en mesure de posséder ? » (Cronosus)

« Un art de la synthèse très bien maîtrisé... Tu n'as pas changé, Inalco... » (Cantor)

« Tu parles comme si tu me connaissais... Tu as eu accès à des informations me concernant ? » (Cronosus)

« Je n'en ai pas eu besoin... » (Cantor)

Cantor se lève, regarde l'horizon, puis se tourne vers Cronosus.

« Je te connais depuis fort longtemps... Inalco... » (Cantor)

Est-ce la vérité ? Ou cherche-t-il à me manipuler ?

« Tu sais comme moi que ce n'est pas possible... Tu as beau être un jeune adulte, tu n'es pas un être conscient depuis plusieurs années... » (Cronosus)

« Je sais... Mais je ne te parle pas de ce que je suis maintenant... Plutôt de ce que j'étais avant... » (Cantor)

Où veut-il en venir ? Pourrait-il être... ?

« Avant ? Mais tu n'existais pas avant ! Toi qui sembles très au fait du Projet Cosmogonia, tu n'es pas sans savoir que je vous ai créés à partir de rien... » (Cronosus)

« Je sais, Cronosus, je sais... Un travail exceptionnel ! La création *ex nihilo* ! J'admire ce que tu as accompli ! Je te savais doué, mais je dois avouer que j'ai souvent été sceptique quant à tes chances de réussite... » (Cantor)

Il aurait donc vécu dans l'ancien monde ? Il parle comme...

« De nous tous, il faut reconnaître que c'est toi qui avais la tâche la plus ardue. Créer des êtres complexes sans passer par les habituels processus de création... Chapeau bas ! » (Cantor)

Il a toujours cet air ironique... Mais je sens que son admiration n'est pas feinte...

« Tout le projet reposait sur toi, quand on y pense... Si tu n'étais pas parvenu à créer tous ces individus, rien de ce que nous étions en train d'entreprendre n'aurait eu de sens... » (Cantor)

« Comment sais-tu tout cela ? Tu parles... comme un homme de mon monde... comme un membre du Projet Cosmogonia... » (Cronosus)

Cantor regarde Cronosus avec un petit sourire malin.

« Tu n'es pas le seul à avoir changé de nom, Inalco... » (Cantor)

Cantor s'approche de Cronosus.

« Mon vieil ami... Mon seul lien avec mon passé... » (Cantor)

Serait-il...

« Govan ? Tu es Govan ? » (Cronosus)

Cronosus s'est levé de sa chaise. Il semble totalement déstabilisé. Cantor le prend dans ses bras.

« Tout juste, Inalco ! C'est bien moi ! Avec quelques modifications... » (Cantor)

Cronosus ne dit rien. Cantor l'étreint affectueusement, mais Cronosus reste de marbre.

« C'est bon de te revoir, mon ami ! Depuis tout ce temps... » (Cantor)

Cantor relâche Cronosus.

« Alors, tu ne dis rien ? La surprise, sans doute ! Je me doutais bien que tu réagirais ainsi... » (Cantor)

Cronosus est stupéfait.

« Comment... Comment as-tu fait ?... Je ne comprends pas... » (Cronosus)

« Ah... Les grands mystères de la vie... Tu en sais quelque chose, n'est-ce pas ? » (Cantor)

« Cette jeunesse... » (Cronosus)

Cronosus touche le bras de Cantor.

« Ces capacités hors du commun... Comment as-tu pu les acquérir ? Où est le vrai Cantor ? » (Cronosus)

« Viens ! » (Cantor)

Cantor fait signe à Cronosus de le suivre. Ils retournent dans le salon. Puis s'assoient sur le canapé.

« Tes questions et ta surprise sont légitimes, Cronosus... Tu permets que je t'appelle comme cela, désormais ? Après tout, c'est sous ce nom que tous les autres te connaissent... » (Cantor)

« Les autres... Ils vont bientôt revenir... » (Cronosus)

« Ne t'inquiète pas, nous avons le temps... Je communique par télépathie avec Evona... Je lui ai dit de prolonger un peu leur tour de la ville... Je me doutais bien que nous aurions une petite discussion... Je savais que tes doutes allaient rapidement se transformer en questions... Et je pense qu'il vaut mieux aborder certains sujets ensemble pour le moment... entre habitants de l'ancien monde... » (Cantor)

« Explique-moi comment tu es devenu Cantor... » (Cronosus)

« Permets-moi d'abord de te dire que je suis ravi de te revoir ! Même si nos relations n'étaient pas toujours au beau fixe, je t'ai toujours considéré comme un ami cher... » (Cantor)

« C'est aussi mon cas... Je savais faire la part des choses entre nos désaccords et notre amitié... » (Cronosus)

« Tant mieux ! Voilà qui est dit ! Bien... Où en étais-je ? Ah oui ! Ma transformation... » (Cantor)

Le terme semble l'amuser...

« Tu te rappelles sans doute nos longues discussions... Sur la technique, la génétique, l'histoire, la politique... Elles ont, en un sens, nourri le Projet Cosmogonia... Même si nous avions des attributions différentes, nous travaillions en étroite collaboration... » (Cantor)

« Je me rappelle... Surtout nos désaccords, en fait... Mais échanger avec toi a toujours été extrêmement stimulant... » (Cronosus)

« Je te renvoie le compliment !... Bref, nous en étions venus à la fin à connaître assez bien le domaine de prédilection de l'autre... » (Cantor)

Dois-je lui parler du livre ? Non, on ne sait jamais...

« C'est vrai... Grâce à toi, j'ai acquis des connaissances techniques que je n'aurais jamais pu posséder... » (Cronosus)

« Oui... J'ai vu d'ailleurs que tu avais su gérer seul tous les géocapteurs... Belle prouesse pour un généticien ! » (Cantor)

« Ton apparence, Govan... » (Cronosus)

« Ah oui ! Mon apparence... Je sais d'avance que tu vas juger mon acte immoral, Inalco... C'est sans doute pour cela que je diffère ma réponse... » (Cantor)

« Bien des choses ont eu lieu depuis notre dernière rencontre... Je ne suis pas sûr d'accorder autant d'importance à la morale... Parle : je veux savoir... » (Cronosus)

« Si tel est ton souhait... Voilà... Disons que... J'ai pris la place de celui qui devait être Cantor... » (Cantor)

« Comment cela ? » (Cronosus)

« Je ne vais pas revenir sur la création de ces êtres... La formule, le laboratoire... Tu connais tout cela mieux que moi... Pour résumer, disons que j'ai pris le risque d'entrer dans le sarcophage réservé au futur Cantor... » (Cantor)

« Mais... » (Cronosus)

« Tu vois... Je savais que cela allait te choquer ! Je peux pourtant te dire qu'il n'y a pas de quoi... » (Cronosus)

« Tu as empêché la naissance d'un être... Tu as commis une sorte de crime ! » (Cronosus)

« Un crime ? Comme tu y vas... Le terme n'est pas adapté... Et tu le sais très bien ! Je me suis simplement approprié les facultés et la jeunesse d'un être qui n'existait pas encore... Est-ce un acte condamnable ? Je ne le crois pas... » (Cantor)

Cronosus ne sait pas quoi dire. Il semble totalement déconcerté. Cantor se lève, et s'assied à ses côtés.

« Je peux là encore comprendre ta réaction... Je sais que tu as passé des années à chercher la formule pour donner naissance à ces êtres... Je sais que certains d'entre eux te considèrent comme leur père... Mais je n'ai rien fait de mal... J'ai simplement voulu moi aussi bénéficier de leurs formidables capacités... N'en avais-je pas le droit ? » (Cantor)

Cantor passe son bras gauche sur les épaules de Cronosus. Cronosus le regarde avec horreur.

« Tu es fou... » (Cronosus)

Cantor se lève, et marche autour de la petite table basse, qui

se trouve au centre des canapés.

« Fou ? Tu emploies à nouveau un terme qui me semble peu adéquat... Je crois que certains concepts appartiennent à l'ancien monde, et n'ont plus aucune signification ici... Pense à l'avenir, Cronosus ! Pense aux conséquences ! Ce qui s'est passé avant n'a aucune importance ! » (Cantor)

Cronosus prend sa tête entre ses mains. Quelques secondes passent. Il fixe à nouveau Cantor.

« Peut-être... Mais se soucier du passé permet parfois de mieux construire l'avenir... N'oublie pas que c'était une des pierres de touche de notre projet... » (Cronosus)

« C'est vrai... Mais le passé ne doit pas sans cesse interférer sur le présent et le futur... Quand tu sauras pourquoi j'ai fait cela, tu me comprendras... et tu me pardonneras... » (Cantor)

Des pas dans l'escalier. Les autres reviennent.

« Evona n'est pas la meilleure guide du monde... Ils sont déjà de retour ! » (Cantor)

Cronosus est impassible.

« Rappelle-toi notre marché, Inalco... Fais-le au nom de notre amitié... Mais aussi au nom de ce qui va se construire ici... Je vais vous exposer mon projet... À toi et à tous ceux de ton groupe... Alina le connaît déjà en partie... » (Cantor)

Silence.

« Nous pourrons régler nos différends plus tard, si tu le souhaites... Mais, en attendant, laisse-moi te présenter ma vision de ce nouveau monde... » (Cantor)

Attendre. Voir quel est ce projet. Encore un projet ! Je n'ai pas vraiment le choix, de toute façon. Je tiens à Alina. Peut-être

Cantor l'a-t-il déjà ralliée à sa cause ? Cantor est Govan !
Comment aurais-je pu le savoir ? Pourquoi lui ? Pourquoi lui
est-il toujours vivant ? J'aurais dû le lui demander... Plus tard...
Voyons déjà en quoi consiste son fameux « projet »...

FIN DE MON PREMIER ENTRETIEN PRIVÉ AVEC CANTOR

J'ai demandé à partir. J'avais besoin de faire le vide. De prendre du recul. J'avais certes très envie de savoir en quoi consistait le fameux « projet » de Cantor/Govan... Mais je ne me sentais pas en état de l'entendre tout de suite... Ce que je viens d'apprendre est extrêmement troublant... Pourquoi Govan est-il devenu Cantor ? Pourquoi ne m'a-t-il rien dit ? J'étais son ami... S'il avait vraiment voulu acquérir certaines facultés, il aurait pu venir m'en parler... Pourquoi alors ne l'a-t-il pas fait ? Nous n'avions pourtant aucun sujet tabou... Nous discutions de tout... Nous en étions même venus à aller au-delà du bien et du mal... Le Projet Cosmogonia était d'ailleurs le fruit de toutes ces années d'amitié. Le résultat de nos longues discussions. C'est Govan qui a su faire venir des investisseurs privés. C'est lui qui est venu me chercher pour donner vie au projet. Changer le monde. Nous voulions changer le monde. Lui encore plus que moi...

Je ne peux m'empêcher de me poser cette question : pourquoi a-t-il survécu ? Pourquoi lui spécialement ? Pourquoi pas... toi...

Une importante mission. Un voyage protocolaire essentiel. Vital pour l'avenir de notre projet. On nous suspecte. Ce n'est pourtant pas faute d'avoir été discrets. Peut-être avons-nous sous-estimé les grands états ? Il est indéniable, néanmoins, que ce ne sont plus des forces capables de régir le monde. D'autres forces les ont remplacés. Plus petites structurellement. Mais plus agissantes. Ces nouvelles forces ne dépendent pas d'une population, d'un territoire ou d'une idéologie. Cela serait tellement plus simple ! Ces forces ne visent que la satisfaction de leurs seuls intérêts. Sans se soucier d'une quelconque morale. Pour elles, tout se passe ici et maintenant. Elles perçoivent l'existence humaine comme une lutte éphémère, dans laquelle tous les coups sont permis. Nous ne pouvons pas laisser ces forces agir sans réagir. Voilà ce qui me lie au Projet Cosmogonia. Ces forces sont en train de détruire ce qui nous reste d'humanité. Les incertitudes entourant ce projet sont grandes. Mais peut-être sera-ce là un moyen de fonder des bases nouvelles ? La tentative d'un espoir ?

Ils partent tous. Je dois pour ma part rester au Centre. Pour poursuivre mes recherches. Cela tombe bien : je n'apprécie guère les voyages en avion ! Mais j'apprécie encore moins l'idée d'être séparé d'Aloca. J'ai besoin de sa présence. Je me sens mieux quand elle est là. Il n'y a rien d'étonnant : je l'aime...

Quelques techniciens vont rester au Centre avec moi. Nous avons encore beaucoup à faire, avant de lancer le Projet Cosmogonia. Aloca et Govan sauront être convaincants, j'en suis sûr. Devront-ils mentir ? Ils ne savent pas trop... Je crois qu'ils décideront pendant le trajet en avion... Les grands états seront-ils capables de comprendre notre projet ? Le politiquement correct a tué nos sociétés. À vouloir masquer certaines vérités déplaisantes, nous en avons fini par arriver à un état de décadence avancée. Si les médias découvrent le Projet Cosmogonia, nous serons face à une impasse. Les reproches seront trop importants. Des pseudo-penseurs déverseront leurs torrents de haine dans les journaux. Les grands états cèderont à la vox populi. Nous devrons tout arrêter. Mentir ? Si telle est la solution...

Ils sont bien arrivés. J'ai pu parler à Aloca quelques instants. Elle était un peu tendue avant leur grand oral. A priori, seuls quelques états ont des soupçons. Mais aucun d'entre eux ne sait exactement ce que nous sommes en train de construire. Govan avait raison. Seuls nos importants moyens financiers et nos influents contacts pouvaient nous permettre de bâtir ce projet à l'abri des regards indiscrets. J'ai encouragé Aloca. Je l'ai rassurée aussi. Je lui ai dit que je l'aimais. J'ai hâte de la revoir...

Les portes sont fermées. Impossible de les ouvrir. Que se passe-t-il à l'extérieur ? Est-ce un problème local ? Ou global ?

Seul. Les techniciens travaillaient à l'extérieur du Centre quand les portes ont été fermées. Les caméras de surveillance ne me permettent pas de les voir... Ont-ils cherché à se réfugier quelque part ? Ils savaient pertinemment que je ne pourrais pas ouvrir les portes à moi seul...

Toujours aucune nouvelle. Les doutes ont cédé la place à l'angoisse. Je ne suis plus capable d'analyser la situation *rationnellement. Je suis juste inquiet. Pour moi ? Non. Je suis en sécurité dans ce Centre. Mais Aloca...*

Enfermé. Enfermé dans un nouveau monde. Mon unique échappatoire est Cosmogonia. Je n'ai d'autres horizons que ces terres vierges. Artificielles. Mais pourtant réelles. Ah quoi bon ? Si Aloca est morte, je n'ai plus la volonté de vivre...

Travailler. Travailler pour vivre. Pour survivre. J'ai voulu tout abandonner. Me laisser mourir. Mais je vis. Est-ce de la lâcheté ? D'aucuns pourraient le penser... Mais ce n'est pas cela... Abandonner est contraire à mes principes. La vie est un cadeau. Elle présente certes ses difficultés. Ses malheurs. Mais elle a aussi ses bonheurs. Ses beautés. Pouvoir éprouver ce condensé de sensations est une chance. La vie est une expérience incroyable. Je la préfère au néant. Des milliards d'êtres vivants m'ont précédé. Je suis leur descendant. Ils m'ont transmis leur flamme de vie. Je n'ai pas le droit d'abandonner. Eux se sont battus pour que je naisse. Je dois me battre pour la vie. J'ai le pouvoir de la maintenir... en vie...

Aloca... Aloca... Je...

70%... 30%...

J'enclenche le processus... Je pense à toi... Tu es là... Je le sens... À chaque endroit de cet espace que tu as créé... Tu es là... Et même ailleurs...

FIN DE MES MÉDITATIONS ?

De retour. Dans les ruines de l'ancien monde. C'est étrange d'être là à nouveau... Les révélations de Govan me troublent encore plus lorsque je suis dans ce lieu. Dans sa zone. J'ai dû prendre une décision. Cela n'a pas été facile. Mais j'ai fait le choix de ne pas entrer en conflit avec lui. Je crois que le meilleur moyen d'obtenir des réponses est de me montrer coopérant. Il est inutile de le heurter pour l'instant. Govan me semble différent de ce qu'il était autrefois. Le généticien que je suis voit là le résultat de sa fusion avec celui qui aurait dû être Cantor. Qu'il le veuille ou non, il est influencé par cet être potentiel dont il a pris les caractéristiques. Cette cure de jouvence éternelle n'est pas que physique... Elle est naturelle pour tous les autres : leur métabolisme est parfaitement adapté à leurs qualités particulières. Mais Govan était un humain de l'ancien monde. Un mortel. Comme moi. Je ne peux savoir précisément dans quelle mesure cette différence de nature aura des conséquences sur sa personnalité. Il faudrait que je puisse l'étudier en détail. Mais je n'en aurais pas le loisir. Il ne me laissera pas faire. Ce qui est certain, c'est qu'il a joué un jeu très dangereux. Il semble être en parfaite santé, et peut-être le restera-t-il... Mais qui sait s'il ne paiera pas son audace d'une autre façon ?... En attendant, il convient d'être discret. J'ai beau réfléchir, je ne comprends pas comment il a pu se trouver dans le Centre pour se transformer en Cantor. Cela signifie qu'il a réussi à entrer, même quand les portes étaient fermées. Mais comment ? Le Centre est parfaitement hermétique. On ne lui connaît aucune sortie. Et puis, comment a-t-il pu échapper à ma vigilance ? La réponse est certes là plus évidente. Le Centre est grand. Et je n'allais pas toujours bien ces dernières années... La surveillance des lieux n'était clairement pas ma priorité. Comment, de toute façon, aurais-je pu deviner que je n'étais pas seul ? Je finirai bien par lever le voile sur tous ces mystères... Govan sait peut-être ce qui s'est passé à l'extérieur... Ce qui est arrivé à Aloca... Mais pour le moment, mieux vaut ne pas éveiller ses soupçons... Avançons masqué...

Ruines de l'ancien monde (44)

Cantor leur a proposé d'aller se promener. Après un tour de la

ville, ils ont commencé à monter vers le sommet de la grande pyramide. Cantor et Cronosus font partie de ceux qui ferment la marche.

« Alors, comment vas-tu ? Depuis que tu es revenu, nous n'avons pas vraiment eu le temps de discuter... » (Cantor)

« Je vais bien, je te remercie. J'avais juste besoin de faire une pause. » (Cronosus)

« Je comprends... Tu as appris beaucoup de choses en peu de temps... Tu es allé au Centre ? » (Cantor)

« Oui. Vous avez tous une zone... Disons que c'est en quelque sorte la mienne... J'y vis depuis si longtemps, maintenant... » (Cronosus)

Je ne peux m'empêcher de vouloir lui demander...

« C'est un endroit qui a dû t'être familier, ces dernières années... » (Cronosus)

Cantor regarde Cronosus avec un certain mécontentement. Cronosus lui répond par un regard amical.

« Evona ! » (Cantor)

« Oui ? » (Evona)

Evona, qui parlait avec Alina et Vané, descend en direction de Cantor.

Elle est vraiment à ses ordres...

« Qu'y a-t-il, Cantor ? » (Evona)

« Mène l'ensemble du groupe au sommet de la pyramide. Attendez-nous là-bas. Cronosus et moi devons discuter... en privé... » (Cantor)

208

« Bien. » (Evona)

La jeune femme rejoint la tête du groupe en courant. Certains se retournent vers Cantor et Cronosus. Puis ils reprennent leur ascension. Cantor les regarde pendant un temps, puis se tourne vers Cronosus.

« Nous aurons quelques minutes pour discuter... Comme je te l'ai déjà demandé, je préférerais qu'ils ne soient pas informés de notre passé commun... Pour l'instant, du moins... » (Cantor)

« Je t'ai donné ma parole : sois rassuré à ce sujet... » (Cronosus)

« Je te fais confiance, mais sois plus discret. Ils auraient pu t'entendre. » (Cantor)

« J'ai un peu perdu l'habitude des conventions sociales, tu sais... J'ai vécu tant d'années dans la solitude... Alors que mon meilleur ami se trouvait sans doute à quelques mètres de moi... » (Cronosus)

Cantor semble gêné. Il baisse la tête. Puis la relève fièrement.

« Tu te doutes bien qu'il fallait que je sois dans le Centre pour devenir ce que je suis maintenant... Donc oui : j'ai vécu à tes côtés pendant un certain temps... » (Cantor)

« Comment as-tu fait pour entrer ? Le Centre était fermé ! Et que s'est-il passé à l'extérieur ? Pourquoi toi seul es revenu du sommet international ? » (Cronosus)

« Je n'ai pas la réponse à toutes tes questions, Inalco... Ne compte simplement pas trop sur le retour de certaines personnes... Il s'est passé des choses terribles, là-bas... » (Cantor)

« Quelles choses ? » (Cronosus)

« Je ne sais pas... Il y avait une extrême confusion... En marge de ce sommet, il y a eu de nombreuses manifestations violentes... Je me suis téléporté avant que... » (Cantor)

« Avant que... quoi ? » (Cronosus)

Cronosus regarde Cantor avec insistance.

« Dis-moi ce qui s'est passé, Govan ! Je t'en prie... » (Cronosus)

« La mort... La mort s'est abattue sur nous... » (Cantor)

« Comment ? » (Cronosus)

« Il y a eu des mouvements de foule... Des gens piétinés... Tous semblaient fuir quelque chose... Impossible de te dire quoi... Aloca n'était pas avec moi quand les événements ont tourné au tragique... Je l'ai cherchée... Je suis allé dans la salle de réunion où elle était censée se trouver... Mais elle n'y était pas... » (Cantor)

Cantor s'approche de Cronosus, et pose sa main droite sur son épaule.

« Je suis désolé, mon ami... Si j'avais pu la sauver, sache que je l'aurais fait... » (Cantor)

Cronosus accuse le coup.

Je... Je m'en doutais... Mais le doute est une chose... Sa confirmation en est une autre...

« Comment as-tu survécu ? » (Cronosus)

« J'avais pris avec moi un prototype de téléportateur... C'était une version améliorée des bornes relais que nous avions installées dans Cosmogonia... Tu sais que je n'aime guère rester inactif... Je comptais lui apporter quelques modifications... entre deux réunions... » (Cantor)

Silence.

« Ce téléportateur a la particularité de ne pas dépendre d'une autre borne relais. Il est ainsi possible de se rendre où l'on veut, à condition de connaître les coordonnées exactes du lieu d'arrivée... Avant d'être rattrapé à mon tour par la mort, j'ai entré les coordonnées du Centre... Je ne savais pas si cela fonctionnerait. Je n'avais jamais testé le téléportateur sur un être vivant. J'ai pris un risque, encore une fois... Mais je n'avais guère le choix... Le risque a été payant... Ma maîtrise des techniques de pointe m'a sauvé la vie... » (Cantor)

Cantor semble satisfait de lui-même. Voyant la peine de Cronosus, il devient plus grave.

« Je suis arrivé au Centre. Il n'y avait personne. Tout était très obscur. J'ai d'abord cru que j'avais échoué. Que j'étais face au néant. Et puis, mes yeux se sont adaptés à l'obscurité... et j'ai reconnu l'endroit... » (Cantor)

« Pourquoi ne pas être venu me voir ? » (Cronosus)

« Je craignais ta réaction... Ou plutôt tes réactions... Par rapport à ma survie... Par rapport à Aloca... C'est la peur qui m'a d'abord tenu éloigné de toi... Et puis, ce fut la volonté de te cacher mon dessein : devenir comme eux... » (Cantor)

« Regrettes-tu de t'être approprié leurs facultés ? » (Cronosus)

Cantor le regarde en souriant. Il semble se retenir de rire.

« Aucunement ! Comment pourrais-je le regretter ? J'ai échappé de peu à la mort... J'ai commencé à entrevoir le néant... Désormais, grâce à tes dons et à mon audace, je tiens définitivement la mort en échec ! » (Cantor)

« Je continue à penser que tu n'aurais pas dû faire cela, Govan... » (Cronosus)

Cantor n'a plus un visage aussi amical.

Ne pas oublier d'aller dans son sens...

« Mais je te pardonne... » (Cronosus)

Cantor le regarde, surpris.

« C'est vrai ? » (Cantor)

« Oui. Comment te juger ? Je n'étais pas à ta place... Je ne peux me faire une idée exacte de ce que tu as vécu là-bas... Et puis, le passé est le passé... Seul l'avenir compte désormais... » (Cronosus)

Cantor semble ravi.

« Je... Je te remercie du fond du cœur, Inalco ! Je crois qu'il m'aurait été difficile de me passer de ton pardon... » (Cantor)

« Je regrette simplement que tu ne sois pas venu me voir... Toutes ces années de solitude ont été très dures à vivre... » (Cronosus)

« Nous avons du temps devant nous maintenant ! » (Cantor)

« Pour un mortel tel que moi, ce qui est perdu l'est définitivement... Mais cela ne veut pas dire qu'il faut dénigrer le présent... » (Cronosus)

« Exactement ! Viens, allons rejoindre les autres ! » (Cantor)

Il semble réellement en confiance, désormais... Je m'en veux presque de feindre avec lui... Sa joie lorsque je lui ai pardonné m'a paru sincère... Après tout, il est encore mon ami... Mais... Je ne sais pas... J'ai le sentiment qu'il me faut rester prudent...

FIN DE MON DEUXIÈME ENTRETIEN PRIVÉ AVEC
CANTOR

Cantor s'est montré très amical pendant que nous montions les marches. Il se tournait souvent vers moi, me demandait si tout allait bien... Comme l'aurait fait un ami, en somme... Ou plutôt, comme l'aurait fait un jeune homme poli vis-à-vis d'une personne plus âgée... Il faut me rendre à l'évidence : c'est désormais ce que je suis à ses yeux... Je ne sais pas s'il y a encore de la vie à l'extérieur. Il s'agit là d'un grand mystère. Mais si tel n'était pas le cas, je serais alors le doyen de l'humanité. Et je suis pourtant loin d'être un centenaire ! Notre situation n'a définitivement rien de commun...

Cantor et Cronosus rejoignent les autres au sommet de la pyramide. Tous sont assis en cercle. Evona est en train de parler. Le groupe l'écoute religieusement. Sauf peut-être Seldona, qui discute avec Algo. Quand elle voit Cantor arriver, Evona se tait immédiatement. Elle se lève, et va à sa rencontre.

« Cantor ! Tout va bien ? » (Evona)

« Oui. Nous devions parler de quelques sujets urgents... entre vieux amis... » (Cantor)

Ai-je bien entendu ? « Entre vieux amis » ? Mais pourquoi dit-il cela ? Cela va à l'encontre des secrets qu'il voulait préserver ! Il est vraiment étrange...

« Je pense bien... » (Evona)

« Sont-ils prêts ? As-tu fini de leur exposer tout ce que je t'ai appris ? » (Cantor)

« Je crois... Je crois leur avoir dit l'essentiel, en tout cas... » (Evona)

« Bien. Je suis content de toi, Evona ! » (Cantor)

Cantor caresse affectueusement les épaules d'Evona. La jeune femme lui sourit. Cantor va rejoindre le groupe. Evona

change de visage quand Cronosus passe près d'elle.

« Ah ! Evona ! Je suis vraiment heureux de te savoir en vie ! Penser t'avoir perdue fut une terrible douleur... » (Cronosus)

Evona le regarde avec mépris. On dirait même de la haine.

« Drôle de réaction de la part de quelqu'un qui m'a délibérément abandonnée... » (Evona)

Evona ne laisse pas à Cronosus le temps de répondre. Elle part rejoindre Cantor.

Que lui arrive-t-il ? Pourquoi m'adresse-t-elle ce reproche ? Je ne suis tout de même pas responsable... Que lui a dit Cantor ?

Cronosus s'assied à côté d'Alina. Cantor parle à Evona en aparté. La jeune femme va s'asseoir ensuite à côté de Vané et Palo. Cantor reste debout.

« Merci à tous d'être là. Je le dis en toute sincérité : je suis très heureux de voir la réunion d'êtres aussi admirables ! » (Cantor)

Cantor regarde l'ensemble de l'assemblée avec fierté.

« Evona m'a dit que vous aviez eu le temps de faire connaissance : je trouve cela très bien. Je ne pense pas qu'il aurait été bon de vous exposer mon projet avant... J'ai bien conscience que vous ne vous connaissez toutefois pas assez... Mais patience ! Le temps œuvre en notre faveur ! Il n'est pas un ennemi. Il ne l'est plus, du moins. Il est simplement notre compagnon. Celui qui nous meut. Celui qui donnera sens à tout ce que nous accomplirons dans ce monde. » (Cantor)

Silence.

« Evona a eu le temps, je crois, d'aborder de nombreux sujets avec vous. Je vais donc ouvrir cette réunion en ayant la certitude que nous savons tous pourquoi nous sommes là... » (Cantor)

« N'est-ce pas une introduction un peu rapide, Cantor ? » (Seldona)

Cantor la regarde. Interloqué. Puis agacé.

« Je veux dire... Il y a beaucoup de questions qui demeurent sans réponses... Que nous sachions comment nous avons été créés est une chose, mais pourquoi la vie existe en est une autre... » (Seldona)

Ah ! Seldona ! Mon insouciante Seldona ! Comme tu as évolué !

« Tu as raison, Seldona. Mais ces considérations n'importent pas pour l'instant. Nous avons d'autres priorités. » (Cantor)

« Tu as pourtant toi-même dit que nous avions le temps... Avant de songer aux actions que nous pourrons accomplir dans ce monde, nous ferions peut-être bien de prendre le temps de réfléchir. » (Seldona)

Evona, Vané et Palo regardent Seldona avec défiance. Ils semblent lui reprocher son intervention. Cantor se met à rire.

« C'est précisément ce que nous allons faire, Seldona : réfléchir. » (Cantor)

« Si tu n'es pas satisfaite de ton sort, tu peux toujours retourner dans la grande clairière ! » (Evona)

« Je ne m'adressais pas à toi, Evona ! » (Seldona)

Seldona est forte... C'est bien...

« Calmons-nous, mes amis, calmons-nous. Rien ne sert de s'énerver. Chacun aura le droit de prendre la parole et d'exprimer son point de vue. Mais j'aimerais d'abord vous présenter ma vision... J'ai une légitimité à le faire... » (Cantor)

Que veut-il dire ?

« Comme vous le savez tous, je suis le mieux placé pour parler... En tant qu'humain du nouveau monde... mais aussi de l'ancien... » (Cantor)

Comment ? Il leur a dit ?

« Je croyais que j'étais le seul à savoir... » (Cronosus)

« Le seul ? Pourquoi, Cronosus ? Je n'ai rien à cacher, moi... » (Cantor)

Rester calme... Surtout rester calme...

« Mais passons... Chacun agit selon sa conscience... » (Cantor)

Il ne faut surtout pas entrer dans son jeu...

« Je crois que l'évolution du Projet Cosmogonia est une chance. Une formidable opportunité qui nous est offerte. » (Cantor)

Ils sont nombreux à acquiescer.

« L'ancien monde se portait mal... très mal... Tu ne me contrediras pas, Cronosus ? » (Cantor)

Il essaie de se servir de moi... Il faut que je reste maître de moi-même... Tout en défendant ma propre vision...

« C'est vrai. Nous n'aurions peut-être jamais fourni tant d'efforts pour mener à bien ce projet si notre monde n'avait pas présenté tant de défauts... » (Cronosus)

« La bêtise, la violence, la corruption... étaient nos réalités quotidiennes... La décadence était omniprésente... et permanente... » (Cantor)

« Notre société allait mal, c'est vrai. Mais il y avait fort heureusement encore des personnes qui œuvraient pour bâtir un monde meilleur. » (Cronosus)

« Une minorité, effectivement... dont nous faisions tous les deux partie... C'est grâce à cette minorité que nous sommes réunis aujourd'hui... » (Cantor)

Silence. Alina regarde Cronosus.

« J'ai quitté l'ancien monde au moment où il allait s'effondrer. Je ne sais pas précisément ce qu'il en est actuellement de ses habitants... Mais il est possible que tous aient rejoint le néant... » (Cantor)

Cantor regarde Cronosus.

« Qu'importe le passé... Tout se joue ici et maintenant, désormais ! Ces nouvelles terres sont vastes ! Elles n'appartiennent qu'à nous ! Nous sommes dotés d'incroyables facultés ! À nous de voir comment nous voulons nous en servir ! » (Cantor)

Cantor fixe le vide, un immense sourire aux lèvres.

« Justement, Cantor, sommes-nous réellement obligés de prendre une décision collégiale ? Comme tu l'as dit, ces terres sont vastes... Pourquoi chacun d'entre nous ne pourrait-il pas vivre comme il le souhaite ? » (Seldona)

« Seldona a raison, Cantor. Je ne vois pas pourquoi il nous faudrait tous obéir à un même projet, quelle que soit sa pertinence... » (Algo)

« Oui. » (Ino)

Cantor semble énervé.

« Vous parlez comme de futurs opprimés... Sans savoir ce que je vais vous proposer ! Sans savoir ce qui se passe dans ce monde... » (Cantor)

« Et alors ? » (Cronosus)

« Tu es mal placé pour entrer en rébellion, Cronosus... » (Cantor)

Pourquoi cette soudaine colère ?

Cantor fait le tour du cercle à grandes enjambées. Il désigne Cronosus du doigt.

« C'est toi ! Oui, toi ! Toi qui as semé le désordre dans ce nouveau monde ! Toi qui l'as perverti, alors qu'il était encore vierge ! » (Cantor)

« De quoi parles-tu ? Pourquoi tant de reproches ? Qu'ai-je fait ? » (Cronosus)

« Qu'as-tu fait ? Vous entendez bien, vous autres ? Il me demande ce qu'il a fait ! » (Cantor)

Vario, Palo, Evona et Vané ricanent. Seldona ne dit rien. Alina baisse la tête.

« Tu as semé la graine de la discorde ! Tu as implanté des animaux incontrôlables sur ces terres désertes ! » (Cantor)

Silence. Qui dure un certain temps. Cantor tourne en rond, puis va s'asseoir. Il se trouve en face de Cronosus.

« Je ne sais pas précisément ce que tu as fait, Cronosus... Je crois avoir exposé honnêtement à nos amis tout ce que nous avions entrepris en lançant le Projet Cosmogonia... Je leur ai permis de prendre conscience de la singularité de leur situation. Tous ceux que je suis allé chercher savent désormais qui ils sont, et de quoi ils sont capables. Je n'ai pas cherché à dissimuler, comme toi avec Alina... » (Cantor)

Cronosus regarde Alina. Celle-ci détourne la tête, gênée.

« A... Alina, que t'a-t-il dit ? » (Cronosus)

« Je lui ai simplement ouvert les yeux. Je lui ai expliqué que tu n'avais lancé ce projet que pour te distraire, après des années de solitude... » (Cantor)

« Mais ce n'est pas vrai ! Alina, tu ne dois pas le croire ! » (Cronosus)

Cronosus pose sa main gauche sur l'épaule d'Alina. Il remarque que la jeune femme est au bord des larmes.

« Je... Je ne sais pas... » (Alina)

Alina part en courant. Algo décide de la suivre.

« Vois, Cronosus ! Vois la discorde que tu continues à semer dans ce monde... » (Cantor)

« Je ne sais pas ce que tu lui as raconté à mon sujet... Mais sache que je ne te laisserai pas agir à ta guise ! Tu ne réussiras pas à la monter contre moi ! » (Cronosus)

Cronosus se lève, et va en direction d'Alina. Palo et Vario s'interposent.

« La réunion n'est pas terminée, Cronosus. » (Palo)

Palo serre fortement le bras droit de Cronosus. Il l'oblige à s'assoir.

« Vario, va les chercher ! » (Palo)

Vario part. Il revient avec Alina et Algo.

« Je me suis sans doute emporté, Cronosus... Je ne voulais pas te blesser... Disons simplement que nous n'avons pas la même façon d'assumer notre passé... Mais je te rassure : cela m'indiffère... » (Cantor)

Pourquoi devient-il soudain plus aimable ?

« Je ne cherche pas à t'enlever l'affection d'Alina : je sais combien elle compte pour toi... Tu es souvent allé la voir... Tu l'as même sauvée du raz-de-marée... » (Cantor)

Cantor regarde Evona, d'un air entendu.

« J'aurais bien aimé pouvoir venir en aide à Evona, également... » (Cronosus)

« Sans doute, Cronosus, sans doute ! Mais tu vois, tu n'as pas eu à t'en charger : j'étais là, moi... » (Cantor)

Evona regarde Cantor avec tendresse. Elle se tourne vers Cronosus.

« Il m'a sortie de l'immense tas de pierre sous lequel je me trouvais. Il a soigné mes blessures. Il a pris soin de moi... » (Evona)

« Sache que j'aurais fait tout cela si je t'avais su en vie... Je vois bien que tu ne me crois pas, mais je t'assure pourtant que c'est la vérité... » (Cronosus)

« Ne parlons plus de tout cela : c'est du passé ! Évoquons l'avenir ! Nous n'avons que trop différé... » (Cantor)

« Nous t'écoutons. » (Alina)

Tous se tournent vers Alina, dont la voix est encore enrouée.

« Bien... Il importe peu de savoir qui est le responsable de ces apparitions... » (Cantor)

Cantor regarde Cronosus avec insistance.

Il fait tout pour que je perde ma crédibilité...

« Il est simplement indéniable que nous ne sommes pas seuls... Les animaux noirs que nous avons tués ne sont pas les seules créatures actuellement présentes dans Cosmogonia... J'en ai vu d'autres... » (Cantor)

Silence.

« Nous n'avons pas à subir la présence de ces animaux... Après tout, ils ne nous sont d'aucune utilité... Nous n'avons besoin ni de boire ni de manger... » (Cantor)

« Certes, mais pourquoi les tuer ? Nous pourrions très bien essayer de vivre en harmonie avec eux... » (Algo)

« Nous le pourrions si ces créatures n'étaient pas agressives... Mais tu es bien placé pour savoir que ce n'est pas le cas... » (Cantor)

« Dans l'ancien monde, certains animaux aussi étaient violents... mais pas tous... » (Alina)

« Bien sûr... Bien sûr... Mais ces animaux se tenaient éloignés des grands centres urbains. La ville était devenue la condition d'une vie sûre... Même si l'homme devenait alors son propre ennemi... Mais là, nous vivons dans des espaces naturels ! Et ces animaux ne nous craignent pas ! » (Cantor)

« Que suggères-tu ? » (Cronosus)

« Nous avons la chance de posséder des terres immenses, sur lesquelles nous pouvons nous déplacer sans craindre la fuite du temps. C'est là le rêve de tous les humains qui nous ont précédés. Nous vivons dans une sorte de paradis terrestre... Pour profiter pleinement de ce territoire, nous ne devons pas avoir d'adversaires. Je propose donc que nous éliminions l'ensemble de ces animaux... Bons comme mauvais... » (Cantor)

Silence.

« Mais il y a plus... Que ferons-nous une fois que ces animaux auront été détruits ? C'est là la deuxième partie de mon projet... » (Cantor)

Cantor fixe Seldona.

« Je suis d'accord avec toi, Seldona : chacun est libre de ses actes. Je ne vais pas t'imposer un modèle auquel tu ne crois pas. Mais je trouverais regrettable de ne pas profiter de l'opportunité qui nous est offerte. Nous pouvons tout recommencer. Repartir de zéro. Sur des bases saines. Et en étant parfaitement conscients des erreurs du passé. Nous n'avons pas à craindre la mort. Nous pouvons donc nous tenir au-delà de la morale. Nous n'avons de compte à rendre à personne ! » (Cantor)

Le visage de Cantor s'illumine.

« Vivre séparés ? Si tu veux... Mais tu t'apercevras alors bien vite que ta vie n'a pas un grand intérêt... Il ne sert à rien d'avoir un temps infini devant soi, si l'on n'a pas la possibilité de partager ce temps avec quelqu'un... Vous en avez tous fait l'expérience au début de votre existence... Je propose donc que nous formions une nouvelle société humaine, fondée sur l'intelligence, le respect, l'ordre et le plaisir ! » (Cantor)

Où veut-il en venir ?

Cantor se lève.

« Cronosus, tu auras une place centrale dans notre projet... » (Cantor)

Voilà la raison pour laquelle il est devenu plus aimable avec moi...

« Tu sais l'admiration que je te porte, malgré nos désaccords... Tu es doté d'une remarquable intelligence... Tu as tout à fait ta place parmi nous : tu fais partie de ce que l'humanité a produit de meilleur, et je ne le dis pas pour te flatter... » (Cantor)

« Je serais heureux de vivre avec vous, et de vous aider... dans la mesure de mes possibilités... » (Cronosus)

Mieux vaut rester vague...

« Je pense que nous aurons plaisir à partager l'éternité tous ensemble... Mais soyons réalistes : nous risquons, à terme, de nous ennuyer... » (Cantor)

Silence.

« Nous sommes tous actuellement gagnés par le charme de la nouveauté. Nous avons envie de tout savoir sur celui qui, à côté de nous, nous ressemble... tout en étant différent de ce que nous sommes... » (Cantor)

Cantor regarde notamment Seldona et Algo, qui étaient encore en train de discuter.

« Mais cela ne durera qu'un temps. Combien de temps ? Impossible de le savoir... Mais il est difficile de lutter contre l'éternité... Même la vie, cette incroyable force silencieuse, a été obligée de se diversifier et de prendre des formes éphémères pour résister à la fuite du temps... » (Cantor)

Cantor regarde Cronosus.

Souvenir de nos nombreuses discussions...

« Je crois donc qu'il est impératif, au risque que ce paradis ne se transforme en enfer, de créer de nouveaux êtres humains... » (Cantor)

Silence. Les secondes passent. Personne n'ose prendre la parole.

« Réfléchissez tous à cela. Vous verrez que j'ai raison. Mais ne précipitons rien. Il ne s'agit là que de la seconde partie de mon programme... » (Cantor)

Silence.

« Il y a dix zones. Dont une est actuellement occupée, comme vous le savez, par Rinov et Vana. Je n'ai aucune intention de m'immiscer dans leur vie. Ils viendront vers nous en temps voulu. Nous sommes actuellement suffisamment nombreux pour nous occuper de ces animaux.... » (Cantor)

Silence.

« Ces dernières années, avant que Cronosus ne lance le Projet Cosmogonia, j'ai développé un grand nombre de technologies de pointe. Les planches aériennes que nous utilisons en font partie. Mais il n'y a pas qu'elles... Je vais fournir à chacun d'entre vous du matériel de destruction. Je ne veux pas que vous courriez le moindre risque lors de cette chasse. » (Cantor)

« Et si nous ne voulons pas y participer ? » (Seldona)

« Tu es libre de faire ce que bon te semble... Mais je préférerais que tu viennes : nous devrons être au moins deux par zone, pour plus de sécurité... » (Cantor)

« Comment s'assurer que d'autres animaux ne réapparaîtront pas ? » (Alina)

« J'ai mon idée sur la question... Et je crois que Cronosus a la réponse... » (Cantor)

« J'ai effectivement une réponse... Mais je ne te l'apporterai que si les animaux ne sont pas tués... Laissons leur une chance avant de les éliminer... Respectons la vie... » (Cronosus)

Seldona regarde Cronosus avec un grand sourire.

« Ces conditions me conviennent ! » (Seldona)

Cantor ne semble pas très content.

« Bon... J'ai aussi la possibilité de vous fournir des armes qui les immobiliseront... Choisissez la personne avec laquelle vous formerez un binôme... Puis partons ! Cronosus nous expliquera comment arrêter la prolifération des ces créatures... » (Cantor)

Que d'émotions ! Le projet de Cantor/Govan n'est pas mauvais. Surtout dans sa deuxième partie. Je n'aime pas trop l'idée de créer à nouveau des êtres humains. Mais son constat n'en est pas moins juste : ils finiront par être gagnés par l'ennui s'ils restent seuls. Ils auront besoin de compagnie. De distraction. Je me suis bien gardé de lui parler de la CRÉATION ALÉATOIRE. Je vais passer par le Centre, pour arrêter le programme. Momentanément, du moins. Je ne lui dirai pas que ces animaux étaient créés en permanence. On ne sait jamais... Peut-être serai-je amené à réenclencher le processus un jour ? Je ne suis plus à une surprise près, désormais !

FIN DE L'EXPOSÉ DU PROJET DE CANTOR

Nous allons bientôt partir. Pour chasser. Il est étrange de se dire que cette activité ancestrale sera notre première action commune dans ce nouveau monde... J'ai dit à Cantor que les animaux avaient été créés en une seule fois. Il a bien été obligé de me croire. Il ne disposait de toute façon d'aucune information lui permettant de savoir si je disais vrai. Nous sommes tous allés au Centre. Il y a eu de l'émerveillement dans bien des regards. C'était la première fois qu'ils étaient directement confrontés à l'ancien monde. La rumeur devenait ainsi réalité. Alina a voulu voir l'endroit de leur naissance. Nous sommes donc descendus au laboratoire. Elle semble ne plus me tenir rigueur de quoi que ce soit. Mais je la sens toutefois méfiante. On dirait qu'elle a envie de se tenir à l'écart des conflits. Je ne sais pas ce que Cantor a pu lui dire à mon sujet... Il a sans doute voulu nourrir ses doutes... Il a bien compris qu'elle comptait tout particulièrement pour moi... Depuis qu'il nous a exposé son projet, je sais qu'il ne peut pas se passer de moi. Il a besoin que je collabore. Malgré leur intelligence, il n'est pas certain qu'ils sachent résoudre la grande énigme dont j'ai seul la réponse. Je suis dans la salle principale. Je viens de terminer la fabrication de nouveaux livres. Alina en possède déjà un. Mais j'avais envie d'en offrir à d'autres personnes. Je continue à penser, confusément, que le livre que j'écris pourrait devenir un atout à l'avenir. Dans l'immédiat, cela me permettra surtout de rester en contact avec ceux dont je suis proche. Cantor est retourné dans l'aile du Centre qui était consacrée à ses recherches. Je vais contacter Alina. Avec un peu de chance, elle acceptera d'être l'intermédiaire entre moi et les autres...

« Alina... Ici Cronosus... Les améliorations apportées à mon livre devraient normalement te permettre de m'entendre... Comme si moi aussi j'étais doué de télépathie... » (Cronosus)

« Je t'entends, Cronosus. Et toi ? » (Alina)

« Très bien ! Je vois que tu as tout de suite compris le fonctionnement du livre : il te suffit de penser à moi pour que tes propos me parviennent... » (Cronosus)

« *Tu as trouvé un moyen astucieux de contourner les différences de nature qui nous séparent...* » (Alina)

« *Il faut bien... Je n'ai pas vraiment envie de devenir un autre, moi...* » (Cronosus)

Je n'aurais peut-être pas dû dire cela... Nos rapports ne sont pas aussi complices qu'autrefois...

« *Alina, j'aurais besoin de ton aide...* » (Cronosus)

Pourvu qu'elle réponde...

« *Je t'écoute, Cronosus...* » (Alina)

« *J'ai fabriqué de nouveaux livres pendant que vous étiez avec Cantor... Je voudrais pouvoir les donner discrètement à certains de tes amis...* » (Cronosus)

Réponds-moi... S'il te plaît, réponds-moi...

« *Je comprends... Tu as raison de te méfier de Cantor... Je n'ai pas confiance en lui, moi non plus...* » (Alina)

Quel bonheur de l'entendre !

« *Que veux-tu que je fasse ?* » (Alina)

« *Il faudrait qu'au moins l'un d'entre vous puisse quitter la salle... Je pourrais ainsi lui donner les livres, et lui en expliquer le fonctionnement...* » (Cronosus)

« *Tu veux que je demande à Algo ?* » (Alina)

« *Je crois qu'il est le mieux placé pour cela.* » (Cronosus)

« *Compte sur moi, Cronosus. À tout à l'heure.* » (Alina)

« *Merci, Alina. À plus tard.* » (Cronosus)

Je suis ravi qu'elle accepte à nouveau de me parler ! Le fait qu'elle agisse en secret est une belle marque de confiance ! Cantor n'a donc pas réussi à la détourner totalement de moi !

....
....
....

Algo est venu me voir. Alina lui avait tout expliqué par télépathie. Je lui ai donné trois livres. Pour lui. Ainsi que pour deux autres individus de son choix. Je lui ai conseillé de n'offrir ces livres qu'à des personnes de confiance. Je prends un risque. Un gros risque. Rien ne me dit qu'Algo saura faire le bon choix. Il peut être abusé. Mais je crois toutefois qu'il est important de laisser ces êtres maîtres de leurs décisions. Ce nouveau monde est le leur, après tout... Je ne suis là que pour les accompagner...

FIN DE LA DISTRIBUTION DES NOUVEAUX LIVRES

Équipés. Prêts à partir. À « la chasse aux monstres », comme dirait Cantor. Il semble considérer cette activité comme une agréable distraction. Il pense en outre qu'elle renforcera les liens entre tous. Je crois, en un sens, qu'il n'est pas mécontent que nous ayons pris la décision de ne pas tuer ces animaux. Je le soupçonne de vouloir se servir d'eux par la suite. Les groupes ont été formés. Quatre binômes. Je voulais aller sur le terrain, mais Cantor s'y est opposé. Je pourrais les affaiblir, m'a-t-il dit. Ce n'est pas faux. Sans l'intervention de Cantor et de son groupe, nous aurions été tués par les loups noirs. Tués à cause de moi. Je vais rester au Centre avec Ino. Cantor m'a demandé de coordonner l'ensemble des groupes. Chacun d'entre eux est équipé de façon à pouvoir communiquer en permanence avec le Centre. Cantor a remis en état de fonctionnement les géocapteurs. Lui seul en avait pris le contrôle. C'est la raison pour laquelle les images qui me parvenaient étaient toujours les mêmes, lorsque je recherchais les disparus... Il voulait agir dans l'ombre... J'espère qu'il ne prépare pas d'autres surprises de ce genre...

Désert de sable (43)

Alina forme un binôme avec Vario. Ils avaient tous les deux envie de retourner dans une zone qu'ils ont chacun occupée. Alina a même parlé de « retour dans la zone natale ». Ils sont chacun sur une planche aérienne. J'appellerais d'ailleurs plutôt cela un carré aérien, tant cet élément métallique est petit. Ils ne peuvent même pas poser les pieds dessus, à vrai dire. Cet objet permet simplement à ceux qui l'utilisent d'être en apesanteur. Dans le dos, ils portent un sac noir, très fin, dans lequel se trouvent des armes. Des armes ! Nous commençons tout juste à parcourir ce nouveau monde, et nous avons déjà des armes ! J'en viens vraiment à croire que, malgré leurs caractéristiques particulières, ces êtres ne pourront jamais totalement se départir du lourd héritage de l'humanité... Alina consulte régulièrement une montre placée sur son poignet droit, qui lui indique les êtres vivants présents dans son secteur. Vario se trouve sur sa gauche. Ils vont à une très grande vitesse. On dirait deux flèches blanches. C'est, en soi, un véritable spectacle.

Allons voir où en sont les autres...

Désert de glace (42)

Algo a lui aussi voulu retourner dans sa zone d'origine. Je crois que c'était également le souhait de Cantor. Il doit savoir que cette zone est dangereuse : il était donc préférable d'envoyer quelqu'un y ayant déjà vécu. Je ne sais pourquoi, mais les animaux ont l'air particulièrement nombreux dans le désert de glace. Comme si la CRÉATION ALÉATOIRE s'opposait ironiquement aux règles biologiques traditionnelles. Les formes de vie sont ainsi abondantes dans des zones où elles étaient plus rares dans l'ancien monde... Ah ! J'allais oublier ! Algo est accompagné de Seldona.

Ils semblent s'apprécier tout particulièrement tous les deux...

Collines des mers (24)

Palo a été envoyé d'office dans sa zone d'origine. Cantor ne lui a pas laissé le choix. On comprend pourquoi. Cette zone est en grande partie aquatique. Palo a une certaine aisance sous l'eau. Il parviendra ainsi plus facilement à trouver les animaux des profondeurs... Vané s'occupera sans doute de la partie terrestre de la zone. Je constate d'ailleurs qu'ils chassent déjà séparément. Le géocapteur a choisi de se focaliser sur Palo. Car je ne vois pas Vané.

Le géocapteur se fixerait-il en priorité sur l'être humain qu'il connaît le mieux ? Ou ses choix sont-ils totalement aléatoires ?

Ruines de l'ancien monde (45)

Cantor a forcément voulu « nettoyer » sa zone en priorité. Ce sont ses mots. Je ne crois pas, pour ma part, qu'il faille parler de la vie de cette façon-là... Il est accompagné d'Evona.

C'était à parier...

Désert de sable (44)

Alina fait un signe de la main à Vario. Ils contournent une dune, puis tournent à droite. Alina a trouvé quelque chose. Ils ralentissent. Il n'y a rien. Alina consulte sa montre. Elle semble ne pas comprendre ce qui se passe.

« Cronosus, est-ce que tu vois quelque chose ? » (Alina)

« Non, Alina... Il n'y a rien sur mes écrans... » (Cronosus)

« Pourtant... » (Alina)

Vario est soudain renversé de sa planche aérienne. Il tombe violemment sur le sable.

« Vario ! » (Alina)

Alina descend vers lui. Elle est déséquilibrée. Quelque chose a bougé près d'elle. Quelque chose a essayé de la faire tomber. Alina se pose sur le sol. Elle est toutefois toujours en légère apesanteur. Elle est frappée en plein visage. Elle s'évanouit.

« Alina, non ! » (Cronosus)

Cronosus est sous le choc. Ino secoue son bras droit, pour l'aider à reprendre ses esprits. Mais Cronosus n'a aucune réaction. Comme s'il était paralysé par la terreur.

« Cro... Cronos... A... Agir... » (Ino)

Cronosus sort de sa torpeur. Il est gagné par la panique.

« À... À tous les binômes... A... Alina... Alina et Vario ont un problème ! » (Cronosus)

« Un problème ? Que leur arrive-t-il ? » (Algo)

« Ils ont été attaqués. » (Cronosus)

« Par quoi, Cronosus ? » (Cantor)

« Je ne sais pas... On ne voit rien... » (Cronosus)

« Nous sommes à proximité de leur zone : nous partons immédiatement les secourir. » (Cantor)

« M... Merci... » (Cronosus)

Cronosus prend sa tête entre ses mains. Puis il regarde l'écran. Alina et Vario sont toujours allongés sur le sol. Inconscients.

« N... Non... » (Ino)

Cronosus se tourne vers Ino, qui s'est levé de sa chaise et indique à Cronosus une salle annexe.

« Qu'y a-t-il, Ino ? » (Cronosus)

« Trop... tard... Trop tard pour les aider... » (Ino)

« Mais que pouvons-nous faire ? Nous ne savons même pas ce qu'est cette créature... » (Cronosus)

« Aucune importance. » (Ino)

Ino court vers la salle de téléportation.

« Attends, Ino ! » (Cronosus)

La salle est sombre. Il y a un siège devant chaque écran représentant une zone. Ino aperçoit furtivement le visage d'Alina.

« Alina... » (Ino)

Ino s'installe dans le fauteuil correspondant au désert de sable. Il disparaît.

Je ne vais pas le laisser y aller tout seul... Je n'ai aucune de leurs facultés... Mais je les aime...

Cronosus se téléporte à son tour. Il aperçoit Ino devant lui, au sommet d'une dune qui surplombe l'endroit où Alina et Vario ont été terrassés. Cronosus s'approche d'Ino.

« Toujours rien, n'est-ce pas ? » (Cronosus)

« Non. Et nous n'avons sur nous aucun appareil pour repérer la présence d'êtres vivants... » (Ino)

Il est capable de formuler des phrases complètes désormais... Serait-ce là l'événement déclencheur tant attendu ?

« Nous avons laissé ces appareils au Centre... dans la précipitation... » (Cronosus)

« Ça ne fait rien... Nous n'aurons pas à affronter cette... chose... » (Ino)

« Quel est ton plan ? » (Cronosus)

« Amener Alina et Vario sur le sommet de la dune. Ne pas chercher à affronter l'animal. Si Cantor arrive avec ses armes, il risque de déchaîner sa colère... » (Ino)

« Descendons le plus discrètement possible, alors... » (Cronosus)

Cronosus et Ino glissent le long de la dune. Ils arrivent au pied de celle-ci.

« Je vais prendre la planche aérienne d'Alina : ce sera plus simple. » (Ino)

« Nous ne devrions peut-être pas nous servir de notre technologie, Ino... Continuons à être discrets... » (Cronosus)

« Nous ne savons rien de cette créature... Autant nous servir des supports que nous avons... » (Ino)

Avant de laisser le temps à Cronosus de lui répondre, Ino est monté sur la planche aérienne. Il prend Alina dans ses bras, mais la relâche aussitôt. Il est comme happé par quelque chose.

« Cronosus ! » (Ino)

« Ino ! » (Cronosus)

Ino s'éloigne de plus en plus. Cronosus ouvre le sac de Vario, qui est toujours évanoui, le ventre sur le sol. Il en sort une lame noire. Celle dont Cantor s'était servi pour pourfendre le loup. Cronosus appuie sur plusieurs boutons. La lame s'étend, puis redevient plus petite.

J'ai compris.

Cronosus ne cesse d'appuyer sur le même bouton. La lame croît. À l'infini. La créature a dû être touchée, car Ino s'éloigne plus lentement désormais. Puis très vite. La bête doit fuir. Ino disparaît derrière une grande dune.

« Ino ! Non ! » (Cronosus)

Des larmes coulent des yeux de Cronosus.

....

Cantor arrive avec Evona.

« Cronosus ? Qu'est-ce que tu fais là ? » (Cantor)

Cronosus, prostré, ne dit rien.

« Il n'était pas nécessaire de venir. Nous sommes arrivés suffisamment vite ! » (Cantor)

« Pas assez... » (Cronosus)

« Pas assez... Comment ça ? Ils ne sont pas morts tout de même ? » (Cantor)

« Non... Pas eux... Ino... » (Cronosus)

« Ino ? Tu es venu avec Ino ? Je t'avais pourtant dit de rester au Centre avec lui ! » (Cantor)

« Il voulait absolument leur venir en aide... Je n'ai pu que le suivre... J'ai essayé de le secourir, mais... je n'ai rien pu faire... » (Cronosus)

Cantor voit la lame noire sortie. Il regarde Cronosus avec compassion.

« Je vois que tu as su t'en servir... Tu as sans doute fait ce que tu as pu... Où est-il ? » (Cantor)

« Il est passé de l'autre côté de la dune, là-bas... » (Cronosus)

« Je pars immédiatement à sa recherche. Il n'est peut-être pas trop tard. Evona, occupe-toi des blessés. » (Cantor)

Cantor monte sur sa planche.

« Cantor ! » (Cronosus)

« Oui ? » (Cantor)

« Prends garde : cette créature est... invisible... » (Cronosus)

« Invisible ? » (Cantor)

Cantor regarde Cronosus.

« Tu as vraiment créé de drôles de choses, mon ami... » (Cantor)

Ce n'est pas vraiment moi, leur créateur...

Cantor s'en va.

....
....
....
....
....

*Cantor est revenu... Il a retrouvé Ino... Très grièvement blessé...
Mais il devrait s'en sortir... Il n'a pas vu la créature. Elle a dû fuir
à cause de la blessure que je lui ai infligée... Il n'y avait pourtant
aucune trace de sang sur le sol... Ino se trouvait au pied de la
dune où je l'ai vu disparaître. La bête l'a donc lâché peu de temps
après avoir reçu un coup... Pourquoi ces animaux sont-ils si
agressifs à notre égard ? Est-ce seulement parce qu'ils ont
compris que nous voulions les capturer ? Ou est-ce encore autre
chose ?*

FIN DE LA PREMIÈRE JOURNÉE DE CHASSE

Nous avons ramené les blessés au Centre. Et rappelé tous ceux qui étaient encore en train de chasser. Aucune prise n'a été faite pour l'instant. Il faut dire que l'incident du désert de sable a eu lieu au début de la chasse. Nous avons placé chaque blessé dans une chambre différente. Il y en avait de multiples, au Centre. Pour tous ceux qui restaient travailler là plusieurs jours. Pour ne pas dire plusieurs semaines... Surtout vers la fin du projet... Nous avons laissé les blessés se reposer. Nous leur avons prodigué les premiers soins mais, à vrai dire, cela n'était pas vraiment nécessaire. Il s'agissait surtout de leur éviter de souffrir. Pour le reste, leur corps est leur meilleur médicament. Ils ont été conçus pour se régénérer très rapidement. Nous devrons simplement veiller davantage sur Ino, qui a été bien près de mourir. Heureusement que la créature l'a lâché à temps... J'ai bien fait de le suivre. Si je n'étais pas intervenu, je pense que Cantor et Evona seraient arrivés trop tard. Nous venons d'avoir une longue discussion. Cantor est convaincu que cet épisode est le signe que ces animaux sont nos ennemis. Il a trouvé peu de contradicteurs, si ce n'est Seldona, qui semble très attachée à la nature. Cantor a suggéré d'ajourner la chasse. J'étais de son avis. Comme tout le monde d'ailleurs. Il est allé dans son atelier. Sans doute pour créer de nouvelles armes. Nous nous sommes séparés en deux groupes. Algo et Seldona sont restés avec moi. Algo veille sur Ino. Seldona sur Vario. J'attends le réveil d'Alina.

La CRÉATION ALÉATOIRE. Je m'interroge sur le bienfondé de son existence. Cette idée était la mienne. Aucun membre du Projet Cosmogonia n'en était informé. C'est normal : je n'ai commencé à travailler dessus qu'après la fermeture des portes. J'avais besoin de m'occuper. J'étais face à un vide. Un grand vide. Je voulais le remplir. Créer un nouveau monde. Mais je n'avais pas non plus l'intention d'interférer sur la vie des nouveaux hommes et femmes que j'avais conçus. Et pourtant... j'ai fini par lancer le processus...

« Cronosus ? » (Alina)

Alina a ouvert les yeux. Elle semble fatiguée.

« Oui Alina, je suis là. » (Cronosus)

Cronosus pose sa main tendrement sur le front d'Alina. Puis il caresse la joue où elle a reçu un coup violent. La marque de la blessure a totalement disparu.

Incroyable ! Tout fonctionne comme espéré !

« Que s'est-il passé ? » (Alina)

« Tu as été frappée violemment au visage au moment où tu allais secourir Vario. Tu t'es effondrée sur le sol, et tu as perdu connaissance... » (Cronosus)

Alina ferme les yeux. On dirait qu'elle va s'endormir. Mais elle les ouvre à nouveau. Elle semble aller de mieux en mieux.

« Cette créature... Qu'est-ce que c'était ? » (Alina)

« Nous n'en savons rien... » (Cronosus)

« Elle a dû sentir que nous lui voulions du mal... » (Alina)

« C'est possible... » (Cronosus)

« Il n'y avait aucune créature similaire à celle-ci dans ton monde ? » (Alina)

« Non : c'est une nouvelle espèce... » (Cronosus)

Seldona, qui a entendu du bruit, entre dans la chambre.

« Alina ! Tu es réveillée ! Je suis contente ! Tu as l'air d'aller beaucoup mieux ! » (Seldona)

« Oui. Plus le temps passe, et plus j'ai l'impression de récupérer mes forces. » (Alina)

« Comment va Vario ? » (Cronosus)

« Il se repose toujours. Mais j'ai vu que certaines de ses blessures, notamment au visage, avaient totalement disparu. » (Seldona)

« Il ne devrait donc pas tarder à se réveiller... » (Cronosus)

« Cronosus... Je... Je voulais te remercier... de ne pas être toujours du même avis que Cantor... Je trouve que sa vision des choses est parfois brutale... » (Seldona)

Silence. Cronosus lui adresse un petit sourire complice. Seldona lui sourit à son tour, puis repart vers la chambre de Vario. Avant d'être arrivée dans le couloir, elle se retourne.

« Pendant que Cantor n'est pas là, je voulais te demander... Ces animaux, est-ce réellement toi qui les as créés ? » (Seldona)

« Non. Ou plutôt... Pas directement... Disons que c'est un peu compliqué... » (Cronosus)

« Explique-moi, s'il te plaît. Je comprends les réactions des autres. Nous n'avons été confrontés qu'à des comportements agressifs jusqu'à maintenant. Il est normal que nous voulions nous protéger. Mais je ne supporte pas l'idée de détruire la vie. Je crois que, de ce point de vue-là, tu es comme moi... » (Seldona)

Seldona regarde Alina.

« Toi aussi, Alina... Même si je te connais pas encore très bien, je sens que tu me ressembles... » (Seldona)

Alina lui sourit. Cronosus réfléchit.

« Viens, assieds-toi. » (Cronosus)

Seldona s'assied au pied du lit d'Alina.

« Avant votre naissance, j'ai passé de longues heures sur l'ordinateur central. Je voulais le reconfigurer afin d'essayer d'ouvrir les portes... » (Cronosus)

« Tu avais envie de savoir ce qui se passait dans l'ancien monde, n'est-ce pas ? Je l'ai tout de suite compris... C'est une de tes différences avec Cantor... » (Seldona)

Silence.

« Je me suis aperçu qu'il n'y avait rien à faire. L'ordinateur avait été conçu pour maintenir Cosmogonia à l'abri du danger. Il devait toujours œuvrer en faveur de la vie. » (Cronosus)

« Tu veux dire que, même s'il y avait encore de la vie à l'extérieur, l'ordinateur ne nous laisserait pas sortir s'il estimait cela dangereux pour nous ? » (Alina)

« Ce domaine de compétences n'est pas le mien... Mais c'est effectivement l'interprétation que j'ai été amené à faire... » (Cronosus)

« Tu as donc focalisé tous tes efforts sur la création de ce nouveau monde... » (Seldona)

« Oui. J'ai compris que comme l'ancien monde était définitivement perdu pour moi, il fallait que j'œuvre en faveur du nouveau. Il était paradoxalement plus simple de poursuivre la création de Cosmogonia, que de tenter de retourner dans l'ancien monde... » (Cronosus)

« La création d'animaux faisait-elle partie du processus ? » (Seldona)

« C'est plus compliqué que cela... Ma priorité était que vous puissiez vivre dans les meilleures conditions possible. J'ai consacré des mois entiers à retravailler ma formule. Je voulais m'assurer qu'en vous donnant la vie, je ne vous lègue aucune souffrance. Un travail trop hâtif aurait pu avoir des conséquences désastreuses sur vos existences. Surtout sur le long terme. Une fois toutes les vérifications faites, j'ai songé à doter Cosmogonia de créatures. Si la vie avait effectivement disparu de l'ancien monde, il me semblait normal qu'elle prenne différentes formes ici. Je ne pense pas qu'il soit bon qu'une seule espèce existe. La vie a toujours cherché à se diversifier... » (Cronosus)

« Je n'ai pourtant pas souvenir de créatures au début de mon existence... Le désert était totalement vide... Même vu de la dune principale... » (Alina)

« Et ton observation est juste... J'ai lancé le Projet Cosmogonia comme initialement prévu, c'est-à-dire avec un seul être humain par zone... » (Cronosus)

« Puis tu as changé d'avis... Pourquoi ? » (Seldona)

« Cantor a eu d'emblée une attitude étrange... J'avais des doutes le concernant... Doutes qui ont d'ailleurs été justifiés, même s'il ne doit surtout pas être considéré comme un ennemi... Du moins pour l'instant... » (Cronosus)

Cronosus réfléchit.

« Cantor m'a amené à m'interroger... J'ai alors songé à ce que j'avais décidé d'appeler le plan de CRÉATION ALÉATOIRE... » (Cronosus)

« Le plan de CRÉATION ALÉATOIRE ? Ce n'est donc pas toi qui as créé ces animaux ? Mais qui alors ? » (Seldona)

« L'ordinateur central. Pendant plusieurs mois, j'ai entré dans cet ordinateur les codes génétiques de l'ensemble des êtres vivants – excepté l'homme – ayant foulé le sol de la Terre... » (Cronosus)

« Comment avais-tu toutes ces informations ? » (Alina)

Cronosus sourit.

« Pour parvenir à vous créer, nous avons dû étudier la vie sous toutes ses formes, et à toutes ses époques. Nous avons ainsi établi une liste génétique de toutes les espèces... C'est cette liste que j'ai entrée dans l'ordinateur principal... » (Cronosus)

« Mais tu as pourtant dit que la créature qui m'avait attaquée dans le désert était une nouvelle espèce... » (Alina)

« Et je t'ai dit la vérité... » (Cronosus)

Cronosus réfléchit.

« Comme je ne savais pas comment peupler Cosmogonia, j'ai élaboré un programme spécial... donnant le droit à l'ordinateur central de créer de la vie à partir de toutes les informations génétiques à sa disposition... » (Cronosus)

« Il peut donc créer tout et n'importe quoi ? » (Alina)

« Dans l'absolu, oui... » (Cronosus)

« Mais pourquoi as-tu fait cela, Cronosus ? C'est de l'inconscience ! » (Alina)

« Tu as sans doute raison... Je n'étais pas totalement à l'aise avec ce programme... C'est d'ailleurs la raison pour laquelle j'ai attendu avant de le lancer... » (Cronosus)

« Et je ne comprends pas pourquoi tu l'as fait... » (Alina)

« Pour la vie, Alina... Pour le bien de la vie... Essaie de te représenter un instant ma situation... J'avais tout perdu, et j'étais seul à décider... En sachant pertinemment que j'avais le pouvoir de redonner une chance à la vie... » (Cronosus)

« Je comprends, Cronosus. Tes intentions étaient louables. Même si, en agissant ainsi, tu as rendu ce monde plus dangereux qu'il n'aurait dû être... » (Seldona)

« C'est là où vous vous trompez toutes les deux... » (Cronosus)

Cronosus se lève. Il se dirige vers la fenêtre, qui donne sur la vaste forêt.

« Je n'ai pas délégué l'ensemble du contrôle à l'ordinateur central... Cela aurait été dangereux... Je me suis laissé la possibilité d'interrompre à tout instant le programme de CRÉATION ALÉATOIRE... C'est d'ailleurs ce que j'ai fait avant le début de la chasse... » (Cronosus)

« Ces animaux peuvent-ils se reproduire ? » (Seldona)

« Non... » (Cronosus)

Cronosus hésite. Alina l'a bien perçu.

« Que voulais-tu ajouter ? » (Alina)

« Cela n'a pas d'importance... » (Cronosus)

« Nous avons besoin de savoir, Cronosus... Cantor a ébranlé ma confiance en toi lorsqu'il m'a révélé des choses dont tu ne m'avais pas parlé... » (Alina)

« Nous n'avons pas la même façon de procéder, Alina... Tout te dire n'était pas forcément te rendre service... » (Cronosus)

« Peut-être, mais je veux savoir ! Tu as éveillé ma curiosité ! » (Alina)

« Comme tu voudras... » (Cronosus)

Cronosus regarde Alina et Seldona avec gravité.

« Je sais que ces créatures ne peuvent pas se reproduire... car elles sont conçues comme vous... pour durer... » (Cronosus)

« Tu veux dire... qu'elles aussi sont immortelles ? » (Seldona)

« Elles n'ont pas tout à fait le même rapport à la vie que vous... Vous êtes des êtres humains améliorés... Votre code génétique a été conçu pour vous permettre de vous régénérer automatiquement... Plus le temps passe, et plus vous devenez forts... La fatigue, la faim, la soif, la maladie... Toutes les faiblesses corporelles des premiers hommes ont été effacées... Ce n'est pas le cas de ces créatures... » (Cronosus)

« Elles sont donc plus susceptibles de mourir que nous ? » (Seldona)

« Oui. C'est d'ailleurs la raison pour laquelle vous êtes venus plutôt aisément à bout des loups noirs. S'ils avaient eu le même degré de protection que vous, ils auraient pu vous causer plus de problèmes... » (Cronosus)

« Je te demande pardon, Cronosus... Je t'ai jugé bien hâtivement... » (Alina)

« Tu n'as pas à t'excuser, Alina... La CRÉATION ALÉATOIRE n'en demeure pas moins un potentiel fléau... Je ne comprends pas, notamment, l'agressivité de ces animaux à notre égard... » (Cronosus)

« Ils veulent défendre leur vie, tout simplement... » (Seldona)

« Il y a sans doute quelque chose de cet ordre... Mais je reste méfiant... J'avais pourtant fait en sorte que leur agressivité soit limitée... » (Cronosus)

« Comment ça ? » (Seldona)

« J'ai procédé de la même manière que pour vous... Réduire leurs besoins physiologiques était censé les rendre plus dociles... » (Cronosus)

Silence.

« Cronosus... Vu le parallèle que tu établis entre nous et ces animaux... Parallèle purement génétique bien sûr... Cela veut-il dire que nous ne pourrons pas avoir d'enfants ? » (Alina)

Cronosus ne dit rien. Il paraît très gêné.

« Réponds-moi s'il te plaît : il est important que nous le sachions... » (Alina)

Cronosus regarde la vaste forêt avec attention. Puis il se tourne vers les deux jeunes femmes.

« Je ne sais pas quoi vous répondre... » (Cronosus)

« J'en conclus donc que c'est oui... » (Alina)

« Non, ce n'est pas ce que je veux dire... » (Cronosus)

Cronosus s'assied sur le lit, entre Seldona et Alina.

« Pour des raisons qui m'échappent, il n'était pas possible de vous créer à la fois immortels et féconds... » (Cronosus)

Cronosus semble perdu dans ses pensées.

« J'ai consacré des années à trouver la bonne formule... J'avais été engagé pour créer la vie... Créer la vie à partir de rien... Le projet le plus ambitieux jamais tenté par l'homme... J'ai parfois été très proche de réussir... Mais, au dernier moment, la formule s'avérait inopérante... Je ne suis parvenu à la trouver qu'étant seul... » (Cronosus)

Les deux jeunes femmes le regardent avec intérêt.

« Comment, Cronosus ? Comment as-tu trouvé la bonne formule ? » (Seldona)

Cronosus réfléchit.

« Parmi les miens, j'ai toujours été quelqu'un d'enthousiaste... Oh, j'avais bien sûr des moments plus noirs, comme n'importe qui... Mais je ne me suis jamais laissé totalement gagner par le désespoir... Même si mon monde incitait beaucoup d'entre nous à sombrer dans une forme de mélancolie... » (Cronosus)

Cronosus regarde dans le vide.

« Mais ayant tout perdu, et étant seul dans ce Centre... J'ai vu apparaître dans mon esprit des idées qui m'étaient jusque là demeurées inconnues... » (Cronosus)

« Tu as dû beaucoup souffrir... » (Alina)

Alina, toujours assise dans son lit, lui caresse le bras gauche. Cronosus lui adresse un petit sourire.

« J'ai vécu des moments... Je ne souhaite à personne de connaître la situation qui fut la mienne... » (Cronosus)

Seldona s'approche de Cronosus, et pose sa main sur son épaule droite.

« Nous sommes là, Cronosus... » (Seldona)

« Merci. Vous êtes vraiment gentilles... » (Cronosus)

Cronosus sourit. Son regard se perd à nouveau dans le vide.

« La solution m'est venue de mon malheur... C'est parce que je souffrais que je suis parvenu à créer... » (Cronosus)

Cronosus regarde Seldona et Alina avec affection.

« L'amour... La vie... La naissance... La vie... La mort... La vie... » (Cronosus)

Cronosus semble être dans un autre monde.

« J'ai compris que la naissance avait partie liée avec la mort. Que l'on ne pouvait concevoir l'une sans l'autre. Naître et faire naître sont un seul et même mouvement, qui implique la mort. Pour donner la vie, un être doit accepter à terme de disparaître. La vie ne serait plus possible si des êtres immortels donnaient naissance à d'autres êtres immortels... » (Cronosus)

Silence.

« J'ai redéfini votre code génétique. J'ai supprimé votre capacité à féconder. J'ai entré le code dans l'ordinateur. La formule était enfin opérante... » (Cronosus)

« Donc nous ne pourrons jamais enfanter... » (Alina)

« Je ne sais pas... Je crois tout de même que cela est possible... Mais à certaines conditions... » (Cronosus)

« Lesquelles ? » (Alina)

« Votre métabolisme a ceci de particulier qu'il dépend pour une très large part de votre volonté. C'est un principe que j'avais pu observer dans le cas de l'évolution des espèces. Pourquoi les cétacés, par exemple, sont-ils devenus des animaux aquatiques ? Leurs ancêtres étaient pourtant des mammifères terrestres... Il y a là comme une énigme... Quelles raisons les ont poussés peu à peu à quitter la terre ferme pour les océans ? L'évolution relèverait-elle d'un choix ? D'une volonté ? C'est ce que j'en suis venu à penser... » (Cronosus)

Silence.

« Vous êtes capables de grandes choses... Des choses dont ni vous ni même moi d'ailleurs n'avons encore idée... Je crois que vous pourrez un jour devenir ce que vous voudrez être... Cela vaut donc aussi pour la question de la fécondité... » (Cronosus)

« Mais alors nous deviendrons mortels ? » (Alina)

Cronosus allait lui répondre. Mais on entend du bruit dans la chambre voisine. Vario a dû se réveiller.

« Je vais aller voir comment il va... » (Seldona)

Seldona se lève.

« Cette discussion doit rester entre nous... Il y a certaines informations qu'il vaut mieux ne partager qu'avec certaines personnes... Pour l'instant... » (Cronosus)

« Je peux en parler avec Ino et Algo ? » (Alina)

« Oui. Je crois qu'ils sont vraiment dignes de confiance. » (Cronosus)

« À plus tard, Cronosus... » (Seldona)

Seldona s'arrête sur le seuil de la porte.

« Et merci... Merci de nous avoir fait toutes ces révélations... Même si ce n'était pas facile... Tu peux compter sur ma discrétion... » (Seldona)

« Je sais, Seldona. Je sais. » (Cronosus)

Seldona sort. Cronosus sourit à Alina. C'est un sourire très discret. Très pudique. Celui de la jeune femme est de même nature.

« Je retourne dans la salle principale... À tout à l'heure... » (Cronosus)

« À tout à l'heure... » (Alina)

Je n'avais pas d'autres choix que de tout leur dire. Pour ne pas donner raison à Cantor. Je ne sais pas quelle sera la réaction d'Alina... J'espère que ces nouvelles révélations ne la perturberont pas trop...

FIN DE LA DISCUSSION SUR LA CRÉATION ALÉATOIRE

Réveillé. Vario s'est donc à son tour réveillé. Tout comme Alina, il s'est parfaitement remis de ses blessures. Nous attendons désormais le réveil d'Ino. Cela ne devrait plus tarder. Cantor a insisté pour que tous viennent avec lui dans l'atelier. Il travaille intensément à la création de nouvelles machines. Je ne sais pas en quoi cela consiste. Il semble m'exclure du processus. Il m'a simplement demandé de veiller sur Ino.

Le temps passe. Je fais des allers et retours. Entre la chambre d'Ino et la salle principale du Centre de contrôle. Les géocapteurs n'ont pas été conçus pour observer des animaux. Je n'ai donc aucune image intéressante des différentes zones. J'imagine que Cantor trouvera bien un moyen d'évaluer le nombre de créatures actuellement présentes dans Cosmogonia. Il trouve toujours un moyen d'arriver à ses fins...

J'ai quand même regardé ce qui se passait dans la vaste forêt. Rinov et Vana sont toujours ensemble. Ils semblent aller bien. J'espère que cela durera le plus longtemps possible...

« Cronosus ? » (Alina)

Cronosus se retourne. Son regard croise celui d'Alina.

« Alina ! » (Cronosus)

Le visage de Cronosus s'illumine. Il fait un petit geste de la main droite.

« Viens t'asseoir près de moi ! » (Cronosus)

Alina s'assied sur un fauteuil situé à la droite de Cronosus.

« Alors, tu as fini de travailler ? » (Cronosus)

« Oui. Cantor a proposé à ceux qui le souhaitaient de faire une pause. J'en ai profité pour venir te voir. » (Alina)

« C'est gentil... » (Cronosus)

J'aimerais lui demander ce qu'ils sont en train de faire... Mais ce n'est peut-être pas le bon moment...

Cronosus regarde les images du désert de sable diffusées par le géocapteur. Il semble rêveur.

« Cronosus ? » (Alina)

Cronosus se tourne vers Alina. Il la regarde d'un air paterne.

« Oui, Alina ? » (Cronosus)

« Comment était l'ancien monde ? » (Alina)

« Pourquoi veux-tu le savoir ? » (Cronosus)

« Toi et Cantor nous en avez déjà parlé... mais sans trop entrer dans les détails... Même le livre que j'ai lu m'a semblé incomplet sur le sujet... » (Alina)

« Tu veux savoir pourquoi tu es là, n'est-ce pas ? » (Cronosus)

« Je veux savoir pourquoi vous avez eu envie de lancer ce projet... » (Alina)

Cronosus lui sourit.

« C'est normal... » (Cronosus)

Cronosus se lève brusquement, ce qui semble surprendre Alina.

« Et si nous retournions chez toi ? Dans le désert de sable... » (Cronosus)

« Mais Cantor l'a interdit ! » (Alina)

« Cantor n'a pas à prendre toutes les décisions... Nous resterons près de la borne relais. Si nous rencontrons le moindre problème,

nous pourrons ainsi revenir au Centre immédiatement. »
(Cronosus)

« Et Ino ? Qui va veiller sur lui ? » (Alina)

« Ino est presque rétabli... » (Cronosus)

*Elle ne semble pas satisfaite de ma réponse... Son affection pour
ce jeune homme est très touchante...*

« Si tu ne veux pas qu'il soit seul, propose à un ami de venir
veiller sur lui... » (Cronosus)

Alina retrouve le sourire.

« Je vais prévenir Seldona ! Elle ne semblait pas passionnée par
les travaux de Cantor. Et elle ne lui dira pas où nous sommes... »
(Alina)

« Et quand bien même, Alina ? Nous n'avons de compte à rendre
à personne : nous sommes libres... » (Cronosus)

« Tu as raison... » (Alina)

*Cantor exerce une influence qui ne me plaît guère... Il se pose en
chef absolu, alors qu'ils devraient tous être égaux... Il faut dire
qu'il est par essence différent... Mais il n'est pas le seul dans ce
cas-là...*

....

« Tu regardes mon livre avec intérêt ! » (Cronosus)

« Oui. Je me demandais pourquoi il n'avait pas décrit notre
arrivée dans le désert de sable. » (Alina)

« C'est un livre intelligent. Conçu selon des règles qui se
rapprochent de celles de votre création. Il possède une autonomie.
Et il s'améliore avec le temps. Il est notamment capable de

sélectionner ce qui lui semble vraiment essentiel. Il devrait peu à peu affirmer son propre style. Il le fait déjà, en un sens... » (Cronosus)

« C'est fascinant... » (Alina)

Alina regarde le livre avec intérêt, comme s'il s'agissait d'un être vivant.

« Tu voulais que je te parle de l'ancien monde ? » (Cronosus)

Alina se redresse, et regarde Cronosus avec gravité.

« Oui. Mais dis-moi d'abord pourquoi tu as voulu que nous venions là ? » (Alina)

« Tu souhaitais connaître les raisons de ton existence... Or, n'y a-t-il pas lieu plus adapté que celui où tu as commencé à vivre pour parler de telles choses ? » (Cronosus)

« Je comprends. C'est très délicat de ta part... » (Alina)

« Tu imagines bien que mon monde était complexe... Que voudrais-tu savoir exactement ? » (Cronosus)

« Pourquoi en êtes-vous venus à songer à la création d'êtres humains différents ? N'y avait-il pas un moyen d'améliorer votre monde, plutôt que vouloir en créer un nouveau ? » (Alina)

« Tu touches là au cœur du problème... » (Cronosus)

Cronosus réfléchit pendant un certain temps.

« La plupart des personnes impliquées dans le Projet Cosmogonia était d'un très haut niveau intellectuel. Toutes étaient parmi les plus brillantes dans leur domaine... » (Cronosus)

Silence.

« Un même constat nous unissait : la déchéance progressive mais réelle de l'humanité... » (Cronosus)

« Vous étiez pourtant la preuve que l'humanité avait encore un potentiel important... » (Alina)

« Tu as raison, mais nous représentions malheureusement une minorité. L'intelligence n'était plus la valeur la plus reconnue de notre monde. Aussi aberrant que cela puisse te paraître, la bêtise et la trivialité étaient davantage valorisées que la connaissance... » (Cronosus)

« Comment cela était-il possible ? » (Alina)

« Difficile à dire... Le processus a été très lent à se mettre en place... L'évolution s'est accomplie subrepticement... D'autant que toutes les sociétés n'étaient pas équivalentes... » (Cronosus)

« Tu veux dire que certaines faisaient plus cas de l'intelligence ? » (Alina)

« Oui. C'est d'ailleurs la raison pour laquelle Cosmogonia était dans nos esprits un simple projet. Nous ne cherchions pas explicitement à imposer un nouveau monde. Nous voulions surtout essayer de comprendre pourquoi le nôtre fonctionnait si mal... » (Cronosus)

« C'est la raison pour laquelle vous vouliez nous observer... » (Alina)

« Oui. Et c'était pour cela que nous voulions vous rendre immortels. Pour avoir vraiment le temps d'étudier vos comportements. Avant éventuellement de prendre une décision forte... » (Cronosus)

« Une décision forte ? » (Alina)

Cronosus devient grave.

« Certains d'entre nous pensaient que vous pourriez, à terme, remplacer les humains de notre monde. Si l'humanité poursuivait sa déchéance, alors des êtres supérieurement intelligents et physiologiquement parfaits auraient pu représenter notre salut. » (Cronosus)

« C'était ton opinion ? » (Alina)

« J'ai toujours pensé que la vie était d'une extrême complexité, et que notre monde ne se prêtait pas à des solutions simples. Je n'adhérai donc pas totalement à cette proposition... » (Cronosus)

« Mais Cantor si ? » (Alina)

« Govan – comme tu le sais, c'était alors son nom – faisait partie de ceux qui estimaient notre monde trop corrompu pour pouvoir jamais se relever... Il a donc suggéré très tôt de remplacer l'ancien monde par le nouveau... Surtout si les résultats dans Cosmogonia s'avéraient concluants... » (Cronosus)

« Peut-on réellement lui donner tort ? » (Alina)

Cronosus regarde Alina. Il semble déçu de sa prise de position. Alina le sent bien.

« Je veux dire... Si votre monde était effectivement malade à cause des hommes, n'était-il pas temps de proposer une solution radicale ? » (Alina)

Cronosus réfléchit.

« C'est drôle... J'ai souvent entendu ce discours... C'est comme si le passé ressurgissait tout à coup... » (Cronosus)

Cronosus est pensif. Alina n'ose pas interrompre sa réflexion.

« Je ne peux totalement te contredire... Tu es jeune, et tu n'as pas mon expérience... J'ai cru au Projet Cosmogonia. Une partie de moi y croit encore, d'ailleurs... Mais savoir mon monde définitivement perdu m'a fait prendre conscience que sa disparition n'était pas la solution... » (Cronosus)

« Explique-moi pourquoi, Cronosus : je ne demande qu'à comprendre... » (Alina)

« Il y avait certes des dysfonctionnements majeurs dans l'ancien monde. Notamment au niveau politique. La politique a été la clé de notre déclin. Elle n'était plus capable d'apporter des solutions efficaces aux problèmes rencontrés. Elle n'était donc plus à même de répondre à sa raison d'être. Mais il y avait toujours des personnes de qualités. Des hommes et des femmes qui n'avaient certes pas tes incroyables facultés, mais dont les intentions avaient le mérite d'être honnêtes, saines... » (Cronosus)

Cronosus regarde l'horizon, puis se tourne vers Alina.

« Tu sais... J'ai pris conscience avec le temps que la seule intelligence ne pouvait pas résoudre les problèmes du monde... L'intelligence n'est pas la solution... Ou du moins pas la seule... » (Cronosus)

Alina se tait. Elle écoute Cronosus religieusement.

« L'intelligence permet de comprendre un certain nombre de mécanismes. Elle offre une ouverture d'esprit qui n'est en rien négligeable. Mais elle n'engendre pas que de bonnes choses... » (Cronosus)

« Je sais. Je l'ai compris en lisant le livre. » (Alina)

« Donc tu as compris que des personnes même incultes pouvaient êtres des personnes admirables... Nous avons peut-être perdu cela de vue lors de la phase de production... Nous étions obnubilés par ce projet... » (Cronosus)

« Peut-être, Cronosus, mais votre constat n'en était pas moins juste : mieux vaut une société intelligente qu'une société arriérée ! » (Alina)

« Bien sûr. Je ne te dirais jamais le contraire. Mais je crois que nous aurions également dû réfléchir à l'organisation générale des sociétés humaines... Nous autres hommes sommes des êtres sensibles... Nous ne sommes pas que des êtres intelligents... » (Cronosus)

« Que se passait-il de si grave dans votre monde ? » (Alina)

« Les tensions étaient exacerbées... à tous les niveaux... Aussi bien entre états qu'entre individus... Le respect de l'autre était de plus en plus diffus... Nous retrouvions une forme d'état sauvage que la civilisation était pourtant censée avoir aboli... » (Cronosus)

« Il y avait des tensions ? Pourquoi ? » (Alina)

« L'être humain est cupide... Très cupide. Trop cupide. Les intérêts des uns allaient contre les intérêts des autres. Plutôt que de se satisfaire d'une situation assez agréable, certains désiraient posséder toujours plus. Sans tenir compte du fait que cette volonté pouvait dégrader considérablement la situation de tous les autres... » (Cronosus)

« Mais n'aviez-vous pas des lois ? Les états ne sont-ils pas justement supposés organiser les sociétés humaines ? » (Alina)

« Oui. Pour éviter l'anarchie. Mais les états étaient de plus en plus faibles. Des forces détachées de toute morale œuvraient contre eux. Ces forces ne pensaient qu'à leur seule réussite économique... à court terme... Sans se soucier des hommes ou de la nature... Dans un même pays, il y avait ainsi des individus profitant des désirs et des faiblesses des autres, afin d'en tirer profit... Ces mêmes individus évitaient toutefois bien soigneusement d'être jamais en contact avec ces personnes qui représentaient leur « marché »... » (Cronosus)

« J'insiste peut-être mais... Et les lois ? » (Alina)

« Les lois... Bien sûr qu'il y avait des lois... Mais elles ne parvenaient plus à enrayer la machine infernale... La criminalité s'était considérablement accrue... Les prisons étaient pleines... Et puis il n'y avait plus vraiment de lois entre les états... » (Cronosus)

Silence.

« Je vais même aller plus loin... » (Cronosus)

Silence.

« Les états n'existaient plus. Ou plutôt, ce n'était plus que des mots. Des entités économiques abstraites au service d'hommes politiques très souvent corrompus. La rhétorique politique n'avait ainsi plus d'autre fin qu'elle-même... Imagine des mots sans valeur, totalement détachés de la réalité... » (Cronosus)

Silence.

« Au sein d'un même état, des personnes extrêmement différentes cohabitaient... Ce n'est certes pas un problème, je te l'accorde... Mais, dès l'instant où ces personnes ne partageaient plus aucune valeur commune, l'état n'avait plus aucun fondement... » (Cronosus)

« Je ne vois effectivement pas comment un état pourrait continuer à exister si ses habitants n'avaient pas une vision d'ensemble à peu près cohérente... » (Alina)

« Je dois peut-être te paraître caricatural... Je le suis sans doute... Mais le fond de mon propos est malheureusement véridique... » (Cronosus)

Silence.

« Il existait toujours des liens entre les humains... Mais ces liens concernaient de plus en plus des individus appartenant à des pays différents... » (Cronosus)

« Tu veux dire qu'en fonction de tes goûts ou de ta vision du monde, tu pouvais te sentir plus à l'aise avec des personnes n'appartenant pas à ton supposé modèle de société ? » (Alina)

« Oui. Cela a sans doute été une première dans l'histoire de l'humanité. Mais se trouvaient ensemble dans un même pays des personnes susceptibles de se détester. De ne rien partager. » (Cronosus)

Cronosus réfléchit.

« Il y avait ainsi une tension permanente entre lieux et valeurs. Certains vivaient dans des espaces opposés à leur vision du monde... » (Cronosus)

« Avez-vous essayé d'évoquer publiquement ces problèmes ? » (Alina)

« Nous l'avons fait, bien sûr... Tous à des niveaux différents... Mais personne ne nous écoutait... Les médias nous trouvaient alarmistes... Les discours prononcés devaient plaire à l'ensemble... Nous ne devions pas remettre en cause les défauts de nos sociétés... » (Cronosus)

« Mais c'est totalement absurde ! » (Alina)

« Bien sûr. Car le décalage entre discours et réalité n'a cessé de croître... Les médias présentaient notre jeunesse comme active et ayant un fort potentiel... Mais de plus en plus de jeunes humains avaient du mépris pour le travail, la connaissance et le savoir... Nous étions en train de former des barbares... » (Cronosus)

« Ce que tu me dis là me fait froid dans le dos... Je commence à comprendre les positions de personnes comme Cantor... » (Alina)

« Cantor et moi avions en commun de partager ce diagnostic. Mais cela ne veut pas dire que nous avions les mêmes solutions à apporter aux problèmes... » (Cronosus)

« Je me trompe si je te dis qu'il se réjouit bien plus que toi du fait que les portes soient désormais fermées ? » (Alina)

Cronosus lui adresse un petit sourire complice.

« Non. Tu as tout compris... » (Cronosus)

Alina lui sourit à son tour.

« Je pense pour ma part que le Projet Cosmogonia nous aurait offert un point de vue intelligent et nuancé sur la situation réelle de notre monde. Nous aurions compris beaucoup de choses. Car s'il y avait de nombreuses modifications à apporter, tout n'allait pas non plus si mal... » (Cronosus)

« Quelle était ta solution ? » (Alina)

Quel enthousiasme ! Cela me fait du bien...

« Je n'avais pas vraiment une solution précise... Comme je te l'ai déjà dit, la complexité de la vie m'a toujours amené à avancer avec précaution sur certains sujets... Disons que j'avais surtout une idée globale d'une société plus apaisée... » (Cronosus)

Cronosus se lève, et regarde l'horizon. On dirait qu'il cherche à voir quelque chose.

« Mon expérience ainsi que ma fascination pour l'histoire m'ont permis de me rendre compte que l'humanité fonctionnait par cycles. Des civilisations ont atteint leur apogée, puis ont disparu. D'autres les ont remplacées. Certaines, après une période de déclin, ont retrouvé une vraie vitalité. Ces fluctuations sont normales. On les observe à un niveau différent dans la nature... » (Cronosus)

Silence.

« Dans notre monde, le sujet le plus inquiétant était la globalisation des problèmes... Dans l'Antiquité, la décadence de Rome avait certes eu un impact, mais sur une région limitée de la planète... Et Dieu sait pourtant si Rome a marqué l'histoire de l'humanité ! Mais dans notre monde, l'interdépendance entre les civilisations avait des vertus... et des inconvénients... » (Cronosus)

« Cela pouvait vous rendre et plus forts et plus faibles... » (Alina)

« Oui. Il n'était plus possible de vivre paisiblement à l'écart du monde... Nous dépendions des décisions et du bon vouloir des plus puissants... » (Cronosus)

Silence.

« Quand Govan est venu me chercher pour me parler de ses craintes quant à l'évolution de l'humanité, il a rapidement évoqué la création d'êtres parfaits. Il voulait que nous fassions acquisition d'une petite zone à l'abri du regard extérieur. Un endroit où nous aurions élevé et observé des êtres qui, à terme, auraient pu remplacer les humains les moins « utiles »... » (Cronosus)

« Cette vision me glace tout autant que ce qu'était devenu ton monde... » (Alina)

« Cette vision ne me plaisait pas non plus... Govan avait beau me dire que ces êtres supérieurs seraient surtout un moyen de pression sur les différentes forces néfastes de notre monde, je n'étais pas à l'aise avec ce projet... Cela aurait abouti à une guerre... » (Cronosus)

« Tu crois qu'il voulait que moi et les autres combattions l'humanité ? » (Alina)

« Il ne m'a pas présenté les choses comme cela... Si tu l'interrogeais sur ce point, il nierait avoir jamais eu cette idée... Et peut-être serait-il sincère... Mais il était évident que sa conception élitiste allait créer une opposition entre les nouveaux hommes et les anciens... » (Cronosus)

« Comment as-tu pu le faire changer d'avis ? » (Alina)

« Govan n'est pas quelqu'un de facile à convaincre... Malgré sa grande intelligence – ou peut-être à cause de celle-ci – il est souvent persuadé d'avoir raison... Mais j'avais un atout dans ma manche : il ne pouvait se passer de moi... » (Cronosus)

« Sans notre naissance, le projet n'avait effectivement aucun intérêt... Que lui as-tu exactement proposé ? » (Alina)

« J'ai accepté d'apporter ma contribution au projet, à condition de créer une vaste zone vierge appelée Cosmogonia. Je ne voulais pas que vous soyez des souris de laboratoire. Je souhaitais que vous puissiez vivre dans des espaces naturels. Que vous ayez la liberté, après nos observations, de vivre votre existence comme vous l'entendiez... » (Cronosus)

« Ce n'est pas du tout ce que Cantor m'a dit... Il affirmait que vous étiez tous d'accord sur le fait de nous utiliser à des fins égoïstes... » (Alina)

« J'ai compris qu'il avait dû te tenir ce discours... Ta froideur, lorsque je t'ai revue dans les ruines de l'ancien monde, ne pouvait s'expliquer autrement... Disons simplement que Cantor t'a présenté le passé sous un angle très... personnel... » (Cronosus)

Alina sourit à Cronosus. Elle lui donne ses mains. Il les embrasse.

« Voilà comment est né le Projet Cosmogonia... J'avais réussi à faire évoluer l'idée de base de Govan... Nous allions désormais vous laisser vivre sur ces vastes terres, en essayant d'intervenir le moins possible dans vos existences... J'étais persuadé que ce modèle était le plus sain... Peut-être pas le meilleur, mais le plus sain... » (Cronosus)

« Tu considères donc qu'une micro-société est plus souhaitable qu'une macro-société ? » (Alina)

« Oui. Si notre monde se portait si mal, c'est notamment parce qu'il était surpeuplé. Cela avait des conséquences sur l'occupation de l'espace, sur le partage des richesses... Je considérais que Cosmogonia était un monde réunissant de nombreux atouts que nous ne possédions pas... Le premier de ceux-ci étant la liberté... » (Cronosus)

« La liberté ? » (Alina)

« Oui. Votre liberté. Imparfaite, bien sûr, mais bien plus complète que celle de n'importe quel individu de mon monde... Vous ne dépendez ni de la faim, ni de la soif, ce qui vous évite d'avoir à combattre pour votre survie... Vous n'avez à craindre ni le froid ni la chaleur : il vous est donc possible de vivre en tous lieux... Vous pouvez vous affranchir du travail : vous êtes jeunes et immortels... Le temps n'a aucun effet négatif sur vous, bien au contraire... » (Cronosus)

« Je comprends... Mais pourquoi, en ce cas, avoir voulu nous séparer ? » (Alina)

« C'était mon idée. Nombreux parmi mes collègues ne la partageaient pas. Je ne suis d'ailleurs pas certain que j'aurais réellement pu la mettre à exécution si les portes n'avaient pas été pas fermées... Je partais du principe que découvrir d'abord seuls ces espaces vous aurait permis d'en apprécier les dimensions... Vous auriez ainsi été moins enclins à vous quereller pour des terres... Car n'est-ce pas l'une des premières raisons de lutte entre les hommes ? Et même entre les animaux ? » (Cronosus)

« Tu voulais que nous soyons attachés à notre lieu de naissance... Comme cela nous n'aurions pas cherché à nous en attribuer un autre ? » (Alina)

« Tout le monde n'entretient pas le même rapport au lieu qui l'a vu naître ou grandir... Mais vous auriez passé un assez long moment sur vos terres... Chaque zone est suffisamment grande pour cela... Même si j'ai sans doute sous-estimé vos capacités, car avant même mon intervention ou celle de Cantor, certains avaient déjà quitté leur zone d'origine... » (Cronosus)

« Je crois surtout que, dans le fond, tu souhaitais que nous finissions par nous rencontrer... » (Alina)

Alina sourit à Cronosus. Il s'agit d'un petit sourire malin, espiègle.

« Tu dois avoir raison. Peut-être est-ce là un processus inconscient ? Toujours est-il que votre nombre demeure un atout... » (Cronosus)

« Nous nous connaissons tous, nous sommes peu nombreux et nous avons *a priori* peu d'intérêts divergents... Si l'un d'entre nous veut vivre dans une zone spécifique, il trouvera toujours un espace qui n'est pas exploité par un autre... » (Alina)

« Exactement. Vous êtes en outre des êtres très intelligents. Comme je te le disais, je suis persuadé que l'intelligence n'est pas la solution ultime. Mais si elle s'accompagne de qualités physiologiques mettant les êtres qui les possèdent à l'abri de la crainte de la mort ou de la douleur, elle devient un très grand atout. » (Cronosus)

« Il m'arrive pourtant d'avoir peur, Cronosus... » (Alina)

« Je sais, Alina. Je sais. C'est tout à fait normal : je n'ai pas supprimé l'humanité qui est en vous. » (Cronosus)

« Nous pouvons donc quand même souffrir ? » (Alina)

« Oui. Moralement surtout. Car votre douleur physique ne sera jamais durable. » (Cronosus)

« Donc Cantor n'a pas totalement tort lorsqu'il affirme se soucier de notre avenir : ne risquons-nous pas d'être gagnés par l'ennui ? » (Alina)

« C'est possible... Il s'agit effectivement d'un risque... C'était notamment la raison pour laquelle j'avais songé au plan de CRÉATION ALÉATOIRE... Lorsque j'ai vu que vous avanciez seuls sur ces terres désertes, je me suis demandé s'il ne fallait pas rendre votre quotidien plus attrayant... » (Cronosus)

« Et tu as sans doute eu raison. Regarde d'ailleurs les effets de ce plan : nous sommes tous très occupés actuellement à essayer de maîtriser ces créatures... » (Alina)

« Oui. J'espère simplement que cela n'aboutira pas à des abominations... » (Cronosus)

Cronosus regarde Alina. Comme pour essayer de la faire parler, mais sans le lui demander explicitement. Alina paraît gênée.

« Tu sais, les hommes de mon époque n'avaient plus un très grand respect pour les différentes formes de vie... Ils n'avaient déjà pas une grande compassion pour la vie de leurs congénères... Je n'aimerais pas que cette vie nouvellement créée soit dévastée... Je comprends que vous souhaitiez la maîtriser... Mais ne la détruisez que si vous n'avez pas d'autres choix... Vous et ces créatures avez un point commun : vous êtes peut-être les derniers êtres vivants de cette planète... » (Cronosus)

Alina sourit à Cronosus.

« Ne t'inquiète pas, Cronosus : je ne m'opposerai jamais à la vie... » (Alina)

....
....
....
....
....
....
....
....
....
....
....

Rentrés. Nous sommes rentrés au Centre. Nous avons ainsi pu assister au réveil d'Ino. Cantor lui a promis qu'il serait vengé. C'est malheureusement ce que je craignais. Cantor ne veut pas vivre en symbiose avec ces animaux. Il veut les maîtriser. Ou les détruire...

FIN DE MON LONG ÉCHANGE AVEC ALINA DANS LE DÉSERT DE SABLE

Revenir à l'écriture. Après l'avoir délaissée pendant un certain temps. Je ne me sentais pas prête. Pas prête à partager mes émotions. Il est parfois difficile de poser des mots sur ce que l'on ressent. Il y a une réelle différence entre ce que l'on peut penser étant seule, et ce que l'on peut affirmer devant quelqu'un. On n'est pas toujours sûr d'être comprise. Je savais que ces lignes figureraient un jour dans le livre de Cronosus. Je n'avais pas envie de le décevoir. Mais je me suis rendue compte que cette crainte n'était pas fondée. Cronosus m'aime. Telle que je suis. Il a du respect pour moi. Cantor a essayé de m'influencer. En vain. Au fond, j'ai toujours été du côté de Cronosus. J'étais simplement plus sceptique. Je doutais de tout. Même de mon existence. L'échange que j'ai eu avec Cronosus dans le désert de sable m'a fait du bien. Je sais pourquoi j'ai été créée. Celui qui est mon père n'a pas voulu faire de moi le simple objet d'une expérience. Je ne suis pas un cobaye. Il voulait que je sois libre. Et heureuse. Si possible... Que va-t-il se passer désormais ? Mon avenir m'excite et m'effraie tout à la fois. Qu'allons-nous faire de ces animaux ? Y aura-t-il des désaccords entre nous ? Finirons-nous comme les hommes du monde de Cronosus ? Et ces hommes, d'ailleurs, que sont-ils réellement devenus ?

FIN DE MON PREMIER RETOUR À L'ÉCRITURE

La chasse est de retour... Je n'ai malheureusement pas pu m'y opposer... Tous étaient convaincus qu'il fallait intervenir... Même Alina... Seule Seldona a exprimé son désaccord... Mais cela n'a bien sûr pas suffi... D'après Cantor, il y a actuellement cent vingt-trois animaux présents dans Cosmogonia. Il a pu obtenir ce chiffre grâce à une nouvelle sonde, capable de comptabiliser l'ensemble des êtres vivants. Le désert de glace est, comme j'en avais l'intuition, la zone la plus peuplée. Je pensais que Cantor allait suggérer d'abattre ces animaux. Mais il n'en a rien été. Il a dit que toutes ces créatures devaient simplement être neutralisées. Il a proposé de créer un parc dans chaque zone. Un endroit où enfermer les animaux, le temps de voir ce qu'il conviendrait de faire. Certains se sont opposés à cette idée, prétextant que cela allait abîmer le paysage. Algo, dont la zone est abondante en créatures, suggérait de toutes les placer en un seul et même endroit. Mais aucun d'entre eux ne voulait que sa zone natale ne soit sacrifiée. Un conflit pour des terres. Le premier. Sans doute pas le dernier. Décidément, l'histoire présente de curieux balbutiements...

Ils sont tous partis aménager les zones. Comme Cantor trouve les animaux dangereux, ils ne se sont pas séparés cette fois-ci. Cantor a suggéré de commencer par l'aménagement des zones les moins peuplées. Ils limiteront ainsi les risques d'être attaqués pendant la construction de l'enclos. Ils ont commencé par le grand labyrinthe, puis sont allés dans d'autres zones. Je n'avais pas le cœur à décrire leurs actions. Je trouve vraiment regrettable que ce monde vierge voie déjà s'ériger des constructions. Surtout des constructions de ce type. Purement répressives.

Ils ne sont toujours pas de retour. Mais je peux les voir quand je le souhaite depuis le Centre de contrôle. Je dois avouer que je m'ennuie un peu...

Ils sont actuellement dans la zone des collines des mers. Certains ont regardé ce territoire avec émerveillement. Je ne serais pas surpris que Palo – s'il décide un jour de retourner vivre là-bas – ne soit pas le seul occupant de cet espace...

J'ai regardé ce qu'étaient ces parcs... Ce sont de grandes structures métalliques. Quatre branches sont plantées dans le sol, et sont toutes dirigées vers un point central du ciel, où elles se touchent. Elles forment ainsi une sorte chapiteau. Mais sans toile. Cantor est décidément un génie des hautes technologies...

Ils sont allés dans la vaste forêt. Mais ils ne se sont pas arrêtés longtemps. Ils n'ont pas essayé de voir Rinov et Vana. J'ai bien observé Vané. Elle semblait tout de même chercher sa sœur du regard. Elle qui était si appliquée à la tâche dans les autres zones paraissait ici beaucoup plus distraite. A-t-elle assisté au début de l'idylle entre Rinov et Vana ? Ou était-elle simplement curieuse de rencontrer sa jumelle ?

Ils ne se sont pas attardés dans le désert de sable. Ni même dans la zone rocailleuse. Cantor ne paraissait pas très à l'aise là-bas. La rapidité de leurs actions vient aussi de leur faculté à apprendre vite. Ils installent les parcs en des temps de plus en plus courts.

Ils sont enfin dans le désert de glace. Cette zone m'intéresse. Je vais suivre leurs travaux avec plus d'attention.

Il ne s'est finalement rien passé d'exceptionnel. Ils ont terminé leur travail. Ils remontent tous sur leurs planches aériennes. Ils seront bientôt là.

La chasse pourra alors réellement commencer...

FIN DE L'INSTALLATION DES CHAPITEAUX MÉTALLIQUES

Nous venons de rentrer. Cantor nous a félicités. Il a trouvé que nous avions accompli un travail remarquable. On ne saurait lui donner tort. Je ne crois pas qu'une telle tâche eût été réalisable dans l'ancien monde. Du moins pas en si peu de temps... J'ai aimé participer à l'élaboration de ces constructions. Non pas que je sois spécialement ravie de procéder à l'emprisonnement de ces animaux... Mais j'ai apprécié le fait de pouvoir me rendre utile. Tout en travaillant avec les autres. Je n'avais pas une bonne opinion de certains d'entre eux, je dois l'avouer... Mais cette expérience nous a rapprochés. J'ai été contente, notamment, de parler avec Evona. Elle est certes très proche de Cantor. Mais elle m'est apparue plutôt sympathique. Peut-être est-ce son statut auprès de Cantor qui m'amène à lui attribuer ces qualités ? Je dois admettre que Cantor me fascine. Et je ne suis pas la seule dans ce cas... Il a une telle énergie... Une telle force de caractère... On peut ne pas apprécier tout ce qu'il fait, et c'est mon cas sur certains points... Mais il faut reconnaître qu'il a un projet. Une vision. Il ne veut pas que nous nous contentions d'être passifs. Il veut que nous profitions de cette chance unique afin d'accomplir de grandes choses. Atteindre un bonheur durable. Sans heurts. Il a à nouveau évoqué la question de l'ennui. Il a dit que c'était notre principal ennemi. Le seul. Pour lui, l'ennui a remplacé la mort dans le rôle de l'ennemi ultime. Si nous ne parvenons pas à vaincre cet ennemi, alors notre immortalité deviendra un fardeau... Il nous a expliqué qu'en tant qu'ancien être humain mortel, il percevait la mort comme une éventuelle libération... Car la mort permet de se détacher de ce qui n'est plus supportable... Elle met fin à ce que le temps aurait de toute façon fini par dégrader... C'est pour cela, nous a-t-il dit, que le bonheur dans son monde n'était jamais durable... Soit il était éphémère parce que la vie était courte... Soit la vie était plus longue, mais le temps abîmait alors peu à peu tout ce que l'on aimait... Il nous a dit que nous continuerions à dépendre du temps... La vie, même immortelle, n'est-elle pas toujours mue par lui ? Il faudra que nous songions à l'occuper. Que nous réinventions sans cesse nos vies. Que nous ayons, en somme, plusieurs vies en une seule. Il a conclu son discours en disant que le seul moyen de lutter contre l'ennui était de créer d'autres êtres humains. Pour éviter que la lassitude ne nous gagne. Il ne pense pas que l'on puisse vivre éternellement avec les mêmes êtres. Seul le changement permettrait de rendre l'éternité supportable. Peut-on réellement lui donner tort ?

Je m'aperçois que le livre de Cronosus risque de devenir difficile à comprendre si j'interviens plus souvent. D'autant qu'Algo voudra peut-être lui-même écrire. Il a donné les deux autres livres à Seldona et Ino. Il est possible qu'eux aussi fassent un jour entendre leur voix... Cronosus m'a montré comment apporter des améliorations au livre... Dorénavant, le nom de celui qui écrira apparaîtra au début de chaque chapitre. Sauf pour Cronosus, bien sûr. Après tout, c'est déjà son livre...

FIN DE MON BILAN DE L'INSTALLATION DES CHAPITEAUX (ALINA)

La chasse a enfin commencé. Ils sont tous partis. Cantor leur a proposé de constituer deux groupes. Il n'avait pas envie que des incidents similaires à ceux du désert de sable se produisent. Il a pris la tête du premier groupe. Il a nommé Algo responsable du second groupe. Ils ont ensuite effectué un tirage au sort. Pour procéder à une répartition arbitraire. Cette idée semblait beaucoup amuser Cantor. On dirait que, plus encore que tous les autres, il a un besoin permanent de se divertir. D'occuper son corps et son esprit. Peut-être cela est-il dû à son statut d'humain de l'ancien monde ? Il dispose en effet d'une énergie nouvelle, qui n'est pas adaptée à son métabolisme de base. Il est possible qu'il ne sache pas totalement la contrôler... Pour les autres, cette énergie est naturelle. L'activité permanente, les divertissements... seraient ainsi un moyen pour Cantor d'épancher son énergie... La contenir pourrait peut-être le rendre fou... Mais n'y a-t-il pas déjà une part de folie en lui ?

Je suis resté au Centre. Ou plutôt, on m'a demandé de rester au Centre. Pour « coordonner » les opérations. Ce ne sont là que des mots. Ces êtres peuvent en réalité tout à fait communiquer entre eux par télépathie. Je n'aurai à intervenir que si l'un des deux groupes se trouve dans l'incapacité totale d'alerter l'autre.

Le temps passe, et la chasse se poursuit. Je détache régulièrement mes yeux de l'écran de contrôle. J'ai déjà vu spectacles plus plaisants. En créant ces êtres, je ne les imaginais pas en train de chasser dans Cosmogonia. Il est presque comique, en un sens, de les voir se livrer à cette activité, sans que cela réponde à une quelconque nécessité vitale. Après tout, ces créatures ne leur serviront aucunement à se nourrir. Ils ne pourront pas non plus les monnayer. Je comprends l'argument sécuritaire. Mais ces animaux auraient-ils réellement été si agressifs si nous n'avions pas décidé de les chasser ?

La chasse se déroule sans problèmes particuliers. Il faut dire que Cantor s'est assuré que tous soient bien équipés. Ils ont désormais des armes qui leur permettent de neutraliser les créatures très rapidement. Il leur suffit, notamment, d'atteindre les animaux avec une petite boule noire pour les faire tomber sur le sol. Leur habileté est grande. Il est rare qu'ils manquent leur cible. Sur leurs planches aériennes, on dirait des anges. Mais des anges destructeurs.

Le plan de CRÉATION ALÉATOIRE a donné naissance à des créatures très différentes. Aucune ne ressemble totalement aux animaux ayant déjà foulé le sol de la Terre. Elles sont certes similaires à beaucoup d'êtres vivants de l'ancien monde. Le changement est parfois infime, comme ce fut le cas avec les loups noirs des ruines. Mais il existe aussi des créatures qui sont la fusion quasi parfaite de plusieurs animaux. L'ordinateur central a ainsi combiné des codes génétiques très différents. Dans le désert de sable, un animal avait un corps d'autruche, et une tête de cobra royal. Sa taille était d'ailleurs bien supérieure à celle d'une autruche classique. L'ordinateur ne se contente donc pas de combiner : il modifie également en profondeur les anciennes réalités biologiques.

Ces animaux sont-ils tous agressifs, comme le pense Cantor ? À vrai dire, non. Je vois bien que certains se défendent avec vigueur lorsqu'ils se sentent attaqués. Mais c'était déjà le cas dans notre monde. Et puis, n'est-ce pas normal ? Ne ferions-nous pas la même chose à leur place ?

Ils ont déjà capturé un grand nombre d'animaux. Ce ne fut pas toujours sans peine. Dans les montagnes boisées, le groupe d'Algo a dû faire face à un lion capable de voler. Dans la zone rocailleuse, le groupe de Cantor a affronté des lézards bipèdes, très proches de ce qu'étaient certains dinosaures. Ces animaux de grande taille ont visiblement la capacité de projeter leur langue pour attraper leurs proies. Comme des caméléons. Vané a été prise en chasse par l'un d'eux, mais Alina est venue la secourir.

Le désert de glace est vraiment une zone à haut risque. Outre des éléphants gigantesques, qui ne sont pas sans rappeler les mammouths, il y a des tigres blancs et rouges. Nous avions eu l'occasion de les observer de près avec Algo.

Les collines des mers n'ont que fort peu d'animaux présents sur *terre. Sous l'eau, il y avait... des abominations... Des créatures de cauchemar... Je ne me sens même pas en état de les décrire, tant elles ont suscité mon effroi...*

Ils sont rentrés. Tous les animaux ont été capturés. J'ai fait observer à Cantor que la créature invisible du désert de sable n'avait pas été prise au piège. Il m'a répondu avec désinvolture. Sa nouvelle sonde est formelle. Il n'y a dans ce désert pas d'autres animaux que ceux qui ont été capturés. Il pense que j'ai dû tuer cette... chose... C'est possible. Après tout, ces animaux ne sont pas aussi résistants qu'Alina et ses semblables...

Toutes les créatures sont désormais dans leur parc. Pour éviter qu'elles ne s'entretuent, Cantor a prévu de les séparer. Un mur invisible les empêche de quitter leur emplacement. Et comme elles n'ont pas besoin de boire et de se nourrir, leur vie n'est pas menacée...

FIN DE LA CHASSE

Livre d'Alina

Enfin rentrés ! Quelle journée ! Nous avons été d'une redoutable efficacité ! Je suis heureuse que nous n'ayons pas tué ces animaux. Même s'il faut reconnaître que certains d'entre eux étaient réellement effrayants... On sentait que ces créatures cherchaient à nous tuer. Heureusement que Cantor nous avait fourni des armes ! Cela nous a permis de revenir au Centre sans avoir à déplorer le moindre blessé. Nous pourrons dorénavant parcourir à nouveau ces terres sans crainte. Et, qui sait ? Peut-être accueillerons-nous bientôt de nouveaux compagnons ? Nous allons faire une pause. Non pas que nous soyons fatigués, mais nous avons tous besoin de rester un peu tranquilles. Peut-être cela est-il l'héritage direct de nos origines ? Après tout, les humains de l'ancien monde étaient dans l'obligation de se reposer après avoir effectué une activité physique intense. Je sens bien que je n'ai pas besoin de dormir. Mais m'imaginer me reposant sur un lit confortable me tente pourtant beaucoup ! Cronosus avait raison : il n'a pas entièrement effacé notre part d'humanité...

Livre d'Algo

Bonjour, ici Algo. J'écris pour la première fois. Pourquoi pas avant ? Je n'en voyais pas la nécessité... Mais là, j'avais besoin de raconter ce que j'ai vécu aujourd'hui. La chasse. Mes responsabilités de chef de groupe. Je dois dire que j'ai été honoré d'être choisi par Cantor. Même si je ne l'apprécie pas beaucoup... Lorsque nous sommes partis, j'ai eu peur de ne pas pouvoir assumer pleinement mes fonctions. Mais tout s'est finalement bien passé. Heureusement que nous avions Palo dans notre groupe ! Sans cela, je crois qu'il nous aurait été difficile de capturer les créatures aquatiques des collines des mers. Cette chauve-souris géante... Quelle horreur ! Et ces requins-calamars rouges... Enfin... Nous sommes tous rentrés sains et saufs ! C'était mon objectif. Plus que de mener la chasse à son terme, à vrai dire... Que va-t-il se passer maintenant ? Allons-nous goûter un bonheur durable ?

Livre de Seldona

Je n'étais pas forcément favorable au fait d'écrire. Lorsque Algo m'a confié ce livre, je lui ai d'abord dit qu'il aurait dû en faire don à une autre personne. Mais il a insisté. Il semblait persuadé que j'aurais des choses intéressantes à raconter. Peut-être... Je n'en sais rien... J'imagine que je ne serai pas la seule à écrire aujourd'hui, après tout ce qui s'est passé... Que dire ? J'étais farouchement opposée à l'idée de cette chasse. Je ne crois pas qu'il soit bon que nos premiers pas dans ce nouveau monde s'accompagnent d'une telle violence. Je connais l'histoire de notre espèce. Je sais que nous nous sommes imposés grâce à la force. Qu'une trop grande compassion vis-à-vis des autres animaux nous aurait sans doute été fatale. Mais est-on réellement dans un cas de figure similaire à celui des premiers hommes ? Je ne le pense pas. De toute façon, ce qui est fait est fait. Je vais surtout veiller désormais à ce que ces créatures ne soient pas utilisées à de mauvaises fins...

FIN DU BILAN DE LA CHASSE (ALINA, ALGO ET SELDONA)

Voici venu le temps de la grande réunion. Cantor veut que nous allions vite. Très vite. Il pense qu'il faut agir avant que l'ennui ne nous guette. Car alors viendront les tensions. Qu'espérer de cette rencontre entre tous ? Je ne peux qu'exprimer mes appréhensions. Je ne me sens plus à l'aise dans ce monde... Tous ces êtres sont en train de bâtir une histoire commune. Je vois bien que, peu à peu, ils vont se détacher de moi. Comme des enfants quittent le foyer familial, pour vivre leurs propres expériences. C'est là le cours naturel des choses... Mais cela arrive brutalement dans mon cas... Je n'y étais pas préparé... Il faut dire que ce monde n'est pas conçu de la même manière que celui que j'ai connu... Si seulement tu étais là... Nous pourrions nous retirer, et finir nos jours ensemble, simplement... Tu es le grand vide de ma vie... J'ai essayé de combler ton absence, et j'ai cru y parvenir... Mais ce n'était qu'un leurre... Je le vois bien désormais... Ils veulent vaincre l'ennui... Moi, je risque de retrouver ma solitude... À moins que... Peut-être...

Ils sont tous assis autour d'une table. Dans la salle principale du Centre de contrôle.

« Je tenais tout d'abord à vous féliciter, une fois encore, pour l'excellent travail que vous avez accompli hier. Je suis très fier de vous ! Mais je ne suis pas surpris : je sais ce que vous valez. » (Cantor)

Une partie de l'assemblée regarde Cantor avec fierté.

« Cosmogonia est parfaitement sécurisée. Nous devons maintenant songer à aménager très vite notre monde : c'est absolument essentiel. Comme je vous le disais, je crois que cela suppose la création prochaine de nouveaux êtres humains. » (Cantor)

Silence.

« Cronosus, es-tu toujours d'accord pour nous apporter ton aide ? » (Cantor)

« Cela dépend... Pourrais-tu me dire précisément ce que tu souhaites bâtir dans Cosmogonia ? » (Cronosus)

« Mais bien sûr, mon cher Cronosus ! Tu as raison de demander ! » (Cantor)

Cantor se lève.

« Ces vastes terres vierges doivent être aménagées. Certaines d'entre elles sont déjà très belles. Mais je crois que nous pouvons les améliorer. Pour en faire des espaces de loisirs et de divertissements. Des régions comme la zone rocailleuse devront être considérablement transformées. Cet endroit n'a aucun intérêt actuellement. Et ce n'est pas Evona qui me contredira... » (Cantor)

Evona et Cantor se sourient. Complices.

« Donc, si je comprends bien, tu veux établir des constructions sur ces espaces vierges ? » (Cronosus)

« Oui. Pas partout bien sûr... Certaines zones sont absolument magnifiques : il ne serait pas bon de les modifier en profondeur... » (Cantor)

Cantor réfléchit.

« Pour répondre différemment à ta question, je dirais que je ne souhaite pas voir Cosmogonia ressembler à ce qu'était devenu notre monde. Nous construirons des bâtiments, mais nous veillerons à ce que ceux-ci soient en nombre limité. » (Cantor)

« Les nouveaux humains... Devront-ils être nombreux ? » (Cronosus)

« Nous entrons dans le vif du sujet. C'est bien. J'attendais cela avec impatience. » (Cantor)

Cantor se rassied.

« Si nous voulons connaître un bonheur durable, nous devrons avoir face à nous un changement permanent. Il faudra donc effectivement créer de nombreux êtres humains. Mais se présente alors un problème : ces terres ont beau être vastes, elles ne sont pas infinies... Et nous ne pouvons pas sortir dans l'ancien monde... » (Cantor)

« Que suggères-tu ? » (Algo)

« Nous vivrons avec d'autres êtres humains... Mais ceux-ci devront avoir une durée de vie limitée... » (Cantor)

« Comment... Comment peux-tu vouloir cela ? Si nous avons le pouvoir de leur éviter la souffrance et la mort, alors pourquoi ne pas leur donner cette chance ? » (Alina)

« Je suis d'accord avec Alina ! J'espère que ton discours n'avait rien de sérieux ! » (Seldona)

« Je partage leur avis ! » (Algo)

« Moi aussi ! » (Ino)

Cantor les a regardés en souriant. Comme si leur réaction n'avait aucune importance.

« Vous êtes très mignons, tous les quatre. On voit que vous avez grandi à l'école de Cronosus. » (Cantor)

Cantor se met à rire.

« Votre sens moral vous honore, mais il n'a aucune valeur dans ce monde. Vous pensez peut-être défendre ainsi une certaine idée du bien ? Mais qu'est-ce que le bien ? Ne croyez-vous pas que dans quelques années – cent ans, par exemple ! – vous n'aurez pas envie d'un peu de nouveauté ? Vous reviendra alors en mémoire votre réaction d'aujourd'hui, et elle vous paraîtra bien pathétique, bien puérile... » (Cantor)

« Qui te dit qu'il n'y a pas d'autres moyens de donner un sens profond à nos existences ? Penses-tu réellement que notre seul divertissement soit de voir aller et venir de nouveaux êtres humains ? » (Alina)

« Pourquoi ? Tu as mieux à proposer ? » (Cantor)

« Nous ne savons même pas ce qui se passe à l'extérieur... Nous avons des capacités hors du commun : tu te plais d'ailleurs à le répéter à l'envi... Pourquoi ne sortirions-nous pas d'ici ? Nous pourrions venir en aide aux hommes de l'ancien monde... » (Alina)

« L'ancien monde n'existe plus. J'y étais. Je peux t'assurer que tout se passe ici et maintenant... » (Cantor)

Cronosus lève les yeux vers Cantor.

« Quand nous avons parlé de l'ancien monde, tu as surtout mis en avant la confusion qui y régnait... Comment peux-tu être sûr qu'il n'y a plus rien ? » (Cronosus)

« Je le sais, c'est tout... » (Cantor)

« Un bel exemple d'argumentation, Cantor ! » (Seldona)

La réplique de Seldona fait rire une partie de l'assemblée. Cantor regarde Seldona puis Cronosus avec fureur.

« Ah ! Vous voulez vraiment savoir ! Eh bien soit ! Je vais tout vous raconter ! » (Cantor)

Les visages deviennent graves.

« Il y a eu, pour une raison qui m'est inconnue, une explosion devant le centre des congrès. Était-ce un attentat ? Quel était son but ? Je n'en sais rien... Je peux juste vous dire que s'est rapidement formé un immense... trou noir... » (Cantor)

« Un trou noir ? Sur Terre ? Comment cela est-il possible ? »
(Algo)

« Crois bien que je te le dirais, si je le savais... Le Projet
Cosmogonia est la preuve que beaucoup de choses qui semblaient
impossibles peuvent finalement se réaliser... » (Cantor)

**Cronosus semble particulièrement affecté. Cantor s'en
aperçoit.**

« Je suis désolé, Cronosus... Je sais que, au fond de toi, tu espérais
toujours revoir Aloca... Mais c'est trop tard... Elle aussi a dû être
aspirée... » (Cantor)

**Personne n'ose parler. Cronosus lève péniblement la tête. Il
regarde Cantor fixement.**

« Comment peux-tu en être totalement sûr ? Je croyais que tu
avais quitté précipitamment le centre des congrès... » (Cronosus)

« C'est vrai. Je ne t'ai pas menti. J'ai eu le temps, en regardant par
une fenêtre, de voir le trou noir se former. Je l'ai vu aspirer la
foule... Mais tu connais comme moi les trous noirs. Leur étude a
fait partie de notre longue formation scientifique. Tu sais bien
qu'ils ne laissent aucune chance à ceux qui se trouvent à côté
d'eux. Sans mon téléportateur, j'aurais moi aussi été
aspiré... » (Cantor)

« Mais il y a peut-être encore de l'espoir ! Le trou noir peut
n'avoir affecté qu'une partie de la planète ! » (Alina)

« J'aimerais le penser... Mais tout nous prouve que ce n'est pas le
cas... » (Cantor)

Cantor regarde Alina d'un œil perçant.

« Les portes sont toujours fermées, Alina... » (Cantor)

« Mais rien n'empêche de les ouvrir ! » (Seldona)

Cantor regarde Seldona avec mépris.

« Les ouvrir ? Pour mourir ! Tu devrais réfléchir avant de prendre la parole, ma chère Seldona ! » (Cantor)

Certains rient.

« De quel droit te permets-tu de me parler ainsi, Cantor ? Tu ne détiens pas la vérité absolue, que je sache ! » (Seldona)

Tous se lèvent et s'invectivent. Il y a une tension entre les deux groupes. Seuls Cantor et Cronosus se tiennent à l'écart. Cronosus se lève. Tous se taisent.

« Arrêtez ! Cela ne sert à rien de vous opposer frontalement ! Vous n'avez pas été créés pour devenir des ennemis... » (Cronosus)

Cronosus leur fait signe de s'asseoir. Certains l'écoutent. Evona regarde Cantor. Lui aussi fait un signe d'apaisement. Seuls Cronosus et Cantor restent debout.

« Revenons au trou noir... Si ce que tu dis est vrai, il y a effectivement peu de chances de trouver des survivants... » (Cronosus)

Silence.

« Mais ce n'est pas le seul problème... Si ce trou noir croît – ce qui peut arriver – il finira par absorber l'ensemble de la planète... Cosmogonia compris... » (Cronosus)

Silence. Tous sont saisis d'effroi.

« Ce risque n'existe pas, Cronosus... » (Cantor)

« Comment cela ? » (Cronosus)

« Le Centre a été conçu pour protéger Cosmogonia de n'importe quelle attaque extérieure... Nous avons envisagé les cas de figure les plus extrêmes... Je t'assure que nous ne risquons rien, ici... » (Cantor)

Silence.

« À condition, bien sûr, de garder les portes fermées... » (Cantor)

Cantor regarde Seldona avec un air supérieur.

« Le monde extérieur est donc définitivement perdu... Mais ce nouveau monde nous attend ! » (Cantor)

Les yeux de Cantor semblent changer de couleur. Il marche et s'approche de Cronosus.

« Nous avons besoin de toi, Cronosus ! De ton savoir ! Grâce à ta formule, nous pourrons allier éternité et bonheur ! Imagine ce que cela signifie ! » (Cantor)

« Pourquoi es-tu si pressé, Cantor ? Nous avons le temps, avant de nous lancer dans de grands projets... » (Algo)

Cantor semble exaspéré.

« Mais vous ne comprenez donc rien ? Si nous n'agissons pas tout de suite, rien de ce qui a été envisagé ne sera possible ! Nos liens vont se distendre, des tensions vont naître... Nous serons en pleine anarchie ! » (Cantor)

Cantor est haletant.

Que lui arrive-t-il ?

Cantor se tourne vers Cronosus.

« Alors, Cronosus : pouvons-nous compter sur toi ? » (Cantor)

Que faire ?

« Quel genre d'êtres humains voudrais-tu créer ? » (Cronosus)

« Des êtres humains à notre image, physiquement et intellectuellement supérieurs ! » (Cantor)

« Physiquement supérieurs ? C'est-à-dire ? » (Cronosus)

Cantor semble embarrassé.

« Je n'ai pas d'idées précises... » (Cantor)

« C'est étrange, de la part de quelqu'un nous vantant depuis si longtemps son fameux projet ! » (Seldona)

Cantor est hors de lui. Il regarde Seldona avec haine.

« Evona, arrête-là ! » (Cantor)

Evona se lève, et attrape Seldona par le cou.

« Arrêtez-les tous ! » (Cantor)

Palo, Vané et Vario font de même avec Alina, Ino et Algo. Cantor s'approche de Cronosus. Il pointe une arme sur lui.

« Bon travail, mes amis ! Je savais que je pourrais compter sur vous, le moment venu ! » (Cantor)

Tout en maintenant son arme braquée sur Cronosus, Cantor lance à Evona de petites tiges blanches.

« Tu sais comment t'en servir, n'est-ce pas ? » (Cantor)

Evona approuve de la tête. Elle place une tige près des mains de Seldona. Palo, Vario et Vané font de même avec Alina, Algo et Ino. Tous sont menottés.

« Voilà à quoi sert ton intelligence, Cantor ? » (Cronosus)

Cantor ne dit rien. Il menotte Cronosus.

« Que t'arrive-t-il ? Pourquoi en viens-tu à la violence ? » (Cronosus)

« Pourquoi est-ce que j'en viens à la violence ? Non mais, tu t'entends ? Toi et tes protégés semez la discorde depuis le début de cette réunion, et tu nous reproches d'être violents ! On récolte ce que l'on sème, Cronosus... » (Cantor)

Il semble vraiment très agité...

« Calmons-nous tous, alors... Je t'ai posé une question sur les hommes et femmes que tu voulais me voir créer : pourrais-tu me répondre ? » (Cronosus)

« Oui... Mais à condition que cet échange ne concerne que nous deux... » (Cantor)

Que prépare-t-il ?

« J'accepte. » (Cronosus)

« Bien ! » (Cantor)

Silence. Cantor regarde Evona, Palo, Vané et Vario.

« Emmenez-les dans le hangar, et surveillez-les ! Je vous contacterai dès que tout cela sera terminé ! » (Cantor)

La pièce se vide. Quelques instants passent.

J'aurais aimé dire un mot à Alina et aux autres... J'espère qu'il ne leur arrivera rien...

« Promets-moi qu'aucun mal ne leur sera fait ! » (Cronosus)

Silence. Cantor regarde le désert de sable.

« Cela dépendra de toi, mon vieil ami... » (Cantor)

Cantor s'approche de Cronosus et, d'un geste de la main, l'invite à s'asseoir.

« Pourquoi n'as-tu toujours pas répondu à ma question ? Pourquoi te dérange-t-elle tant ? » (Cronosus)

Silence.

« Il y a des choses que l'on ne dit pas devant les enfants, Cronosus... » (Cantor)

Cantor se met à rire aux éclats.

Il est fou...

« Que veux-tu dire ? » (Cronosus)

« Tu m'as demandé quel nouveau type d'êtres humains je voulais voir fouler le sol de Cosmogonia... Question intéressante... Très intéressante... » (Cantor)

Pourquoi me fait-il languir à ce point ?

« Je t'ai donné une première réponse mais, visiblement, elle ne t'a pas suffi... Dommage... Nous n'en serions pas là, maintenant... » (Cantor)

Que projette-t-il ?

« En te répondant, je t'ai dit la vérité. Comme toujours. Je veux des êtres physiquement et intellectuellement supérieurs. Nous n'allons pas nous embarrasser des individus pathétiques qui peuplaient notre monde ! N'es-tu pas d'accord avec moi, Cronosus ? » (Cantor)

Je ne vais surtout pas lui donner raison...

Cantor regarde Cronosus, guettant son approbation.

« Bon, je prends ça pour un oui. Après tout, qui ne dit mot consent... » (Cantor)

Cantor rit à nouveau aux éclats.

« Bref, je suis sûr que tu penses comme moi. Ce trou noir nous a peut-être fait perdre des amis, ou plus encore... » (Cantor)

Il cherche volontairement à me blesser...

« Mais il est incontestable qu'il est arrivé au bon moment ! Sans lui, il eût été impossible de faire aussi bien le ménage ! » (Cantor)

Je commence à comprendre...

Cantor voit que Cronosus réfléchit intensément. Il se penche vers lui.

« Qu'y a-t-il, Cronosus ? Tu as quelque chose à me dire ? » (Cantor)

Cronosus se lève de sa chaise.

« C'est toi ! C'est toi qui les as tous tués ! » (Cronosus)

« Allons, allons, Cronosus... Comment aurais-je pu ? » (Cantor)

« Tu t'es servi de tes connaissances pour créer ce trou noir ! Tu avais tout prévu ! » (Cronosus)

« Tes accusations ne se fondent sur rien, Inalco... » (Cantor)

« Sur rien ? Le téléportateur... Le Centre hermétique aux attaques extérieures... Tu savais parfaitement ce qui allait se passer ! » (Cronosus)

Cantor soupire. Cronosus le regarde avec colère.

« Oui, je les ai tous tués ! Et alors ? N'ai-je pas eu raison ? L'humanité n'avait-elle pas besoin d'un acte radical pour se régénérer ? » (Cantor)

« Pourquoi ? Pourquoi as-tu fait cela, Govan ? Pourquoi as-tu sacrifié toutes ces vies ? Tu n'avais pas le droit ! Tu n'avais pas le droit ! » (Cronosus)

Cantor se lève, et se dirige tranquillement vers la baie vitrée qui donne sur le désert de sable.

« Pas le droit ? Ah ! Encore tes leçons de morale ! Le droit n'a aucune valeur, ici. Il n'en avait d'ailleurs plus beaucoup dans notre monde... Et tu le sais très bien ! Tu as beau te poser en homme de bien, en défenseur de certaines valeurs... Tu sais au fond de toi que tout cela est vain... » (Cantor)

Cantor se promène autour de la table. Il laisse glisser les doigts de sa main droite sur les dossiers des chaises.

« Notre monde était perdu, Inalco. Définitivement perdu. Il était trop corrompu pour être sauvé... » (Cantor)

« Je ne suis pas de ton avis ! N'essaie pas de masquer pas nos différences ! » (Cronosus)

« Nos différences ? Drôle de mot, pour quelqu'un qui était une des têtes pensantes d'un projet visant à proposer un autre modèle de société... » (Cantor)

« Un autre modèle, oui ! Mais pour notre monde ! » (Cronosus)

« Si nos différences tenaient seulement à l'usage que nous aurions pu faire du Projet Cosmogonia, alors elles n'existent plus désormais. L'ancien monde est mort. Il ne reste plus que celui-ci. Nous sommes seuls avec ces nouveaux êtres. » (Cantor)

« Tu n'aurais jamais dû faire cela, Govan ! Jamais ! » (Cronosus)

« J'aime à penser que l'on juge quelqu'un aux actes qu'il a accompli... Or, que voit-on ? J'ai mis fin de manière efficace à une espèce sur le déclin, qui entraînait dans sa chute l'ensemble de sa planète... Mais plutôt que d'être un simple destructeur, j'ai été au contraire un créateur de génie ! Un accélérateur de progrès ! » (Cantor)

Cantor s'approche de Cronosus, plein d'enthousiasme.

« Tu me parles de mort... Mais je préfère te parler de vie ! Toute cette vie présente dans Cosmogonia, ces jeunes hommes et femmes parfaits... Tout cela n'aurait jamais existé, si l'ancien monde n'avait pas été détruit ! » (Cantor)

Il est en pleine démence...

Cantor tourne le dos à Cronosus. Il tend ses bras vers le ciel.

« Oui, Cronosus ! C'est moi ! Moi qui t'ai inspiré ! Moi qui ai été le grand déclencheur ! L'ultime ingrédient nécessaire à ta formule magique ! » (Cantor)

Silence. Cantor s'approche de Cronosus.

« Cette femme... Elle te ralentissait ! Elle t'empêchait de libérer ton immense potentiel ! Mais je t'ai rendu ta créativité ! » (Cantor)

Cronosus se lève, furieux. Il tente de donner un coup de tête à Cantor, mais celui-ci appuie sur un bouton de sa montre. Les poignets de Cronosus brûlent. Il tombe au sol et se tord de douleur.

« Allons, allons, Inalco... Cela ne sert à rien d'essayer de m'atteindre... Tu ne peux rien contre moi... » (Cantor)

Cantor s'accroupit près de Cronosus.

« Qu'est-ce qui ne va pas ? Cela ne t'a pas plu que je te dise la vérité ? Et pourtant, tu le sais : sans ces années de travail solitaire, jamais tu ne serais parvenu à créer ces êtres... » (Cantor)

Cantor se relève.

« Salue mon génie, Inalco ! Salue mon audace ! J'ai tout détruit ! Tout ! Au risque de faire périr l'humanité ! J'ai tout détruit pour t'amener à créer ! Et tu as réussi ! N'est-ce pas magnifique ? » (Cantor)

Il faut absolument l'arrêter...

Cronosus se relève.

« Bon, je vois que tu es solide ! C'est bien ! Je ne te garantis pas que tes blessures cicatriseront tout de suite ! Désolé, tu n'es pas comme nous... » (Cantor)

Quel monstre... Il faut que je lui résiste... Pour eux tous...

Cronosus s'assied tant bien que mal sur une chaise. Cantor part un instant, et revient avec un verre d'eau.

« Bois ça ! Tu te sentiras mieux, après un grand verre d'eau fraîche ! » (Cantor)

Surtout comprendre ce qu'il attend de moi... Remporter ce duel... Avec les armes qui sont les miennes...

« Quel type d'êtres humains veux-tu créer, Cantor ? » (Cronosus)

Cantor regarde Cronosus avec un large sourire.

« Bon, je constate que nous allons enfin pouvoir avancer ! C'est bien ! » (Cantor)

C'est ce que tu crois...

Cantor marche dans la pièce, en faisant de grands

mouvements avec ses bras.

« Je veux des êtres humains qui soient de bonnes distractions, Cronosus. À la hauteur de ce que nous sommes. Mais je ne veux pas, comme tu l'as compris, qu'ils puissent être nos égaux. Ce paradis deviendrait alors un enfer... » (Cantor)

C'est ce que je craignais... Il veut simplement s'entourer de domestiques...

« Tu m'as dit que tu voulais que ces êtres soient physiquement parfaits... Pourrais-tu préciser le fond de ta pensée ? » (Cronosus)

« Bien sûr, Cronosus, bien sûr ! Je souhaite que ces nouveaux humains soient d'une grande beauté... Mais tous d'une beauté différente... Je ne veux pas qu'ils soient conçus selon un seul et même modèle... Bref, je veux que tu agisses avec eux comme tu l'as fait pour nous... » (Cantor)

« D'accord Cantor, mais pour quelles raisons ? » (Cronosus)

Cantor le regarde. Gêné.

« Je ne voulais pas t'en parler devant les autres... Pas même devant mes partisans... » (Cantor)

On dirait qu'il a honte de l' « usage » qu'il voudrait faire de ces êtres... Je crains le pire...

« Depuis que j'ai cessé d'être Govan, j'ai ressenti de grandes différences en moi... Je suis toujours le même homme, bien sûr, mais tout en étant quelqu'un d'autre... Comment dire ? Je crois que le passage de la mortalité à l'immortalité a eu un impact sur... mes désirs... » (Cantor)

J'avais donc raison... Malheureusement...

« Je possède une énergie que je n'ai jamais possédée auparavant, même au cours de ma plus tendre jeunesse... Je ressens à chaque

instant la force et l'étendue de cette énergie qui est la mienne...
C'est très agréable... et en même temps déplaisant... J'ai toujours
besoin de me dépenser... de m'occuper... » (Cantor)

Que veut-il faire de ces nouveaux êtres ?

Cantor rougit.

« J'ai des désirs, Cronosus. D'intenses désirs. Je dois en
permanence contrôler ma libido... » (Cantor)

*Cela explique ses accès de colère... Son activité permanente... Ses
moments de démence...*

« Je crois que tu avais en partie raison : en usurpant la place d'un
autre, j'ai pris quelques risques... Je ne le regrette pas, bien sûr,
mais si je ne fais rien, mon immortalité deviendra peu à peu le
pire des châtiments... » (Cantor)

Cantor tourne autour de la table de manière rapide.

« J'ai besoin de femmes, Inalco ! De beaucoup de femmes !
Toutes belles et différentes ! Il faut que je puisse satisfaire mes
désirs ! Tout en évitant la lassitude ! » (Cantor)

Cantor a posé ses deux mains sur la table.

Quel tableau ! On dirait un loup affamé...

Cantor se rapproche de Cronosus.

« J'ai besoin de ton aide, tu comprends ? Toi seul peux me
permettre d'étancher ma soif... » (Cantor)

Il faut que je reprenne en main la conversation...

« C'est me faire trop d'honneur, Govan... Les autres ont de
grandes capacités... Ils pourraient t'aider à trouver une solution à
ton problème... » (Cronosus)

Cantor tape du poing sur la table.

« Trop tard ! Trop tard ! Il y a urgence, Cronosus ! Je ne peux pas me permettre d'attendre ! Tu as déjà la formule ! Tu n'as qu'à travailler pour moi : en échange, je te donnerai ce que tu veux ! » (Cantor)

« Pourquoi ne veux-tu pas que les autres sachent ce qui t'arrive ? » (Cronosus)

Cantor regarde Cronosus avec gravité.

« Je suis comme un dieu pour eux, Cronosus. Je le vois chaque jour sur leurs visages. Je représente le passé, le présent et l'avenir ! Ils perdront tous leurs repères s'ils connaissent mes failles ! » (Cantor)

« Donc tu veux que je crée des femmes seulement pour soulager ta libido ? » (Cronosus)

« Entre autres oui... Mais pas uniquement... » (Cantor)

Cantor respire profondément. Il semble plus calme.

« Créer seulement de belles femmes finirait par instaurer un doute dans les esprits... Et puis, je souhaite vraiment aménager ce nouveau monde pour en faire un espace consacré au plaisir... Il me faut pour cela des bras... Beaucoup de bras ! Je ne suis par ailleurs pas opposé à l'amitié... Connaître de nouveaux humains, échanger avec eux... Voilà un autre moyen de lutter contre l'ennui ! Je veux donc que tu me crées un peuple entier ! Un peuple physiquement et intellectuellement supérieur aux hommes et femmes de l'ancien monde ! Un peuple respectueux et obéissant ! Mais avec des faiblesses, et une durée de vie limitée... » (Cantor)

Cantor paraît satisfait de son discours.

J'ai créé involontairement le pire monstre de toute l'histoire de l'humanité...

Cantor s'approche de Cronosus.

« Alors, mon ami, es-tu prêt à m'aider ? Tu auras la récompense que tu mérites. Je ferai tout pour accéder à tes désirs... » (Cantor)

Cantor sourit à Cronosus. Sa voix est devenue plus douce.

« Je ne peux pas, Govan... » (Cronosus)

Cantor ne sourit plus.

« Je ne peux pas te laisser faire cela... C'est contraire à tous mes principes... » (Cronosus)

Cantor regarde Cronosus avec mépris.

« Tu ne peux pas ? Drôle de réponse ! D'autant que tu es tout à fait capable d'accéder à ma requête ! Dis plutôt que tu ne veux pas ! Pourquoi ? » (Cantor)

« Tu me demandes pourquoi ? Mais qu'es-tu devenu, mon ami ? Nous avions des désaccords par le passé, mais jamais je n'aurais imaginé qu'ils portent sur ce genre de sujet... » (Cronosus)

« À ton tour de répondre à ma question : tu m'as assez reproché de ne pas le faire tout à l'heure... Pourquoi ne veux-tu pas m'aider ? » (Cantor)

« La vie n'est pas un objet, Govan... On ne la manipule pas comme un jouet... Il faut respecter la vie... Sous toutes ses formes... Même si elle peut sembler violente ou dangereuse... Elle est la vie... Ce que chacun d'entre nous porte au fond de soi... Cette petite flamme que des milliards d'êtres ont portée avant nous et qu'ils sont parvenus à nous léguer, quelles que soient les difficultés rencontrées... » (Cronosus)

Cantor semble exaspéré.

« Encore la morale ! Toujours la morale ! Tu es bien un homme de l'ancien monde ! Tu m'accuses d'avoir changé, mais je pourrais te rétorquer que tu n'as fait que stagner ! Toi qui t'intéresses tant à l'évolution des espèces, tu n'es pourtant pas sans savoir que ceux qui ne s'adaptent pas aux mouvements du monde finissent tôt ou tard par être éliminés... » (Cantor)

« Je vais disparaître, c'est vrai... Si le trou noir a effectivement aspiré tous les nôtres, alors je suis le dernier représentant de la vie de l'ancien monde... Le dernier maillon d'une chaîne de plusieurs milliards d'années... » (Cronosus)

Silence. Cronosus est rêveur. Mais Cantor l'est également.

« Je vais disparaître... Tu as tout à fait raison... Mais au moins quitterai-je ce monde sans avoir tenté de le pervertir... En emportant avec moi toutes les données que tu souhaitais obtenir... » (Cronosus)

Cantor se met à rire.

« Tu crois sérieusement que je vais te laisser faire ? Non mais, tu me prends pour qui ? Pour le naïf Ino ? Ou pour cette écervelée de Seldona ? Non, Cronosus : tu ne mourras pas. J'ai les moyens de te donner envie de vivre... » (Cantor)

Quel sombre projet prépare-t-il encore ?

« Alina... Alina... Un prénom qui n'est pas sans rappeler celui d'une certaine Aloca... Et une jeune femme qui lui ressemble par certains aspects... Je ne sais pas ce que tu as fait au moment de sa création... Mais j'ai eu l'occasion de constater qu'elle comptait beaucoup pour toi... Comme tous ceux de ta petite bande d'ailleurs : Ino... Algo... et Seldona... Cette petite rebelle qui s'oppose à moi depuis le début ! » (Cantor)

Il a sans doute l'intention de me faire du chantage...

« Tu nous as créés très résistants, bien sûr... Mais pas invincibles... Que dirais-tu si je torturais ton Alina jusqu'à la mort ? » (Cantor)

Silence.

« Hein ! Tu ne réponds pas ? Tu réfléchis ? L'idée te plaît-elle ? Parce que c'est ce que je ferai, si la petite Alina n'a pas son papa pour la protéger... » (Cantor)

« Les autres... Ils ne te suivront pas... Ils ont beau être de ton côté, ils ne feront pas cela... » (Cronosus)

« C'est mal connaître l'influence que j'ai sur eux, Cronosus... Evona me doit la vie... Elle sait qui l'a abandonnée... Elle m'est totalement dévouée... C'est bon à savoir d'ailleurs... J'ai toujours aimé les brunes... » (Cantor)

Négocier... C'est le seul moyen de contrer les projets de ce monstre...

Cronosus se lève.

« J'ai un marché à te proposer, Cantor... » (Cronosus)

Cantor regarde Cronosus avec intérêt.

« Je t'écoute... » (Cantor)

« Tu veux ma formule... Et moi... Je veux que ceux que j'ai créés soient libres de choisir leur propre voie dans ce monde... C'est ce que j'ai toujours souhaité... » (Cronosus)

« Crée les êtres que je te demande, Inalco, et ceux qui le souhaitent pourront vivre sous un autre régime que le mien... Mais dans un espace limité et surveillé... » (Cantor)

Il craint sans doute une possible révolte...

« Ce marché ne me convient pas... De la même manière qu'un autre type de marché ne te semblerait sans doute pas satisfaisant... » (Cronosus)

« Que suggères-tu, alors ? » (Cantor)

Gagner du temps... Le flatter dans ses penchants...

« Et si nous jouions ? » (Cronosus)

Les yeux de Cantor s'éclairent.

« Comment cela ? » (Cantor)

« Organisons une sorte de tournoi entre nos partisans respectifs ! Le vainqueur obtiendra la récompense souhaitée... » (Cronosus)

« Tu promets de travailler pour moi en cas de défaite ? Je sens que c'est une ruse... » (Cantor)

« Je ne suis pas dans la position de ruser, Govan... Nous sommes face à une impasse... J'essaie simplement de trouver une solution... Pour le bien de tout le monde... » (Cronosus)

Cantor se retourne, et regarde le désert de sable. Il semble hésiter. Quelques secondes passent.

« D'accord ! Après tout, ton idée me plaît ! Cela constituera une belle distraction ! Avant d'en avoir beaucoup d'autres ! » (Cantor)

J'ai pu obtenir ce que je voulais... Sans trop de dommages...

« Mais je n'accepte ton marché qu'à une seule condition : que je définisse moi-même les modalités de ce « tournoi »... C'est à prendre ou à laisser... » (Cantor)

Que faire ? Il est tellement imprévisible... Vouloir obtenir plus pourrait l'amener à prendre des décisions contraires au consensus trouvé...

« D'accord, Govan ! Faisons cela ! » (Cronosus)

« Parfait ! Allons rejoindre les autres ! » (Cantor)

Cantor paraît ravi. Il détache les mains de Cronosus. Ils quittent la salle principale du Centre de contrôle.

Cet accord est loin d'être idéal... Mais il est en l'état la meilleure chose que je pouvais obtenir... Quel tournoi nous réserve-t-il ? Il va tout faire pour que nous échouions... Mais il me reste encore un atout... dont je suis le seul à connaître l'existence...

FIN DE LA NÉGOCIATION HOULEUSE AVEC CANTOR

En attente. De l'imagination de Cantor. Ils nous a laissé le choix. Un choix forcément très limité. Le suivre ou me suivre. Me suivre ? Je n'aime pas cette façon de présenter la situation... Disons plutôt suivre ma voie. Celle de la liberté. Lui et moi avons exposé nos points de vue. J'ai essayé de convaincre ses « partisans » de ne pas continuer à le soutenir. Mais ils n'ont rien voulu entendre. Cantor avait raison. Il est parvenu à les embrigader. Me voir échouer dans mon argumentation semblait beaucoup l'amuser. C'est tout de même incroyable, lorsque j'y songe : je suis parvenu à créer des êtres extrêmement intelligents, et pourtant certains d'entre eux décident de suivre aveuglément un individu aux idées dangereuses ! Là est l'insoluble problème. L'idéologie ne relève pas de l'intelligence. Elle fait en partie appel aux sens, à la subjectivité. Or, que pouvons-nous faire contre cela ? Hormis créer des êtres totalement formatés ? Je ne vois pas l'intérêt... Ce serait agir comme le souhaite Cantor... Je ne parviens toujours pas à réaliser que derrière Cantor se cache Govan... Il était mon ami... Presque un frère... Désormais, il n'est rien d'autre qu'un monstre... Un monstre contre lequel nous devons lutter... De toutes nos forces...

Cantor a demandé du temps avant que le tournoi ne soit lancé. Il a dit qu'il voulait proposer des épreuves à la hauteur des talents des concurrents. Je crains le pire...

Cantor a voulu que nous demeurions dans une seule et même zone. Celle de notre choix. Il a fallu là encore négocier. Il s'agissait en effet, de manière détournée, de nous maintenir dans une sorte de prison à ciel ouvert. Nous avons accepté. Mais à condition que le géocapteur de la zone en question soit désactivé. Cantor a refusé. Mais il nous a donné une commande portative. Nous pourrons ainsi déplacer le géocapteur à notre guise.

Nous avons décidé de nous rendre dans la zone changeante. Cela avait l'air d'arranger Cantor. Peut-être a-t-il prévu d'aménager les autres zones en vue du tournoi ? Toujours est-il que retourner dans la zone changeante m'est apparu comme le choix le plus pertinent. Ce lieu est parfait pour apprendre à s'adapter à des conditions extérieures difficiles.

Nous allons nous entraîner. Je sais que ces êtres sont capables de prouesses extraordinaires. Je vais tout faire pour qu'ils en prennent encore plus conscience. Là réside peut-être notre chance...

Cantor a contacté Alina. Il lui a dit que le tournoi allait pouvoir débuter. Nous avons rendez-vous demain au Centre. Pour connaître les modalités des épreuves. J'espère que tout se passera bien.

Avant de partir, nous avons effectué une dernière réunion. Nous avons essayé d'imaginer ce que Cantor pouvait nous réserver. Mais nous ne nous sommes pas trop attardés sur ce point. Il vaut mieux parfois ne pas trop prévoir, et laisser parler son instinct. Notamment pour pouvoir conserver une certaine souplesse d'esprit dans l'adversité. Et puis, qui sait de quoi Cantor est capable ?

Nous avons décidé de tous rester en contact. Quelles que soient les épreuves qui seront proposées. Alina, Algo, Ino et Seldona devront se servir de leur livre électronique dès qu'ils voudront délivrer un message à l'ensemble du groupe. Ils pourront bien sûr communiquer entre eux par télépathie, mais n'ayant pas ce don moi-même, il fallait bien trouver une solution...

J'ai parlé à Alina... Mais pas comme je l'aurais souhaité... Pas comme je l'avais imaginé... Je voulais qu'elle sache... Qu'elle sache enfin... Tout ce qu'elle devrait déjà savoir... J'ai essayé de lui faire comprendre certaines choses... Mais c'était encore trop tôt... Rien ne m'avait préparé à cela... Et puis... Je crois que cela aurait pu avoir un impact négatif sur elle... Or, elle aura sûrement besoin de toute sa concentration pendant le tournoi...

FIN DE L'ENTRAÎNEMENT AVANT LE GRAND TOURNOI

De retour au Centre. Nous voilà donc arrivés à un moment charnière de l'histoire de ce nouveau monde. À un moment charnière de l'histoire de l'humanité. Quelle sera l'orientation de ces êtres ? Cantor vaincra-t-il ? L'instant est solennel...

Ils sont tous assis dans la salle principale du Centre de contrôle.

« Merci à tous d'être présents ! Nous voilà donc arrivés au moment que nous attendions tous : le grand tournoi ! » (Cantor)

Cantor regarde tout le monde, et plus particulièrement Cronosus.

« Vous avez su être patients, et vous ne le regretterez pas ! Les jeux auxquels vous allez participer n'ont jamais eu d'équivalent ! » (Cantor)

Il semble très fier de lui... Je suis curieux de voir ce qu'il a préparé...

« Mais trêve de bavardages ! Entrons tout de suite dans le vif du sujet ! » (Cantor)

Algo, Ino, Alina et Seldona regardent Cantor avec un grand intérêt. Ils n'ont jamais semblé aussi concentrés.

« Comme vous le savez, un désaccord profond nous sépare, Cronosus et moi... Désaccord sur lequel nous avons déjà eu largement l'occasion de nous exprimer... » (Cantor)

Cantor fait un petit sourire en direction de ses partisans.

« Mais laissons cela de côté... Il n'est plus nécessaire d'en parler... À moins que certains d'entre vous n'aient changé d'avis entre-temps ? » (Cantor)

Cantor regarde les membres du groupe de Cronosus, et plus particulièrement Alina et Seldona. Les deux jeunes femmes le

défient du regard.

« Non ? C'est ce qui me semblait ! » (Cantor)

Cantor éclate d'un rire franc.

« Mais je continue à m'égarer... Vous connaissez tous l'enjeu de ce tournoi. Comme nous ne parvenons pas – même à dix ! – à nous entendre sur la façon de gérer ce nouveau monde, des épreuves nous permettront de donner raison à l'un ou l'autre camp. Cela a le mérite d'être clair, simple, limpide... » (Cantor)

Ou radical... Mais nous n'étions pas alors en mesure de proposer une autre manière de procéder...

« Cronosus m'a laissé le soin d'organiser le tournoi. Il a eu raison. Ces dernières semaines, j'ai préparé une série d'épreuves très intéressantes... Passons tout de suite au tirage au sort ! » (Cantor)

Cantor pose au centre d'une table ronde une urne transparente, dans laquelle se trouvent des boules de couleurs différentes.

« N'est-ce pas charmant ? Dans mes moments perdus, il m'arrive d'allier art et technique... » (Cantor)

« En quoi consiste ce tirage au sort ? » (Alina)

« Ah, tu fais bien de me le rappeler : j'allais oublier ! Il faut dire que ce tournoi suscite en moi un tel enthousiasme ! » (Cantor)

Je comprends...Celui qui se rêve roi a besoin de divertissements...

« Chacun d'entre vous va devoir retrouver un objet très précis... » (Cantor)

Cantor semble ravi de maintenir un certain suspense.

« Cet objet... est à chaque fois unique... Il y en a un dans chaque zone... » (Cantor)

« Comment peut-on le trouver ? » (Algo)

« Excellente question, Algo ! Comme toujours ! Vous allez tous être munis d'une montre comme celle que je porte au poignet... Elle vous permettra de localiser l'objet... » (Cantor)

« Pourquoi faire un tirage au sort ? Et quel est cet objet ? » (Seldona)

« Ah, ma chère Seldona ! Qu'il est doux d'entendre ta belle voix ! Surtout lorsque tu ne l'utilises pas pour m'outrager ! » (Cantor)

« Réponds à mes questions, Cantor ! » (Seldona)

« Mais bien sûr, ma chère amie. Tout de suite ! » (Cantor)

Silence.

« Vous serez tous placés dans des zones différentes. J'ai longuement réfléchi à la proposition de Cronosus – puisque c'est la sienne – d'organiser un tournoi. Vous n'êtes pas sans savoir que les tournois étaient très populaires au Moyen Âge. Or, je me suis rappelé qu'ils voyaient souvent deux chevaliers s'affronter lors d'un face à face. Je me suis donc dit que, pour le premier tournoi organisé dans Cosmogonia, il serait bon de rendre hommage à cette lointaine pratique. Chacun d'entre vous sera donc opposé à un membre de l'équipe concurrente. Bonne idée, n'est-ce pas ? » (Cantor)

Ça se discute...

« Vous allez tous tirer une de ces boules... Il y en a huit... » (Cantor)

« Tu ne participes pas au tournoi ? » (Alina)

« Non. Crois bien que je le regrette... Mais nous avons besoin de juges : c'est le cas dans n'importe quelle compétition sportive... Cronosus n'ayant pas nos dons est exclu de fait du tournoi... Mais comme il n'est pas neutre, il fallait également un représentant de l'autre camp dans le jury... En tant qu'organisateur du tournoi, je ne pouvais de toute façon être juge et partie... » (Cantor)

C'est vrai... Mais peut-être cela l'arrange-t-il ?...

« En quoi consiste exactement ce tirage au sort ? » (Algo)

« C'est très simple. À l'intérieur de ces boules se trouve le nom d'un lieu. Une des neuf zones retenues pour le tournoi. Le nom présent dans chaque boule évolue en permanence. Ainsi, dans la boule rouge, se trouve peut-être actuellement le nom des ruines de l'ancien monde. Mais dans quelques secondes, ou dans quelques minutes – qui sait ! – il se peut que ce nom devienne collines des mers. L'évolution est constante, mais elle n'est pas régulière. Une boule peut changer de nom toutes les secondes, ou tous les quarts d'heure. Il n'y a pas de règles ! » (Cantor)

Cela semble beaucoup l'amuser... J'avais décidément vu juste en lui proposant ce tournoi... Le divertissement est l'un des seuls moyens de négocier avec lui...

« Vous allez, à tour de rôle, tirer une boule. Vous pourrez ensuite l'ouvrir quand vous le souhaiterez. En sachant que son contenu ne sera peut-être pas le même si vous choisissez d'attendre peu ou longtemps. Chaque boule est reliée à l'ordinateur central. Une fois une boule ouverte, le lieu qui apparaîtra vous sera immédiatement attribué. Vous ne pourrez pas le modifier. » (Cantor)

« Comment gagne-t-on le tournoi ? » (Alina)

« La victoire ! La victoire ! C'est effectivement la raison pour laquelle vous participez tous ! Faire triompher votre camp ! » (Cantor)

L'idée de camp, celle d'affrontement... Tout cela ne me plaît guère... Mais il semble apprécier le fait que ces êtres deviennent des adversaires... Nous n'avons vraiment plus aucun point commun...

« Comme je l'ai dit, il existe dans chaque zone un objet particulier, dont vous devrez vous rendre possesseurs. Celui qui parviendra à se saisir le premier de l'objet en deviendra automatiquement le propriétaire. Un objet pris équivaut à un point. L'équipe qui totalisera le plus de points à la fin sera déclarée vainqueur. » (Cantor)

« Mais, en ce cas, il peut y avoir égalité ! Nous sommes quatre paires d'adversaires ! » (Seldona)

« C'est juste. Et c'est en cela que ce tournoi est intéressant... » (Cantor)

Cantor regarde l'assemblée avec un large sourire.

« Affronter un adversaire est une chose... Mais lutter pour la victoire de son équipe en est une autre... C'est la raison pour laquelle vous devrez également vous battre contre le temps... Dès qu'un objet aura été trouvé, une musique retentira dans Cosmogonia. Cela signifiera qu'une équipe a marqué un point. La zone où ce point aura été marqué devra être quittée par les deux compétiteurs. Ils reviendront immédiatement au Centre, et procéderont à un nouveau tirage au sort. Ils auront ainsi la possibilité de marquer un second point, en étant affectés dans une zone encore vide. » (Cantor)

« Tu veux donc dire que nous avons tout intérêt à agir vite ? » (Algo)

« Disons que c'est mieux pour votre équipe... Comme les zones sélectionnées sont au nombre de neuf, il y aura nécessairement un vainqueur. Le score le plus serré entre les deux camps ne pouvant être que de cinq à quatre... » (Cantor)

Ingénieux...

« J'ai une question à te poser, Cantor... » (Cronosus)

Tous se tournent vers Cronosus.

« Je t'écoute, Cronosus... » (Cantor)

« Il s'agit, à t'entendre, d'une simple question de rapidité... Trouver un objet avant quelqu'un d'autre... Tout le monde peut aisément le comprendre... Mais quelles sont les modalités exactes de cette recherche ? Est-il possible de s'aider d'un objet particulier ? Les adversaires sont-ils tenus de ne pas se faire de mal ? Je t'avoue qu'il me semble important de faire la lumière sur tous ces points... » (Cronosus)

« Et tu as raison, mon cher Cronosus ! J'allais justement y venir ! » (Cantor)

Silence.

« Vous aurez tous le droit de vous munir d'une arme, à choisir parmi toutes celles que j'ai sélectionnées. Ces armes n'ont pas les mêmes fonctions, mais elles sont d'après moi d'un niveau équivalent. Il ne serait pas juste que certains soient mieux équipés que d'autres... Pour ce qui est du parcours, vous êtes libres de choisir le chemin qui vous semblera le meilleur. Il n'y a aucun itinéraire imposé. Vous pourrez donc effectuer une partie du trajet avec votre adversaire, ou au contraire marcher seuls. Je ne crois pas me tromper en disant que vous avez tous une certaine expérience de cette activité... » (Cantor)

Cantor sourit.

« Il n'y a pas d'autres règles imposées. Chacun est libre de défendre ses chances comme il l'entend... » (Cantor)

« Alors je vais être à nouveau en désaccord avec toi, Cantor... S'il n'y a aucune règle, cela peut favoriser des actes malhonnêtes ou cruels entre les participants... » (Cronosus)

Cantor s'approche de Cronosus. Il le regarde d'un air attendri.

« Mon bon Cronosus ! Ce que tu peux être tendu ! Je crois que tu as l'esprit un peu trop mal tourné ! Ce tournoi n'est pas un tournoi de chevalerie ! Il ne s'agit pas d'abattre son adversaire ! Mais simplement d'être plus rapide que lui ! » (Cantor)

Cronosus fixe Cantor avec défiance.

« Bon, puisque tu y tiens, disons qu'un participant n'a pas le droit d'attenter à la vie de son adversaire... Tu es satisfait ? » (Cantor)

« Cela me semble mieux... » (Cronosus)

« Tu sais, je crois qu'aucun d'entre nous n'aurait eu très envie de verser le sang d'un semblable... Nous ne sommes déjà pas très nombreux... C'est bien là le problème, d'ailleurs... » (Cantor)

Il essaie à nouveau de me provoquer... Son énergie le rend naturellement belliqueux...

« Mais il est temps de passer au tirage au sort ! À moins qu'il n'y ait une dernière question ? » (Cantor)

Personne ne parle. Mais Alina semble réfléchir.

« Bon, alors... » (Cantor)

« Cantor ? » (Alina)

« Oui, Alina ? » (Cantor)

« Que sommes-nous censés trouver dans Cosmogonia ? » (Alina)

« Des objets voyons ! » (Cantor)

Certains membres du groupe de Cantor se mettent à rire. Alina paraît agacée. Mais elle parvient tout de même à

conserver son calme.

« Peut-être me suis-je mal exprimée... Je t'écoute attentivement depuis tout à l'heure, et une question ne cesse de m'habiter... Si ce tournoi n'est qu'une question de rapidité, j'ai du mal à voir son intérêt... Nous sommes en effet tous capables de courir vite sans nous fatiguer... Devons-nous donc nous attendre à rencontrer des obstacles sur notre chemin ? » (Alina)

Cantor semble heureux qu'Alina ait posé cette question.

« Je vais te répondre de manière laconique, mais de manière honnête : oui. » (Cantor)

Cantor regarde Alina avec un petit sourire.

« Je ne t'en dirai pas plus... Le mystère fait partie intégrante de ce tournoi... » (Cantor)

Alina a eu raison de poser cette question... Je me faisais moi-même la réflexion...

« Et maintenant, laissons le hasard – et vous, un peu – décider ! » (Cantor)

Silence.

« Qui veut commencer ? Je suggère de laisser la priorité aux femmes ! Par courtoisie, messieurs ! » (Cantor)

Courtoisie ? Un terme bien vain dans la bouche d'un tel homme...

« Honneur à celle qui s'est montrée la plus intéressée ! Vas-y, Alina ! » (Cantor)

Alina se lève, et se dirige vers l'urne. Les huit boules scintillent. Une lumière intense émane de chacune d'elles. Alina hésite un instant, puis prend la boule rouge. Evona se lève, avance d'un pas décidé, et prend la boule violette.

Seldona prend quant à elle la boule bleue. Vané la boule noire. Aucune n'a encore ouvert sa boule quand vient le tour des hommes. C'est le groupe de Cantor qui commence cette fois-ci. Palo prend la boule verte. Ino la boule jaune. Vario la boule orange.

« Je crois qu'il ne te reste plus guère le choix, mon cher Algo ! » (Cantor)

Algo se lève et prend dans sa main la dernière boule. La boule blanche. Il retourne à sa place.

« Bien ! Le tirage au sort va pouvoir arriver à son terme ! Je vous laisse jusqu'à demain matin pour connaître votre zone. Les armes sont dans la salle de téléportation. Celle-ci est actuellement verrouillée. Pour y entrer, vous devrez vous munir de votre boule ouverte. Vous ne pourrez ressortir de la salle qu'une fois votre arme choisie. Si l'un d'entre vous s'avisait de quitter la salle les bras chargés d'armes, il ne pourrait en sortir. Et inutile de vous dire que l'infraction me serait immédiatement signalée... Une manière un peu bête d'être éliminé d'emblée du tournoi, vous ne croyez pas ? Mais je vous laisse tranquille... À plus tard ! » (Cantor)

Cantor s'en va. Evona le regarde partir. Elle semble à la fois heureuse et inquiète. Les autres ont le regard fixé sur leur boule. Beaucoup semblent fascinés...

Le soleil se couche sur le Centre. Le tirage au sort est terminé. Il était temps. Cantor a beaucoup joué avec les nerfs de tout le monde. Cet épisode l'a particulièrement amusé. On aurait presque dit que ce tirage constituait une fin en soi, vu le plaisir qu'il avait à en parler. Mais il y a plus important. Nous connaissons désormais les duels, et les zones où ils auront lieu. Seldona affrontera – que je hais ce verbe ! – Evona dans les montagnes boisées. Ino sera opposé à Vané dans la zone rocailleuse. Algo et Vario seront tous deux dans la vaste forêt. Peut-être verront-ils Rinov et Vana ? J'espère qu'ils se portent bien... Quant à Alina... Elle devra se montrer plus rapide que

Palo dans le désert de glace... Je souhaite que tout se passe au mieux... L'angoisse me gagne peu à peu... Ne rien pouvoir faire pour les aider... Les voir adversaires... Cantor... Cantor ! Qu'as-tu fait de ce monde ?

FIN DU TIRAGE AU SORT DU GRAND TOURNOI

Le tournoi va débuter. Je suis tendu. Pour eux tous. Même pour ceux qui s'apprêtent à défendre les intérêts de Cantor. Si les épreuves sont effectivement à la hauteur de la qualité des participants, alors leurs incroyables facultés ne leur permettront pas vraiment d'être à l'abri... Il faut absolument que j'essaie de parler à Alina. Je vais l'attendre à la sortie de la salle de téléportation. Elle avait décidé d'aller y chercher son arme ce matin seulement.

Cronosus se poste devant la salle de téléportation. Plusieurs minutes passent. Il n'y a personne. La porte s'ouvre enfin.

« Ah ! Bonjour Cronosus ! Comment vas-tu ? » (Alina)

« C'est plutôt à moi de te poser la question, ma chère Alina ! » (Cronosus)

« Je vais bien. Je ne sais pas trop ce qui nous attend, mais cela ne m'effraie pas. J'ai simplement hâte que le tournoi commence ! » (Alina)

« Quelle arme as-tu choisie ? » (Cronosus)

« Ce n'était pas facile... J'ai laissé les autres se décider avant moi : j'ai pu ainsi avoir un aperçu des différentes possibilités offertes avant d'entrer dans la salle... » (Alina)

« Tu as eu raison. » (Cronosus)

« Je ne sais pas si cela a été réellement utile... Mais j'aimais l'idée de me laisser le plus de temps possible avant de choisir. » (Alina)

Alina sort un petit objet de sa poche.

« J'ai décidé de prendre la lance. » (Alina)

« Pour quelles raisons ? » (Cronosus)

« C'était l'arme avec laquelle je me sentais le plus à l'aise... Et je pense que c'est celle qui est la plus efficace sur le long terme... notamment en cas de danger... » (Alina)

Alina devient grave.

« J'ai le sentiment que les épreuves de Cantor seront difficiles... Je préfère donc envisager un cas de figure où je serais amenée à rester seule un certain temps dans Cosmogonia... » (Alina)

« Sage décision. Ce tournoi est trompeur dans son intitulé. On peut d'abord penser qu'il ne s'agira que d'un exercice de rapidité. Mais Cosmogonia est vaste. Et Cantor a dû vous réserver quelques mauvaises surprises... » (Cronosus)

« Sans doute... Je dois y aller Cronosus : Algo voulait que nous nous voyions avant le début du tournoi... » (Alina)

« Je vais te laisser partir, Alina. Mais avant cela, je dois te parler d'un sujet personnel... Je te demande toute ton attention. » (Cronosus)

« Qu'y a-t-il ? Tu sembles bien sérieux tout à coup... » (Alina)

« Il n'y a rien de grave... Bien au contraire ! Je veux juste que tu saches une chose très importante avant de t'engager dans ce tournoi... Une chose qui ne concerne que toi... » (Cronosus)

Alina fronce les sourcils.

« Je t'écoute, Cronosus... » (Alina)

« Bien... Comme je vous l'ai longuement répété, vous avez tous des capacités très largement supérieures à celles des hommes de l'ancien monde... Vous ne serez peut-être pas aptes à les utiliser tout de suite, mais au moins êtes-vous conscients de vos possibilités... » (Cronosus)

Silence. Cronosus semble hésitant.

« Indépendamment de ces capacités collectives, tu possèdes, toi, quelque chose en plus... » (Cronosus)

Cronosus regarde Alina. Il peine à reprendre la parole.

« Tu as en toi une faculté unique... » (Cronosus)

Silence.

« Tu possèdes la capacité de créer... » (Cronosus)

Alina paraît surprise.

« Comment cela ? » (Alina)

« Il m'est difficile de te répondre précisément... Tu n'as jamais, même involontairement, utilisé ce don... Mais il existe bel et bien en toi... » (Cronosus)

« Créer est tellement vaste, Cronosus... Que veux-tu dire exactement ? » (Alina)

« Je ne sais pas moi-même comment cela se manifestera... Disons, pour faire simple, que tu es capable de faire apparaître ce qui n'existe pas encore... » (Cronosus)

« Comme un démiurge ? » (Alina)

« Dans une certaine mesure, oui... » (Cronosus)

« Pourquoi m'apprends-tu cela maintenant ? » (Alina)

« Il était trop tôt avant... N'oublie pas toutes les informations que tu as dû assimiler depuis que nous nous connaissons... Je ne voulais rien précipiter... Mais si je te dis cela maintenant, et non plus tard, c'est parce que je ne sais pas ce que tu rencontreras au cours de ce tournoi... Rien ne dit bien sûr que tu seras capable de te servir de cette faculté... Mais, là encore, il faut que tu saches que tu la possèdes... Cela me paraît essentiel... Qui sait ? Peut-être cela aura-t-il une incidence positive sur ton tournoi ? » (Cronosus)

« Je te remercie, Cronosus. Tu es comme un père pour moi... Mais pourquoi suis-je la seule à disposer de ce talent ? » (Alina)

« Je te le dirai la prochaine fois que nous nous verrons. Je t'en fais la promesse. Cela n'a aucune importance pour le moment. Tu peux me faire confiance. Le vrai enjeu est la victoire de la liberté dans ce tournoi. » (Cronosus)

« Je ne vais donc pas insister... Mais j'ai désormais encore plus hâte que le tournoi soit terminé ! Ma curiosité demande déjà à être satisfaite ! » (Alina)

Alina sourit à Cronosus, qui lui rend son sourire.

« Je ne te retiens pas davantage, ma belle Alina ! Va rejoindre les autres ! Et surtout n'oublie pas de leur rappeler l'importance de l'usage des livres pendant le tournoi ! » (Cronosus)

« Je crois qu'ils le savent suffisamment, Cronosus... Tu te comportes décidément comme un père avec ses enfants ! » (Alina)

Alina étreint Cronosus. Elle lui sourit, puis le quitte pour rejoindre les autres.

C'est fait. Je le lui ai dit. Puisse ce conseil t'être utile, Alina !

FIN DE LA DISCUSSION SUR LE POUVOIR CRÉATEUR
D'ALINA

Dans la salle principale. Seul. Avec Cantor. Eux sont tous dans la salle de téléportation. À attendre. Je suis angoissé. Chaque seconde qui passe est une véritable torture... Je pense que je me sentirai mieux dès que le tournoi aura commencé. Même si cette compétition présente bien sûr une grande part d'incertitudes... Mais rien n'est pire que l'attente...

« Êtes-vous prêts ? » (Cantor)

J'imagine qu'ils vont lui répondre par télépathie...

« Que chacun s'installe sur son siège de téléportation ! » (Cantor)

Cantor a fabriqué de nouveaux sièges : deux individus peuvent désormais se téléporter dans la même zone en même temps... Il a décidément pensé à tout...

« Que le premier tournoi de l'ère de Cosmogonia commence ! » (Cantor)

Cantor regarde Cronosus avec un petit sourire complice.

« S'ils se séparent, comment ferons-nous pour les observer ? » (Cronosus)

« Ne t'en fais pas : j'ai créé de nouveaux géocapteurs... Ils ne nous échapperont pas ! » (Cantor)

Drôle de manière de s'exprimer...

Livre d'Alina (désert de glace)

« *Bien arrivée dans le désert de glace. Encore un désert ! Mon destin est décidément lié à ce type d'espaces ! Palo a été téléporté un peu plus loin... Il est sur ma droite.* » (Alina)

Livre de Seldona (montagnes boisées)

« *Bien arrivée également ! Je ne suis pas ravie d'être face à*

Evona... Je ne la supporte pas... Mais bon, peut-être cela constituera-t-il une source de motivation supplémentaire ? L'objet se trouve à plusieurs kilomètres de la borne relais. Je vais essayer de faire au plus vite ! » (Seldona)

<u>Livre d'Ino (zone rocailleuse)</u>

« *Cette zone fait froid dans le dos... Elle est encore plus sinistre que celle des ruines de l'ancien monde... Je ne vois pas Vané... Elle a déjà dû partir en courant. Mais je vais la rattraper !* » (Ino)

<u>Livre d'Algo (vaste forêt)</u>

« *L'endroit est très sombre. Je comprends mieux pourquoi cette zone s'appelle vaste forêt. J'ai pu prendre un peu d'avance sur Vario. Il a été ralenti par les branches des arbres. Mais je vais rester concentré : l'objet se trouve encore loin de moi. Bon courage !* » (Algo)

« *Bon courage à tous ! Je suis persuadé que tout se passera bien ! Restez vigilants !* » (Cronosus)

<u>Livre d'Alina (désert de glace)</u>

Alina court à grande vitesse. Mais elle est ralentie par la neige. Ses pieds s'y enfoncent par instants. Palo connaît vraisemblablement le même problème. Mais de manière encore plus prononcée. Car Alina est parvenue à revenir sur lui. Elle le regarde, puis le dépasse. Une grande montagne de glace se trouve sur leur droite. Une étendue d'eau glacée est sur leur gauche.

Cet espace n'est pas vraiment favorable à Palo... Il faut que je creuse un écart conséquent dès maintenant !

Alina a plusieurs centaines de mètres d'avance désormais. Palo sort tout juste de la plaine enneigée où il s'enfonçait. Il s'approche de l'étendue d'eau glacée, et plonge.

Livre de Seldona (montagnes boisées)

Cet endroit n'est pas si différent de ma zone d'origine... Hormis qu'il est en pente ! Mais je ne me sens pas fatiguée ! Cronosus avait raison : la fatigue n'a pas de prise sur nous !

Des oiseaux aux couleurs multiples volent dans le ciel. Seldona les regarde, tout en courant.

Qu'ils sont beaux ! Mais... Ne sont-ce pas ceux que nous avions capturés ?

« Des oiseaux en liberté ? C'est impossible ! Tu dois te tromper ! » (Algo)

« Non, je t'assure ! Ils se dirigent d'ailleurs vers moi ! » (Seldona)

« C'est étrange... Sois sur tes gardes ! » (Algo)

Les oiseaux se déplacent à grande vitesse.

Chercheraient-ils à m'attaquer ? Où est Evona ? Ah ! Je la vois ! Elle est devant moi !

Les oiseaux sont sur le point d'atteindre Seldona. Celle-ci met alors sa main droite dans sa poche, et en sort un petit bouclier jaune. Qui devient instantanément beaucoup plus grand. Seldona fait varier sa taille à sa guise. Le bouclier protège désormais le haut de son corps. Seldona court en direction des oiseaux. Ils arrivent près du bouclier, et se mettent à brûler.

J'ai bien fait de choisir le bouclier incandescent !

Beaucoup d'oiseaux sont morts. Les survivants abandonnent l'idée de l'attaquer.

Pauvres oiseaux... Je ne vous voulais aucun mal... Mais il fallait bien que je défende ma vie... Tiens ! Ils se dirigent tous vers Evona désormais...

« Tout va bien Seldona ? » (Ino)

« Oui Ino, ne t'en fais pas ! » (Seldona)

Les quelques oiseaux encore en vie fondent sur Evona. Celle-ci les attend. Elle sourit. Elle brandit un poignard, qui émet une lumière très intense. Les oiseaux sont aveuglés. Beaucoup s'écrasent sur le sol. Les autres se cognent violemment contre les arbres.

« Tout va bien ? » (Seldona)

« Oui, merci. » (Evona)

Evona repart en courant. Elle entre dans un bois. Seldona la suit, revient sur elle et l'arrête en attrapant son bras droit. Evona la regarde avec défiance.

« Je te rappelle que nous n'avons pas le droit de nous faire du mal ! » (Evona)

« Je le sais bien ! Tel n'est pas mon but ! Tu ne crois pas qu'une pause s'impose ? » (Seldona)

« Pendant que les autres continuent à rechercher leur objet ? Sûrement pas ! Si tu es fatiguée, libre à toi de t'arrêter ! Moi, je continue ! » (Evona)

« Laissons pendant un temps nos différends de côté, tu veux bien ? Tu ne m'apprécies pas, et la réciproque est vraie... Mais rien ne te surprend ? » (Seldona)

« De quoi veux-tu parler ? » (Evona)

« Les oiseaux ! Tu as vu les oiseaux ! » (Seldona)

« Et alors ? Cela ne fait que confirmer ta naïveté vis-à-vis des animaux de Cosmogonia ! » (Evona)

« Je ne te parle pas de leur agressivité ! Mais du fait qu'ils soient libres ! C'est anormal : nous les avions pourtant tous capturés ! » (Seldona)

Evona regarde Seldona avec mépris.

« Ne te rappelles-tu pas que nous avons des épreuves à affronter ? Peut-être certains animaux ont-ils été libérés afin de constituer des obstacles vivants ? Maintenant, laisse-moi ! J'ai une quête à accomplir ! » (Evona)

Evona détache violemment son bras de la main droite de Seldona. Elle reprend sa course. Seldona reste quelques secondes sur place. Songeuse.

« Je ne sais pas ce qu'il en est pour vous... Mais préparez-vous peut-être à affronter les animaux que nous avions capturés... Du nouveau de votre côté ? » (Seldona)

« J'ai perdu Palo de vue... Il a plongé dans les eaux glaciales... Il était sans doute plus à l'aise dans cet élément... Je continue ma course... Je vais bientôt arriver près d'un petit bois... » (Alina)

« Je suis au coude à coude avec Vané... » (Ino)

« Vario est définitivement derrière moi... Mais la forêt est si dense qu'elle ne permet pas une progression rapide... Il me faudra encore un peu de temps avant d'arriver près de l'objet... Rien d'autre à signaler pour le moment... » (Algo)

FIN DE LA PREMIÈRE PHASE DU TOURNOI

Tout se passe plutôt bien pour l'instant ! Peut-être pas exactement comme je l'avais prévu... Mais puis-je réellement avoir le contrôle de tout ? J'ai de toute façon de nombreux atouts dans ma main...

Même si je ne décris pas leurs actions, il m'a semblé plus prudent de supprimer la connexion entre les commentaires du livre principal et ceux des quatre livres secondaires... On ne sait jamais...

<u>Livre d'Algo (vaste forêt)</u>

« Je continue à avancer. Plutôt lentement, à vrai dire. Je n'ai rencontré aucun animal pour l'instant. Je ne vois toujours pas Vario. Je suis parfaitement seul. Comme autrefois... » (Algo)

<u>Livre d'Ino (zone rocailleuse)</u>

Ino court à grande vitesse. Vané et lui descendent vers une plaine. Il n'y a là que des rochers noirs et coupants. Ils commencent à apercevoir le fleuve de lave, qui se trouve sur leur droite.

<u>Livre de Seldona (montagnes boisées)</u>

« Evona a pris un peu d'avance, mais elle n'est pas parvenue à me lâcher. Je reviens peu à peu sur elle. » (Seldona)

« Es-tu proche de l'objet ? » (Algo)

« Nous sommes toujours dans un bois... Mais nous touchons bientôt au but ! Tiens... Qu'est-ce que c'est ? » (Seldona)

Des animaux dont la fourrure change de couleurs en permanence se tiennent en plein milieu du chemin emprunté par les deux jeunes femmes.

« Ce sont les renards-taupes que nous avions capturés ! Décidément, Cantor a libéré toutes les créatures de cette

région ! » (Seldona)

Les renards forment comme une barrière. Evona accélère et fait un saut gigantesque pour les éviter. Certains renards creusent immédiatement des trous dans le sol, et s'y enfoncent.

Je vais faire comme Evona. C'est la meilleure manière de ne pas perdre de temps.

Seldona saute à son tour.

Aïe !

Un renard est sorti du sol, et s'est agrippé à sa jambe droite. La jeune femme ne peut qu'interrompre sa course. Les renards qui n'avaient pas creusé de trous courent dans sa direction.

Quelle douleur intense !

Seldona frappe le renard avec ses mains, mais celui-ci ne lâche pas prise.

Comment faire ?

Seldona reste debout sur sa seule jambe gauche. Elle fait tournoyer sa jambe droite dans les airs, à une vitesse vertigineuse. Le renard est propulsé au loin. Un soulagement apparaît sur le visage de la jeune femme. Mais il est aussitôt remplacé par une grimace. Une grimace de douleur. Puis de terreur. Celle de voir les autres renards si proches. Ils se jettent tous sur elle, cherchant à l'atteindre au cou. Seldona sort son bouclier incandescent et les repousse. Certains brûlent partiellement, mais aucun n'abandonne. Seldona est à terre. Sa jambe la fait intensément souffrir.

Me relever... Sinon je vais mourir...

Seldona prend appui sur son bouclier. Elle se redresse.

Personne ne peut me venir en aide : c'est seule que je m'en sortirai...

Seldona lance son bouclier. Les animaux l'évitent. Mais le bouclier revient sur eux comme un boomerang, et les fend en deux. Les rares survivants plongent dans le sol. Seldona se retrouve seule.

Quel calme soudain ! On peut dire que je l'ai échappé belle...

« Repose-toi, Seldona ! Perdre un point n'a aucune importance ! » (Algo)

« Non, Algo ! Je vais repartir ! Evona doit avoir beaucoup d'avance maintenant... Mais je peux peut-être encore l'emporter ! » (Seldona)

Seldona reprend sa marche. Elle chute.

Je n'ai jamais connu une telle douleur... Mais je dois continuer !

Seldona se relève, et essaie de courir. Elle ne tombe plus, mais ne va plus aussi vite qu'avant.

« En tout cas, il est indéniable que ces animaux sont très agressifs... Peut-être encore plus qu'avant... » (Seldona)

« Je veux bien te croire, Seldona ! » (Alina)

Livre d'Alina (désert de glace)

Alina a fini de traverser le petit bois. Mais elle se trouve désormais encerclée par plusieurs mammouths géants. Ceux-ci ne cessent de barrir. L'un d'entre eux, notamment, se montre particulièrement véhément. Il glisse sa trompe dans la neige, et la tend en direction d'Alina. Une fumée glaciale en ressort. Alina a juste eu le temps de l'éviter. Mais elle se

trouve alors à proximité d'un autre mammouth, qui essaie de la piétiner. La jeune femme esquive ses coups tant bien que mal.

Créer... Créer... Que voulais-tu dire, Cronosus ?

Les autres mammouths se rapprochent. Le cercle se réduit. Alina se saisit de sa lance noire, et l'étend au maximum. Elle tranche les jambes du mammouth qui l'attaquait. Celui-ci s'écroule sur le sol. Ses congénères semblent furieux, et tentent à leur tour de la piétiner. La jeune femme saute par dessus le mammouth blessé, et prend la fuite.

J'espère être plus rapide qu'eux à la course...

Livre d'Algo (vaste forêt)

« Si seulement je pouvais te venir en aide, Alina... Seldona aussi aurait besoin de soutien... Je vais essayer de rejoindre l'une d'entre vous très rapidement ! J'arriverai d'ici peu près de l'objet. Une fois que je l'aurai récupéré, je demanderai à être téléporté dans l'une de vos zones. Peu importe si cela s'oppose aux règles du tournoi ! Cantor ne nous avait pas dit que certains endroits seraient aussi dangereux... » (Algo)

Livre d'Ino (zone rocailleuse)

« Nous sommes dans la plaine ! Nous ne devrions pas tarder à arriver à proximité de l'objet ! » (Ino)

Livre de Seldona (montagnes boisées)

« L'objet n'est plus qu'à quelques centaines de mètres ! Mais il ne cesse de se mouvoir depuis quelques minutes... » (Seldona)

« Cela veut peut-être dire que Cantor l'a fixé sur quelque chose de vivant... » (Algo)

« Je vais bientôt le savoir... » (Seldona)

Seldona sort de la forêt. Elle commence à retrouver de meilleures sensations au niveau de la jambe.

« *Mon Dieu !* » (Seldona)

« *Qu'y a-t-il ?* » (Algo)

Un immense animal se trouve devant une cascade. Il est marron et blanc. Son corps est celui d'un lion. Et il a des ailes d'aigle.

« *Il a poursuivi sa croissance depuis sa capture !* » (Seldona)

« *Qui ça, Seldona ?* » (Algo)

« *Le monstre des montagnes boisées !* » (Seldona)

Seldona voit Evona en train d'affronter la créature. L'animal est tantôt sur terre, et tantôt dans les airs.

Il doit vraiment être coriace ! Car Evona est arrivée bien avant moi ! Ma jambe me fait moins souffrir : il faut que j'y aille !

Seldona se rapproche d'Evona.

Je n'ai pas entendu de musique... L'objet n'a donc pas encore été pris... Mais où est-il du reste ?

Seldona regarde sa montre. L'objet suit les mêmes mouvements que ceux du monstre.

Il est sur lui, d'accord... Mais où précisément ? Non... Ce n'est pas possible...

« *Qu'y a-t-il ?* » (Algo)

« *L'objet... L'objet en question est une armure... Celle du monstre...* » (Seldona)

« Comment ? » (Algo)

<u>Livre d'Algo (vaste forêt)</u>

Algo entend un bruissement dans les arbres. Il est soudain projeté sur le sol.

Qui est là ?

Il se redresse et voit un grand singe vert à queue de scorpion face à lui.

« Les singes verts ont été libérés eux aussi ! » (Algo)

Les branches des arbres tremblent. Des feuilles tombent par milliers. D'autres singes verts tentent d'attaquer Algo. Le jeune homme sort sa lance noire, et parvient à en pourfendre un certain nombre. Vario arrive dans la zone. Il regarde la scène avec stupeur. Le grand singe vert s'approche d'Algo.

« Le singe aussi porte une armure ! L'armure est l'objet recherché ! » (Algo)

Les autres singes entourent Vario.

« Nous allons devoir nous entraider, Vario ! Je ne pense pas que nous puissions nous en sortir seuls... » (Algo)

Vario lui fait un signe approbateur de la tête.

« Rinov ! Vana ! Si vous êtes là, venez-nous en aide... » (Algo)

Les singes qui encerclent Vario se jettent sur lui l'un après l'autre. Ils tentent à chaque fois de l'atteindre avec leur dard. Vario parvient à les éviter. Le grand singe vert essaie de blesser mortellement Algo. Il utilise pour cela son dard, mais aussi ses poings. Il ne parvient toutefois pas à toucher le jeune homme. Vario bondit vers les branches supérieures des arbres. Les singes le suivent sans peine. Algo tente de

pourfendre le grand singe avec sa lance. Celui-ci réussit sans mal à esquiver ses coups. Mais il se tient désormais à une distance respectable.

Livre d'Alina (désert de glace)

Alina poursuit sa course effrénée sur la neige. Les mammouths ont été incapables de la suivre. Elle se trouve désormais dans une zone plus humide. Le sol n'est plus constitué que de glace. Elle est sur un grand lac gelé.

Livre d'Ino (zone rocailleuse)

Ino et Vané sont dans la plaine. De grosses pierres entourent cet espace, formant une sorte de cirque.

Livre de Seldona (montagnes boisées)

Seldona décide d'attaquer le monstre. Evona a, pour le moment, surtout cherché à l'épuiser. Seldona court, et va se placer derrière la cascade. Le lion a essayé de la piétiner, mais elle s'est montrée plus rapide que lui.

Là où je suis, il pourra difficilement venir me chercher...

L'animal semble ne plus se préoccuper d'Evona. Il se tourne vers Seldona. Sa grande taille ne lui permet pas de l'atteindre par les airs. Il la regarde attentivement.

On dirait qu'il prépare quelque chose...

Seldona sort son bouclier.

À moi de le surprendre !

Seldona disparaît derrière le bouclier. Le monstre semble interloqué. Il réduit instantanément sa taille, et plonge dans la réserve d'eau qui se trouve au bas de la cascade. Seldona prend le bouclier dans sa main droite, et saute à travers la chute. Le lion est en train de nager. Seldona retombe sur son dos, et le frappe avec son bouclier, au niveau de la nuque. L'armure subit un choc violent. L'eau commence à bouillir. Mais le monstre n'est pas blessé. Il se retourne vers Seldona. Il la prend en chasse. La jeune femme nage à grande vitesse. Mais le lion est plus rapide qu'elle. Il l'attrape par les jambes, et la propulse violemment hors de l'eau. Seldona retombe sur le sol, à plusieurs mètres de la cascade. Le monstre sort immédiatement de l'eau, et rugit. Il est à nouveau en lévitation, et a repris sa taille initiale. Il s'approche de Seldona. Sans doute pour l'achever. Evona court dans leur direction. Elle saisit une grosse pierre, et vise la tête de la créature. Mais le monstre pare le coup. Seldona parvient tant bien que mal à se relever. Le lion volant fond sur Evona. Celle-ci l'attend.

Qu'a-t-elle l'intention de faire ?

L'animal court à quatre pattes. Il ouvre sa gueule. Il veut happer Evona. Elle sourit. Elle sort son poignard et le brandit à l'horizontale, en direction des yeux du monstre. Celui-ci est aveuglé. Il hurle de douleur.

C'est l'occasion ou jamais !

Seldona court en direction de l'animal, qui s'est redressé sur ses pattes arrière. Il pose ses pattes avant sur ses yeux, comme pour mettre un terme à son aveuglement. Mais rien n'y fait. Son hurlement retentit dans toute la zone. Evona cherche à le frapper à la tête avec son poignard, mais le monstre ne cesse de bouger. Elle doit surtout éviter de se faire piétiner. Seldona arrive. Elle saute sur le dos de l'animal, qui l'a bien sentie et essaie de l'attraper avec ses deux pattes avant. Mais il n'y parvient pas. Il décide alors d'allonger ses bras.

Il peut faire évoluer à tout moment la taille de son corps... Ces animaux ne sont vraiment pas semblables à ceux de l'ancien monde...

Seldona accélère. Elle se trouve désormais près de la nuque du monstre.

L'armure a une entaille importante à cet endroit-là... Encore un coup et je pourrai la lui retirer !

Seldona sort son bouclier. Elle le lève au-dessus de sa tête. Elle prend soin de ne pas tomber. Car le monstre ne cesse de se mouvoir pour la faire chuter.

« Prends garde, Evona ! Je vais essayer de le mettre à terre... » (Seldona)

Evona recule. Seldona frappe la nuque du monstre de toutes ses forces. L'armure continue à se fendre, mais résiste. Seldona redonne un coup. L'armure cède enfin. Le lion s'effondre, et disparaît immédiatement. L'armure se réduit instantanément : elle prend la taille d'un petit carré marron. Seldona s'en saisit.

« J'ai réussi ! » (Seldona)

Une musique retentit dans Cosmogonia. Un sourire de soulagement apparaît sur le visage de Seldona. Evona semble en colère.

« Félicitations, Seldona ! Tu viens de marquer le premier point du premier tournoi de l'ère de Cosmogonia ! » (Cantor)

Seldona est heureuse. Evona baisse la tête. Elle a l'air dépitée.

« Cronosus et moi avons décidé de procéder à un changement dans le règlement, afin de vous permettre de gagner du temps. Chaque fois qu'un point aura été marqué, le vainqueur choisira lui-même, dans la minute qui suit, la zone du prochain duel. Réfléchis bien, Seldona ! » (Cantor)

Il ne semble pas trop déçu que j'aie vaincu sa protégée... Peut-être ses partisans sont-ils en meilleure posture dans les autres zones ? Il faut dire que cela fait longtemps que je n'ai pas consulté mon livre... Quelle zone choisir ?

Seldona regarde Evona. Celle-ci semble perdue dans ses pensées.

Aller dans la grande clairière ? C'est ce qui me paraît spontanément le plus judicieux... Mais n'est-ce pas un risque de retourner dans ma zone d'origine ?

« Il te reste dix secondes, Seldona ! » (Cantor)

Éviter les collines des mers... Les animaux y sont trop dangereux...

« Je choisis la grande clairière ! » (Seldona)

Il est difficile de lutter contre l'habitude...

Evona s'approche de Seldona. Les deux jeunes femmes disparaissent dans un halo de lumière.

Livre d'Algo (vaste forêt)

Le combat se poursuit. Algo essaie toujours de pourfendre le grand singe. Mais celui-ci parvient systématiquement à esquiver ses coups. Vario a quant à lui disparu dans les hautes branches des arbres.

Cet animal est coriace ! Et dire que je pensais être le premier à marquer un point ! Heureusement que l'une des nôtres l'a emporté !

Le grand singe se tient à une distance respectueuse d'Algo. Il ne cesse d'aller et venir, mais de manière horizontale. Il semble énervé. Il crie et se frappe le torse énergiquement. Puis il lance son dard en direction du jeune homme. Algo ne s'y attendait pas. Il repousse le dard avec la pointe de sa lance. Le grand singe en profite pour se rapprocher d'Algo. Il lui assène

334

un violent coup de poing sur le visage. Algo l'encaisse sans tomber sur le sol. Il riposte en tentant de frapper le singe à son tour. Mais ce dernier évite le poing d'Algo. Les feuilles bruissent. Soudain, Vario apparaît. Il a sauté du sommet des arbres. Les singes le suivent à grand peine, n'ayant pas pris le risque de quitter les branches. Algo regarde la scène. C'est également le cas du grand singe. Il s'attarde toutefois moins longtemps que son adversaire, ce qui lui permet de lui redonner un coup de poing, dans le ventre cette fois-ci. Algo a le souffle coupé. Le singe lance son dard sur Algo, mais le jeune homme le tient à distance avec sa lance. On entend soudain une explosion. Dans le dos du grand singe. Vario a lancé une de ses flèches. L'animal a été protégé par son armure. Il se retourne et court à quatre pattes vers Vario. Algo se saisit de sa lance, et fait trébucher la créature. Les autres singes commencent à descendre des arbres. Vario les regarde avec attention. Il retire une flèche de son carquois et la lance à la main. Il la guide par la pensée. Elle avance à une vitesse prodigieuse. Vario la dirige contre le tronc de l'arbre où se trouvent les singes. Juste en dessous de leur position actuelle. Une immense explosion retentit. Les singes s'écrasent sur le sol. Certains brûlent. Le tronc prend feu, tombe et finit d'achever les derniers survivants. Le grand singe est hors de lui. Il lance son dard sur Vario, qui a tout juste le temps de l'éviter. L'animal semble très en colère. Il tente d'atteindre Vario à plusieurs reprises. Algo essaie de l'arrêter, en lui assénant des coups dans le dos. Mais cela n'a pas un grand effet. Vario esquive les coups avec habileté, mais le singe est de plus en plus rapide. Il finit par toucher son adversaire. Vario s'écroule.

« Vario ! Non ! » (Algo)

Le singe se tourne vers Algo. Le jeune homme se défend avec sa lance. Les mouvements des deux adversaires sont d'une extrême rapidité. Le grand singe finit par le désarmer. La lance vole dans les airs et retombe dans ses bras. L'animal la brandit au-dessus de sa tête, en signe de victoire. Mais un homme prend la lance, et la positionne avec force sous le cou

du singe.

« Rinov ! » (Algo)

Le singe voudrait se servir de son dard pour se libérer, mais une jeune femme l'en empêche. Algo court vers Vario et se saisit de ses flèches.

« Rinov ! Vana ! Éloignez-vous ! » (Algo)

Rinov et Vana lâchent le singe. La flèche lancée par Algo atteint l'animal en pleine tête. Il disparaît instantanément. Son armure devient un petit carré vert. Algo la récupère. Une musique retentit. Algo regarde Rinov et Vana avec reconnaissance, puis court en direction de Vario. Le jeune homme ne bouge plus.

« Non... » (Algo)

« La perte de Vario est une immense souffrance, Algo... Vous étiez adversaires, mais je reconnais ta grandeur d'âme dans ta réaction. Nous pleurerons Vario autant que nous le voudrons. Mais plus tard. Le processus du tournoi est enclenché. Aucun de nous ne peut l'arrêter. Il ne te reste plus beaucoup de temps avant de choisir la zone où tu poursuivras le tournoi... » (Cantor)

« Poursuivre le tournoi ? Après ce qui vient de se passer ? Jamais ! Il faut tout arrêter ! Nous allons tous y laisser nos vies ! » (Algo)

« Tu dramatises, Algo... Ce n'est qu'un accident... Malheureux certes... Mais un accident... Il te reste dix secondes ! » (Cantor)

Algo se relève. Il quitte la dépouille de Vario avec une grande tristesse.

« Adieu Vario... » (Algo)

Il regarde Rinov et Vana, qui se tiennent côte à côte et

l'observent avec compassion.

« Merci d'être venus m'aider... » (Algo)

Algo réfléchit.

« J'ai choisi, Cantor : je veux aller dans les ruines de l'ancien monde... » (Algo)

Livre d'Alina (désert de glace)

« *Bravo à vous deux, Algo et Seldona ! Quelle tristesse pour Vario... Il était l'un des seuls membres de l'équipe de Cantor à être modéré... C'est injuste de mourir si vite...* » (Alina)

« *Oui... Je ne réalise pas... Comment les choses se passent-elles pour toi ?* » (Algo)

« *Je cours depuis un moment, sans rencontrer d'obstacles sur mon chemin. Je n'ai toujours pas revu Palo...* » (Alina)

« *Tu vas bientôt arriver près de l'objet ?* » (Algo)

« *Oui.* » (Alina)

« *Nous devrions peut-être tout arrêter, Alina... La mort de Vario est la preuve que nous jouons nos vies dans ce tournoi...* » (Algo)

« *Tu as sans doute raison, Algo... Mais les membres de l'équipe de Cantor refuseront d'abandonner... Et puis nous sommes dans une bonne position pour l'emporter !* » (Alina)

« *Des nouvelles d'Ino ?* » (Algo)

« *Non. Je crois qu'il a fort à faire avec Vané...* » (Alina)

« *Ino, est-ce que tout va bien ?* » (Algo)

« *Pas vraiment...* » (Ino)

<u>Livre d'Ino (zone rocailleuse)</u>

Ino est entouré de grands lézards noirs bipèdes, à rayures orange. Ils sont trois autour de lui.

« Je vous parlerai plus tard... Je dois d'abord penser à ma survie... » (Ino)

Ino sort son poignard. Il aveugle les animaux.

J'ai eu peur de ne pas avoir assez de lumière aveuglante pour les trois !

Il repart en courant.

« C'est bon ! J'ai réussi à m'en sortir ! Je vais rejoindre Vané : elle a pris de l'avance... » (Ino)

« Bon courage ! Nous ferons le point quand tu seras hors de danger... » (Algo)

« Ah ! » (Ino)

« Ino ? » (Algo)

« Il m'a attrapé... » (Ino)

Le troisième lézard n'a pas dû être suffisamment aveuglé. Car il a lancé sa langue en direction d'Ino. Il le tire vers sa gueule. Ino s'accroche aux pierres jonchant le sol. Mais ses efforts sont vains.

« Tiens bon, Ino ! » (Algo)

<u>Livre d'Algo (ruines de l'ancien monde)</u>

Algo monte précipitamment au sommet d'une dune ocre. Il force sur ses yeux le plus possible.

338

« Je te vois ! Ta zone est proche de la mienne ! Je pars tout de suite ! » (Algo)

Algo effectue un bond depuis le haut de la dune. Il court à une vitesse qu'il ne connaissait pas encore.

<u>Livre d'Ino (zone rocailleuse)</u>

Ino se rapproche de la gueule du lézard.

<u>Livre d'Algo (ruines de l'ancien monde)</u>

Algo est à la frontière entre les ruines de l'ancien monde et la zone rocailleuse. Il avance en alternant courses et bonds.

« Courage, Ino ! J'arrive ! » (Algo)

« Algo, tu n'as pas le droit de quitter la zone qui t'a été assignée ! Il faut d'abord que tu t'empares de l'objet des ruines de l'ancien monde. C'est la règle ! » (Cantor)

« Cela n'a aucune importance, Cantor ! Je ne laisserai pas mourir mon ami ! » (Algo)

« Que tous l'entendent ! Pour avoir violé une règle du tournoi, Algo vient de faire perdre un point à son équipe ! » (Cantor)

<u>Livre d'Ino (zone rocailleuse)</u>

Mon poignard n'est pas encore rechargé... Je vais devoir trouver autre chose...

Le lézard va mordre Ino. Non, il le jette finalement sur le sol, en le tenant toujours par la langue. Il le place sous sa patte gauche. Et appuie fortement. Le jeune homme hurle de douleur.

Algo entre dans le cirque. Il bondit sur le crâne du lézard, se saisit de sa lance, et lui coupe la tête. L'animal s'écrase sur le sol, mais ne tombe pas sur Ino. Algo va chercher son ami. Ino est inconscient.

Il vit encore !

Algo entend le sol trembler. Les deux lézards sont revenus de leur aveuglement. Ils le prennent en chasse. Algo pose Ino sur son dos. Il se met à courir. Mais le poids d'Ino le ralentit. Les lézards sont plus rapides.

Trouver un refuge...

Algo aperçoit une grosse pierre, située à proximité du fleuve de lave. Il lance Ino de toutes ses forces dans les airs. Il effectue ensuite un bond immense. Cela lui permet d'échapper pendant un temps aux lézards. Il rattrape Ino, avant que celui-ci ne touche le sol. Il le dépose derrière la grosse pierre.

Si je reste là, nous mourrons tous les deux...

Algo regarde Ino avec tendresse.

« Je reviendrai, Ino... Tu es à l'abri ici... » (Algo)

Algo sort de sa cachette. Les deux lézards le voient, et se lancent à sa poursuite.

Essayer de franchir le fleuve de lave... C'est ma meilleure chance...

Algo reprend un peu d'avance sur les deux animaux. Il arrive au fleuve. Un vent violent le projette soudain en arrière. Un cygne immense nage sur la lave. Il est doré, et porte une armure noire sur une partie du corps. Il crée une véritable tempête en battant des ailes et en poussant un cri aigu. La

tenue d'Algo est légèrement brûlée.

Où est Vané ?

Algo remarque que le cygne concentre la majeure partie de ses efforts sur un gros rocher, où ne se trouve pourtant personne. Il aperçoit Vané sur un îlot, en plein milieu de la lave. Visiblement, elle a réussi à faire croire au cygne qu'elle était encore sur les bords du fleuve.

Je vais l'aider... Ce tournoi n'a plus aucune importance à mes yeux... Mais que puis-je faire à distance ?

Algo réfléchit.

Suis-je bête ? Les deux dernières flèches de Vario !

« Vané ! C'est Algo ! Je suis à quelques mètres de toi ! » (Algo)

« Algo ? Tu n'as rien à faire là ! Laisse-moi me concentrer ! » (Vané)

« Je viens t'aider Vané... » (Algo)

« Je n'ai pas besoin de ton aide ! Je me débrouille très bien toute seule ! » (Vané)

Quel entêtement ! Bon, tant pis... Je vais quand même lui apporter mon soutien...

Algo sort une des deux dernières flèches et la lance dans les airs.

Viser une zone où le cygne sera vulnérable... Les ailes ! Il ne porte pas d'armure à cet endroit-là !

Algo dirige la flèche vers l'aile droite de l'oiseau. Mais Vané saute justement sur celle-ci.

Non !

Algo redresse la flèche au dernier moment. Le cygne voit le projectile passer juste à côté de sa tête. Il enrage. Il secoue ses plumes. Algo est projeté dans les airs. Très loin de la zone où il se trouvait. C'est également le cas des deux lézards, qui en outre sont touchés par la lave. Une fois au sol, l'un d'eux agonise. L'autre se relève tant bien que mal, et repart en boitant. Algo ne bouge pas.

Livre de Seldona (grande clairière)

« *Je suis au coude à coude avec Evona. Elle semble particulièrement revancharde. Car je la sens encore plus forte que lors de l'épreuve des montagnes boisées...* » (Seldona)

Livre d'Alina (désert de glace)

Et dire que je ne peux rien faire pour aider mes amis... Sans savoir d'ailleurs si ce tournoi a toujours un sens... Nous avons perdu un point. Soit. À moi de le récupérer !

Un mur de neige sépare Alina de l'objet. Seul un petit passage pratiqué dans la glace permet d'entrer. Alina se trouve dans une véritable arène. Elle aperçoit des tigres blancs aux rayures rouges sur le sommet du mur. Ils sont passifs.

Bizarre...

Palo arrive juste derrière elle.

« Palo... Je suis désolée pour Vario... » (Alina)

Palo lui adresse un petit sourire pudique. Le sol tremble. Les deux jeunes gens s'accrochent l'un à l'autre. Quelque chose va sortir. Soudain, un ours gigantesque apparaît. Il porte une armure bleu ciel sur une grande partie du corps. Ses griffes sont immenses.

« Comment a-t-il pu grandir autant depuis la dernière fois ? » (Palo)

« Je n'en sais rien... » (Alina)

Alina regarde Palo.

« Il sera difficile de prendre l'armure de ce géant, Palo... Et si nous collaborions ? » (Alina)

Palo semble surpris de la proposition d'Alina. Il réfléchit.

« D'accord, Alina... À condition toutefois que l'armure revienne à celui ou celle qui aura le plus contribué à la chute de l'ours... » (Palo)

L'ours s'approche d'eux, et tente de leur donner un violent coup de griffe. Les deux jeunes gens l'évitent tout juste. L'ours hurle. Il n'a pas à bouger de l'endroit où il est assis, tant ses bras et ses griffes sont longs.

« Séparons-nous ! » (Palo)

Palo court du côté gauche. Alina prend le côté droit. L'ours essaie de les blesser tous deux, mais il n'y parvient pas. Une musique retentit.

« Bravo Vané ! Grâce à toi, les deux équipes sont désormais à égalité ! Où souhaites-tu aller ? » (Cantor)

« Merci Cantor ! Je veux aller dans le labyrinthe ! » (Vané)

« Le géocapteur t'y conduira... ainsi qu'Ino... Si toutefois il est toujours en vie... » (Cantor)

Il faut absolument que je marque ce point... C'est essentiel !

Alina et Palo arrivent derrière l'ours. Alina sort sa lance. Palo une flèche. Alina donne un coup dans le dos de l'ours. Mais

celui-ci est protégé par son armure. Palo guide sa flèche sur le ventre de l'animal. Sans succès. L'ours se dresse sur ses pattes. Il prend Alina en chasse. La jeune femme court mais trébuche en voulant aller vite. L'ours va la piétiner. Mais il interrompt sa course. Il se retourne, et essaie de tuer Palo.

Pourquoi fait-il cela ?

Palo court vers le mur de glace. Il commence à l'escalader.

L'ours l'aura attrapé avant qu'il ne soit arrivé en haut...

Alina effectue un bond prodigieux et allonge désespérément sa lance. Elle parvient à faire trébucher l'animal.

« Merci Alina ! » (Palo)

L'ours se retourne vers Alina, mais ne l'attaque pas. Il se relève et donne des coups de griffe dans le mur de glace. Il tente de faire tomber Palo. Le jeune homme arrive au sommet du mur. Il sort une flèche de son carquois.

« Alina, attention ! » (Palo)

Alina voit l'ours arriver vers elle à toute vitesse. Il effectue un bond immense. Et va terrasser les tigres qui venaient de descendre du mur.

On dirait que l'ours cherche à me protéger... Mais pour quelle raison ?

Une flèche frappe le dos de l'ours. Une fêlure apparaît dans son armure. L'ours se retourne et va droit vers Alina. Mais il change sa trajectoire et se rapproche du mur.

Il ne chasse que Palo...

Palo lance une nouvelle flèche dans le dos de l'ours. Celui-ci tombe mais se relève. L'armure est sur le point de céder. Alina court en direction de l'ours et monte sur son dos. Elle sort sa lance pour enlever son armure. Elle regarde si Palo ne s'apprête pas à lancer sa flèche. Mais il a vu Alina et ne fait rien. Alina remarque alors qu'un tigre est toujours sur le sommet du mur, et qu'il court droit vers Palo.

Il n'aura pas le temps de décocher sa flèche...

Alina prend appui sur le dos de l'ours, et saute. Alors qu'elle est encore dans les airs, elle pourfend le tigre avec sa lance.

« Vas-y Palo, tire ! » (Alina)

Palo lance sa flèche. Elle atteint l'ours. L'armure tombe. L'ours s'effondre et disparaît. Palo et Alina se regardent. Avec une certaine complicité. Ils s'approchent l'un de l'autre. Palo tend sa main à Alina. Un peu maladroitement.

« Bon travail, Alina ! » (Palo)

Alina sourit au jeune homme. Elle semble soulagée.

« Tu m'as sauvé la vie... Je ne l'oublierai jamais... » (Palo)

« C'est normal, Palo... Nous sommes deux êtres humains... Nous ne sommes pas des ennemis... » (Alina)

Palo la regarde, gêné.

« Tu mérites de prendre cette armure, Alina... » (Palo)

« Non, Palo... C'est toi qui as vaincu l'ours... » (Alina)

Ils s'adressent un regard complice.

« Redescendons ! » (Palo)

Ils sont près de l'armure, qui n'est plus qu'un petit carré bleu ciel. Alina semble soucieuse.

« Tout ceci est étrange... Tu ne trouves pas ? » (Alina)

« À quoi penses-tu ? » (Palo)

« Plusieurs choses m'interpellent concernant cet ours... Pendant le combat, il a d'abord voulu me tuer... Mais ensuite, il évitait soigneusement de me blesser... Il m'a même protégée des tigres... » (Alina)

« J'ai vu cela... Mais ne crois-tu pas qu'il cherchait simplement à montrer aux autres animaux qu'il était l'animal dominant ? » (Palo)

« Peut-être... Mais cela n'explique pas pourquoi il voulait m'épargner... » (Alina)

« C'est vrai... » (Palo)

« Il y a autre chose... Comment comprendre sa disparition, alors même que le coup que tu lui as porté aurait dû avoir pour seul effet de faire tomber son armure... » (Alina)

« Je complète ton raisonnement : tu penses que l'armure est liée à son potentiel vital... » (Palo)

« Cela ne semble-t-il pas évident ? Il a comme implosé au moment où son armure est tombée... » (Alina)

« Que penser de tout cela ? » (Palo)

« Je commence à avoir mon idée sur la question... Mais avant cela, je veux m'assurer que je peux te faire confiance... » (Alina)

« Je ne sais pas si tu peux me faire confiance, Alina... Après tout, nous ne sommes pas dans la même équipe... Mais quelque chose, au fond de moi, me donne envie que tu aies confiance en moi... » (Palo)

« Cronosus nous a toujours dit de nous fier à notre instinct... Je vais donc te mettre dans la confidence... Tous les membres de notre équipe communiquent entre eux grâce à un livre électronique... » (Alina)

Alina sort le livre de sa poche.

« Grâce à ce livre, nous échangeons nos impressions et nos expériences pendant le tournoi... » (Alina)

« Pourquoi me dis-tu tout cela, Alina ? » (Palo)

« Je crois que la situation est grave, Palo... Je pense que Cantor se sert de ce tournoi pour nous éliminer... » (Alina)

« Comment peux-tu dire cela ? Je sais que tu n'aimes pas Cantor, mais il est l'un des nôtres ! Jamais il ne voudrait attenter à nos vies ! N'est-ce pas lui qui a pacifié Cosmogonia ? » (Palo)

« Mais n'est-ce pas lui l'organisateur de ce tournoi ? Vario est mort, Palo ! Et je sais grâce à mon livre qu'Ino et Algo sont dans un état critique... Evona et Seldona ont eu toutes les peines du monde à survivre dans les montagnes boisées... Et tu es bien placé pour savoir que la mort n'était pas loin de nous dans ce désert de glace... » (Alina)

Palo regarde Alina avec gravité. Mais aussi une certaine affection.

« Que suggères-tu ? » (Palo)

« Ce tournoi n'est clairement pas le meilleur moyen de régler nos différends... Suspendons-le ! Il doit bien exister des manières moins violentes de nous départager... Peut-être même parviendrons-nous à trouver une troisième voie ? » (Alina)

Palo a un regard circonspect.

« On voit que tu ne connais pas Cantor comme je le connais... Il n'abandonnera jamais... Et puis... Son projet pour Cosmogonia est

cohérent : nous devons créer de nouveaux êtres humains ! »
(Palo)

« Ne parlons pas de cela maintenant... Es-tu d'accord pour arrêter
le tournoi ? » (Alina)

**Palo se rapproche de l'armure, et la prend dans sa main
droite. Une musique retentit.**

« Tu es une femme admirable, Alina... La plus remarquable que je
connaisse... Mais je ne trahirai pas mon camp... Pas
maintenant... » (Palo)

« Qui te parle de trahison, Palo ? » (Alina)

« Félicitations, Palo ! Grâce à toi, notre équipe mène maintenant
deux à un ! Où souhaites-tu aller ? » (Cantor)

« Cantor ! Puis-je parler à Cronosus ? » (Alina)

« C'est à Palo que je m'adresse, Alina. Ce n'est pas toi qui as
récupéré l'objet. Il te reste peu de temps pour te décider, Palo ! »
(Cantor)

Palo regarde Alina avec une certaine gêne.

« Quelles zones sont encore disponibles, Cantor ? » (Palo)

« Le désert de sable et les collines des mers... » (Cantor)

Palo continue à fixer Alina.

« Allons dans le désert de sable... » (Palo)

Les deux jeunes gens disparaissent dans un halo de lumière.

Livre de Seldona (grande clairière)

Et dire que nous sommes désormais menés au score... Qui l'eût cru ? Je pensais perdre face à Evona, et je l'ai emporté. Algo et Alina étaient dans une position favorable, mais ils n'ont marqué aucun point... Ce tournoi nous réserve décidément bien des surprises...

<u>Livre d'Alina (désert de sable)</u>

Quelle étrange impression d'être de retour ici... Sur ce sable où j'ai effectué mes premiers pas...

Palo regarde Alina. Il comprend qu'elle est en pleine méditation. Il respecte son silence. Il se tient à distance et ne bouge pas.

« Pourquoi restes-tu là, Palo ? » (Alina)

« Je ne continuerai pas cette aventure sans toi, Alina... J'attends que tu sois prête à repartir... » (Palo)

« Je ne repartirai pas, Palo... Ce tournoi est fini pour moi... » (Alina)

« Mais... Que vas-tu faire ? » (Palo)

« Tu verras bien... Je te souhaite bonne chance pour la suite ! » (Alina)

« Et ton équipe ? Tu sais ce que signifie le fait de perdre le tournoi ? » (Palo)

« Je le sais très bien. Je te remercie de te soucier de nous. Mais je crois qu'il y a plus important qu'une victoire dans ce tournoi. » (Alina)

« Alina, je... » (Palo)

« Vas-y, Palo ! » (Alina)

Silence. Palo ne sait plus quoi dire. Il commence à partir, sans

quitter Alina du regard.

« Palo ! » (Alina)

Palo s'arrête. Il semble heureux qu'Alina ait prononcé son nom.

« Si jamais tu changes d'avis, et que tu souhaites toi aussi arrêter de participer à ce tournoi... Appelle-moi... » (Alina)

Palo lui adresse un tendre sourire. Il s'approche d'elle, et lui embrasse la main.

« Je le ferai... » (Palo)

Palo repart.

« Si toi-même tu as besoin de moi, Alina... Je serai là... » (Palo)

Alina sourit.

Quel dommage qu'il soit sous l'influence de Cantor...

Alina regarde Palo s'en aller. Une fois qu'il a quitté la dune, elle se concentre. Puis feuillette son livre.

« *Seldona ?* » (Alina)

« *Oui Alina ?* » (Seldona)

« *J'imagine que tu dois être en plein milieu de ton nouveau duel avec Evona... Mais il fallait absolument que je te parle...* » (Alina)

« *Je t'écoute...* » (Seldona)

« *Je viens de relire rapidement nos différents livres... J'ai remarqué que tu avais, comme moi, émis des doutes sur ce tournoi...* » (Alina)

« *Oui. J'ai la désagréable impression que cette compétition est beaucoup plus dangereuse que ce qui avait été initialement annoncé...* » (Seldona)

« *Ce n'est pas qu'une impression... C'est une réalité...* » (Alina)

Alina réfléchit.

« *Ne trouves-tu pas étrange que Cantor ne participe pas au tournoi ?* » (Alina)

« *Il s'est en tout cas bien gardé de se mettre en danger...* » (Seldona)

« *J'ai essayé de parler à Cronosus, mais Cantor m'a refusé ce droit... C'est d'ailleurs lui qui prend la parole depuis le début du tournoi... Et cela fait longtemps que nous n'avons plus reçu de messages de Cronosus... C'est pour le moins étrange...* » (Alina)

« *C'est vrai. Mais peut-être est-il trop surveillé par Cantor pour pouvoir s'exprimer librement ?* » (Seldona)

« *C'est possible... Mais cela ne justifie pas l'absence totale de messages...* » (Alina)

« *Que suggères-tu ?* » (Seldona)

« *J'ai décidé d'abandonner le tournoi... Comme Algo... J'aimerais que tu en fasses autant...* » (Alina)

« *Je partage tes doutes, mais si nous perdons ce tournoi, nous devrons accepter les conditions de Cantor... Et cela, il n'en est pas question !* » (Seldona)

« *N'oublie pas que nous participons à ce tournoi parce que le groupe de Cantor nous a menacés... Or, que se passerait-il si c'était nous qui représentions une menace pour Cantor et les siens ?* » (Alina)

« *Tu veux que nous allions au Centre ?* » (Seldona)

« *Oui. Si nous sommes suffisamment nombreux, Cantor ne fera pas le poids face à nous. Nous pourrons mettre fin à ce tournoi délétère, et négocier une trêve. Après tout, il n'y a pas urgence à décider de l'avenir de Cosmogonia : nous avons l'éternité devant nous...* » (Alina)

« *D'accord Alina... Mais comment sortir du piège tendu par Cantor ? Nous nous trouvons tous dans des zones immenses, et nous n'avons aucun moyen de nous déplacer rapidement... Cantor parviendra peut-être à nous arrêter avant que nous soyons arrivés au Centre... J'ai l'impression que les animaux lui obéissent...* » (Seldona)

« *C'est vrai qu'ils ont un comportement étrange... Il est possible qu'il ait trouvé le moyen de les contrôler à distance...* » (Alina)

Alina réfléchit.

« *J'ai peut-être une solution, Seldona... Je te demande juste de m'attendre dans ta zone, et de ne pas t'exposer au danger...* » (Alina)

« *D'accord !* » (Seldona)

Livre de Seldona (grande clairière)

Seldona arrête subitement de courir. Evona poursuit sa course quelques secondes. Puis, intriguée, revient vers Seldona.

« Qu'y a-t-il ? » (Evona)

Seldona lui fait un grand sourire.

« J'abandonne ! » (Seldona)

« Pourquoi ? Après tout le mal que tu t'es donné pour obtenir l'armure du monstre... Je ne comprends pas... » (Evona)

« Il se passe des choses anormales, Evona... Tu es une personne intelligente : tu as dû toi aussi le percevoir... » (Seldona)

« Je crois surtout que toi et ton équipe avez pris conscience que la lutte serait vaine... Nous sommes en passe de l'emporter ! » (Evona)

« Vraiment ? Vous n'avez pourtant qu'un point d'avance... Et nous serions d'ailleurs à égalité si Cantor n'avait pas injustement retiré un point à Algo... » (Seldona)

« Il y a des règles, Seldona. Tout le monde doit les respecter. » (Evona)

« Des règles ? Nous sommes censés être libres, non ? Cronosus a fait en sorte que nous ayons beaucoup moins de contraintes que les humains de l'ancien monde... Et toi, tu me parles de règles ! » (Seldona)

« Bon, libre à toi et à tes amis de choisir la voie de la défaite ! Moi, je continue ! » (Evona)

Evona repart en courant.

Je ne sais pourquoi mais... il m'a semblé percevoir un doute dans sa voix...

« Evona... J'espère que tu comprendras que nous ne sommes pas des adversaires... C'est Cantor qui nous a mis dans cette situation. Et lui seul... » (Seldona)

Silence. Evona a déjà disparu derrière une petite colline.

« Essaie de prendre soin de toi, Evona... N'oublie pas que nous risquons à chaque instant nos vies dans ce tournoi... » (Seldona)

Livre d'Alina (désert de sable)

Alina ne cesse d'ouvrir et de fermer les paumes de ses mains.

353

On dirait qu'elle aimerait que quelque chose en sorte. Sans savoir précisément quoi.

« Tu as la faculté de créer... »... De créer... Oui, mais comment ?... Si seulement tu pouvais me dire...

Cette petite Alina est une maligne... Elle a compris un certain nombre de choses... Sans même avoir eu accès à toutes les données du problème... La faculté de créer ? Il n'y avait rien à ce sujet dans les fiches de Cronosus... Je sais simplement qu'elle a été la dernière d'entre nous à être conçue... Tout ceci me paraît pour le moins singulier... Cronosus avait visiblement encore quelque chose à lui dire avant de la quitter... Mais quoi ? Il n'a voulu répondre à aucune de mes questions... Même sous la torture... Admirable résistance pour un homme de l'ancien monde ! Je ne vais quand même pas trop l'amocher... J'ai encore besoin de lui...

FIN DE LA SECONDE PHASE DU TOURNOI

Allez ! Conservons les bonnes vieilles habitudes ! Mettons un petit mot au début de ce nouveau chapitre ! Cela te ferait plaisir, mon cher Cronosus ! Pas sûr toutefois que tu sois ravi que ce soit moi qui écrive la suite de ton livre... Mais que veux-tu ? Tu aurais dû être davantage sur tes gardes ! Bon, le tournoi... Une belle réussite ! Je regrette un peu que certains aient décidé d'abandonner... Mais qu'ils se rassurent ! Il reste encore quelques belles surprises ! Ah ! Il me tarde de voir tout cela ! Pour le coup, je regretterais presque de ne plus éprouver la faim et la soif ! J'aurais bien aimé contempler ce magnifique spectacle devant un bon repas !

Livre d'Alina (désert de sable)

Je n'arrive à rien... C'est à désespérer...

Alina s'assied sur le sable. Elle semble dépitée.

Et moi qui ai dit à Seldona de m'attendre... De me faire confiance... Algo et Ino ont peut-être eux aussi besoin de moi en ce moment... Leurs livres ne fonctionnent plus et aucun d'entre eux ne répond quand je les appelle...

Comme c'est touchant... C'est surtout très drôle de voir cette petite échouer et piquer sa crise ! Sans qu'elle puisse en outre avoir accès à mes délicieux commentaires !

Livre de Seldona (grande clairière)

« Alina ? » (Seldona)

« Je suis désolée Seldona... Je n'arrive à rien... » (Alina)

« Alina, la situation commence à se gâter ici... » (Seldona)

« Qu'y a-t-il ? » (Alina)

« Les serpents jaunes à trois têtes sont en train de descendre de la colline... Je me suis cachée dans un arbre, mais ils viennent

quand même dans ma direction... On dirait qu'ils savent où je suis... » (Seldona)

« Quitte immédiatement ta zone, Seldona ! » (Alina)

« Mais pour aller où ? » (Seldona)

« J'ai lu que Rinov et Vana étaient venus en aide à Algo... Peut-être la vaste forêt n'est-elle pas trop éloignée de l'endroit où tu te trouves actuellement ? » (Alina)

« Il y a un bois à proximité de la grande clairière... Je peux toujours essayer d'y aller... » (Seldona)

« Oui, fais cela ! Je te promets d'essayer de trouver une solution ! » (Alina)

« D'accord ! » (Seldona)

Les serpents forment une immense masse jaune. Cette masse descend de la colline et arrive dans la clairière. Seldona saute d'un arbre à un autre.

Je les tiendrai plus facilement à distance en évitant de fouler le sol...

Livre d'Alina (désert de sable)

Seldona est en danger... Et c'est de ma faute ! Si seulement je parvenais à comprendre le fonctionnement de ce mystérieux pouvoir...

Alina ouvre ses paumes en même temps. Elle sent une énergie la parcourir.

Cronosus ne m'a pas menti... Il y a quelque chose en moi... Mais quoi exactement ?

Alina glisse ses doigts dans le sable.

Cronosus nous a créés parce qu'il souffrait... Parce qu'il se sentait seul... Mais je ne suis pas seule... Je ne suis plus seule... Et je ne connais aucune souffrance... J'éprouve juste de la colère... Et de la peur... Pour moi et tous ceux que j'aime...

Alina commence à paniquer. Elle ne parvient pas à se concentrer.

Et voilà mon cœur qui bat la chamade ! Ce n'est pas la meilleure manière de trouver une solution...

Elle se lève, et jette le sable qu'elle tenait dans la main.

Le sable... Le sable ne risque rien... Il n'est pas la vie...

Alina reprend machinalement du sable dans la main.

Quelle vanité ! Cronosus a tout perdu... Je suis en passe de tout perdre... Que faire ?

Alina se calme peu à peu.

C'est étrange... On dirait que le sable me tranquillise...

Livre de Seldona (grande clairière)

Seldona continue à avancer. Les serpents sont montés sur les arbres. Elle peut les voir en se retournant. Ils sont de plus en plus proches.

Livre d'Alina (désert de sable)

Cronosus... Père... Je sais que tu n'aimes pas ce terme... Mais il me rassure... Je ne me sens pas seule quand je l'emploie... Comme s'il y avait une protection invisible autour de moi... Père... Comment puis-je faire ?

J'en aurais presque les larmes aux yeux... Ne t'en fais pas, ma petite Alina : tu reverras très bientôt ton papa !

Aloca... Aloca... Pourquoi penser à elle soudainement ? Aloca... Tu l'aimais, père... C'était ton grand amour... Aloca... Aide-moi...

Aloca ne pourra pas grand-chose pour toi, je le crains... Mais c'est toujours bien d'essayer !

Aloca n'est plus là, père... Mais je ne te décevrai pas !

C'est pourtant mal parti...

Le sable... La naissance... Créer... À partir de rien...

Alina prend du sable dans sa main. Elle le regarde. Songeuse.

Je pense... Depuis le début, je pense...

Oui... Et alors ? Pendant ce temps, ton amie est pourchassée par des serpents tueurs !

Je peux ce que je veux... Je peux ce que je veux... Créer...

Cela commence à devenir lassant...

Vide... Création... Aloca... Cronosus... Moi, Alina...

Elle ne prend même plus le temps de faire des phrases complètes...

Palo...

Que vient-il faire là ?

Planche aérienne...

Une planche aérienne sort des mains d'Alina. La jeune femme est ravie.

J'ai réussi !

Un potentiel intéressant... À suivre !

Alina monte sur sa planche, et part à toute vitesse.

Je vais repérer Seldona grâce à son livre...

« *Seldona ?* » (Alina)

« *Oui Alina ?* » (Seldona)

« *Tiens bon ! J'arrive !* » (Alina)

Alina survole le désert de sable. Elle aperçoit Palo. Elle lui fait un signe de la main. Il la salue en retour.

« Comment... Comment t'es-tu procuré cette planche aérienne, Alina ? » (Palo)

« Je l'ai fabriquée moi-même, Palo ! Veux-tu venir avec moi ? » (Alina)

« Tu connais déjà la réponse, Alina... » (Palo)

« Tant pis... J'espère au moins que nous nous reverrons... » (Alina)

« Je crois que ce sera le cas... » (Palo)

Alina quitte le désert de sable.

Bon, avant de rejoindre Seldona, je vais essayer de reprendre contact avec Algo et Ino...

« *Algo ? Tu m'entends ?* » (Alina)

Silence.

« *Ino ? Ino, est-ce que tout va bien ?* » (Alina)

J'espère qu'ils n'ont pas succombé à leurs blessures...

Alina vole pendant un certain temps.

Le livre de Seldona n'est plus très loin !

Alina voit les serpents jaunes. Il se jettent du sommet d'un arbre à un autre. Ils vont très vite. Seldona n'a plus beaucoup d'avance sur eux.

« Seldona ! Je suis juste derrière toi ! » (Alina)

« Comment est-ce possible ? » (Seldona)

Seldona se retourne et voit Alina sur une planche aérienne. Le premier des serpents jette ses trois têtes sur elle, en ouvrant ses bouches de manière démesurée. Seldona se protège avec son bouclier incandescent. Le serpent est légèrement brûlé, mais il n'abandonne pas. Les autres serpents lui apportent leur soutien. La jeune femme les repousse tant bien que mal. Tout à coup, Seldona se sent happée. Alina l'a attrapée par le col. Elle serre son poing droit, et fait apparaître une nouvelle planche aérienne. Seldona monte dessus. Elle semble interloquée. Alina lui sourit.

« Je t'avais bien dit que je trouverais une solution ! » (Alina)

Bien joué, Alina... Mais le plus dur n'est pas derrière vous...

Les deux jeunes femmes prennent de la hauteur, afin d'échapper définitivement aux serpents. Elles font une halte, en plein milieu du ciel.

« Merci d'être venue me chercher, Alina ! Mais comment as-tu fait ? » (Seldona)

« Pour créer les planches aériennes ? Je n'en sais rien... Cronosus m'a dit que je possédais un don de création... » (Alina)

« Tu es la seule à être capable d'une telle prouesse ? » (Seldona)

« Je crois... » (Alina)

« Pourquoi ? » (Seldona)

On dirait qu'elle m'adresse un reproche...

« Je ne sais pas, Seldona. J'ai appris cela juste avant le début du tournoi. Et je commence à peine à me servir de cette faculté... C'est d'ailleurs la raison pour laquelle je t'ai fait attendre si longtemps... Mais est-ce si important ? » (Alina)

Seldona sourit à Alina.

« Non, tu as raison : tout ceci est secondaire... Que comptes-tu faire maintenant que nous sommes réunies ? » (Seldona)

« Nous devons retrouver Algo au plus vite. Il était dans la zone rocailleuse avant que son livre ne soit détruit. » (Alina)

« Et Ino ? » (Seldona)

Alina devient grave.

« S'il est encore vivant, il aura été téléporté dans le labyrinthe... » (Alina)

« Allons tout de suite chercher Algo ! » (Seldona)

Les deux jeunes femmes repartent à très grande vitesse.

« Je te félicite, Alina ! Je crois que tes planches aériennes sont encore plus rapides que celles de Cantor ! » (Seldona)

Alina sourit à Seldona. Les deux jeunes femmes finissent par arriver dans la zone rocailleuse.

« Séparons-nous, pour pouvoir couvrir cette zone le plus

rapidement possible ! » (Alina)

« Entendu. » (Seldona)

Alina part à gauche, Seldona à droite. Alina vole haut, et force sur ses yeux afin de repérer Algo.

« *Je le vois, Seldona ! Rejoins-moi vite !* » (Alina)

« *Comment va-t-il ?* » (Seldona)

« *Bien, je crois... Il n'est pas seul...* » (Alina)

Alina se pose sur le sol. Algo est debout. Il est entouré d'un homme et d'une femme. Lorsque Algo voit Alina arriver, il court à sa rencontre.

« Alina ! » (Algo)

À peine Alina a-t-elle rangé sa planche qu'Algo la prend dans ses bras. Seldona arrive peu de temps après.

« Je suis tellement heureux de te revoir, Alina ! J'ai cru que ce moment n'arriverait jamais ! » (Algo)

Alina semble d'abord surprise de cette étreinte, puis elle l'apprécie pleinement. Elle serre Algo contre elle.

« Moi aussi je suis heureuse ! J'avais peur que nous ne t'ayons perdu... » (Alina)

« Je vais bien, ne t'en fais pas ! » (Algo)

Seldona court vers Algo.

« Algo ! » (Seldona)

« Seldona ! » (Algo)

Ils s'étreignent. Algo se tourne ensuite vers les deux personnes qui l'accompagnent.

« Je vous présente Rinov et Vana ! » (Algo)

Rinov et Vana s'avancent, et saluent respectueusement Alina et Seldona.

« Enchantées ! » (Alina et Seldona)

« Nous aussi. » (Rinov)

Alina se tourne vers Algo.

« Pourquoi ne m'as-tu pas répondu quand je t'ai appelé ?... » (Alina)

« Je devais être inconscient... J'ai repris connaissance il y a fort peu de temps... » (Algo)

Algo se tourne vers Rinov et Vana.

« Grâce à Rinov et Vana... Ils sont venus me porter assistance... » (Algo)

« Merci à vous ! » (Alina)

« C'était normal ! » (Vana)

« Rien ne vous obligeait à le faire... Merci du fond du cœur ! » (Seldona)

« Nous sommes tous des semblables... Nous n'allions pas laisser l'un des nôtres mourir... » (Vana)

« Comment avez-vous su où était Algo ? » (Alina)

« Nous avions vu Algo dans la vaste forêt. Il nous avait appelés. Nous lui avions apporté un soutien dans sa lutte contre le grand singe vert. Puis nous avons assisté à la mort de Vario... C'était horrible... Nous ne voulions pas que cela se reproduise... » (Vana)

« Oui, mais comment savoir où il était ? Cette zone-là vous était inconnue ! » (Seldona)

Vana regarde Rinov en souriant.

« Il faut remercier Rinov : il a un don auditif très développé ! » (Vana)

Alina se tourne vers Rinov.

« Tu peux repérer quelqu'un en fonction du bruit qu'il émet ? » (Alina)

« Oui. Et ce même si cette personne se trouve à une certaine distance de moi... » (Rinov)

« C'est incroyable ! » (Seldona)

« N'est-ce pas ? » (Vana)

Vana regarde Rinov avec admiration. Alina se tourne vers Algo.

« Sais-tu où est Ino ? » (Alina)

« Je n'ai pas encore eu le temps d'aller vérifier s'il était toujours à l'endroit où je l'ai laissé... » (Algo)

« Alors allons-y tout de suite ! » (Seldona)

« C'est inutile. » (Rinov)

Tous regardent Rinov. Ses yeux sont fermés. Vana s'approche de lui par la droite. Elle lui caresse l'épaule.

« Tu sais où il est ? » (Vana)

« Je ne peux voir où il est... Mais je sens sa présence... » (Rinov)

Alina s'approche à son tour de Rinov.

« Pourrais-tu nous conduire à l'endroit où il se trouve ? » (Alina)

Rinov ouvre les yeux, et la regarde.

« Non. » (Rinov)

Tous semblent surpris de sa réponse.

« Pourquoi non, mon amour ? Pourquoi ne pas les aider à retrouver leur ami ? » (Vana)

Rinov respire profondément. Son visage est grave.

« Ne croyez pas que je ne veuille pas vous aider. Algo est bien placé pour savoir que Vana et moi pouvons porter assistance à un inconnu, sans rien exiger en retour... » (Rinov)

« Alors quel est le problème ? » (Seldona)

Le calme de Rinov contraste avec le feu de Seldona.

« Il se trouve dans un lieu très dangereux... Je perçois une forte concentration d'animaux dans sa zone... » (Rinov)

« Nous sommes cinq ! Affronter des animaux individuellement et sans arme est une chose... Mais nous n'aurons aucun mal à nous défendre cette fois-ci ! Nous avions aisément capturé tous ces animaux lors de la chasse ! » (Seldona)

« Ce ne sont plus les mêmes animaux, Seldona... Ils ont beaucoup évolué depuis leur naissance... » (Rinov)

« Mais nous avons besoin de toi ! Il y a peut-être encore une chance de sauver Ino ! » (Seldona)

Vana semble compatir à la détresse de Seldona. Elle regarde Rinov.

Ils doivent être en train de communiquer par télépathie...

Algo, Alina et Seldona assistent à la scène. Silencieusement. Ils essaient sans doute de comprendre ce que se disent Rinov et Vana. Rinov semble contrarié. Vana affiche un visage calme et détendu. Rinov s'éloigne. Vana s'approche de lui. Elle se met sur sa droite et caresse affectueusement sa nuque. Rinov se retourne.

« C'est d'accord : nous vous aiderons ! » (Rinov)

FIN DU TOURNOI ?

Nous y voilà donc ! Au grand dénouement ! Du moins, je l'espère ! J'ai tout fait pour que ce soit le cas ! Un grand et beau feu d'artifice ! Avant un bonheur éternel !

Livre d'Alina

Nous sommes en route. Je ne sais pas ce qui nous attend. Je n'ai pas de plan. Plus de plan. Sinon celui de retrouver Ino. Après... Nous verrons bien... J'ai réussi à fabriquer une planche aérienne pour Algo, Rinov et Vana. J'ai tout juste pu leur fabriquer des armes. Les mêmes que celles de Cantor. Rinov a choisi les flèches explosives. Vana le bouclier incandescent. Algo m'a demandé si je pouvais créer de nouvelles armes. Mais cela m'a été impossible. Je ne peux que reproduire ce que j'ai vu. Pour l'instant... Et cette simple reproduction me consomme beaucoup d'énergie... Je me suis évanouie après avoir conçu le bouclier. Ils ont tous jugé que je devais m'arrêter là. Ils voulaient que nous attendions que j'aille mieux avant de partir. Mais je n'ai pas voulu. Chaque seconde compte. Qui sait ce que Cantor est en train de préparer en ce moment...

Nous survolons les différentes zones. Nous n'avons rien vu. Elles étaient vides. Mais cela n'a pas une grande signification. Elles sont si vastes... Et nous allons si vite... Seldona a essayé de contacter Evona... Mais elle n'a obtenu aucune réponse... J'ai moi-même voulu parler à Palo... Mais lui aussi n'a pas répondu... Quant à Vané, Algo a jugé inutile de lui dire quoi que ce soit... Il la trouve trop sectaire...

Rinov nous guide. Il s'est mis en tête de notre troupe. Nous nous contentons de le suivre. Je ne peux m'empêcher de me demander ce que ce tournoi est en train de devenir... Cantor n'a plus cherché à nous enlever de points, alors même que Seldona et moi avons quitté les zones où nous devions nous trouver... Et plus aucun point n'a été marqué... Nous aurions entendu la musique retentir sinon... Que se passe-t-il exactement ?

Rinov se retourne.

« Nous allons bientôt arriver ! » (Rinov)

Les cinq jeunes gens traversent une épaisse couche de nuages.

« Tiens bon, Ino ! Tu es sans doute toujours inconscient... Mais si Rinov sent ta présence, c'est que tu es encore en vie ! » (Alina)

Un animal rose à corps de baleine et à tête d'oiseau surgit brusquement. Vana et Algo l'évitent de justesse. D'autres créatures similaires percent les nuages. Elles frôlent le groupe à une grande vitesse.

« Attention Alina ! » (Rinov)

Alina évite tout juste une baleine-oiseau. La jeune femme s'est baissée au bon moment. Les baleines vont et viennent. De plus en plus vite.

« Elles profitent du fait que notre visibilité soit réduite ! » (Algo)

Les animaux se servent de leur queue et de leur bec pour tenter de les faire trébucher. Algo est touché. Il tombe, mais se raccroche à sa planche. Il parvient à remonter dessus.

« Nous devons partir d'ici ! Nous ne sommes pas de taille à lutter ! » (Seldona)

Seldona est percutée violemment par le bec d'une baleine-oiseau. Elle tombe dans le vide.

« Seldona ! » (Alina)

Tous amorcent une descente pour tenter de la secourir. Alina se rapproche de Rinov.

« Ino est-il encore loin ? » (Alina)

« Non. Il nous faut avancer encore un peu sur la droite. » (Rinov)

Plus ils descendent, moins ils voient clair. Une baleine-oiseau gigantesque perce un nuage noir se trouvant devant eux. Ils sont tous touchés, sauf Algo. Celui-ci accélère et parvient à attraper Seldona. La planche aérienne de Vana vacille. Elle parvient à rester dessus, mais sa chute est désormais inévitable. Elle disparaît dans les nuages noirs. Rinov a réussi à attraper Alina dans ses bras, mais il glisse de sa planche, percuté une nouvelle fois par une baleine-oiseau. Ils heurtent violemment le sol. Alina et Rinov souffrent, mais essaient de surmonter leur douleur. Rinov aide Alina à se relever. Ils sont entourés par des haies.

Le labyrinthe...

« Tout va bien ? » (Rinov)

Alina est rêveuse.

« Alina ? » (Rinov)

Alina revient à elle.

« Oui, Rinov. Merci de m'avoir aidée... » (Alina)

« Tu as vu où était passée Vana ? » (Rinov)

« Non... » (Alina)

« Ça ne fait rien, je vais la retrouver... Je sens déjà sa présence ! Elle est à quelques centaines de mètres de nous ! » (Rinov)

Rinov saute pour tenter de voir Vana. Mais il retombe immédiatement sur le sol. Incrédule. Il essaie à nouveau de sauter. Mais il obtient le même résultat.

C'est comme si une force invisible se dressait contre lui...

Rinov recommence. Rien à faire. Alina va à sa rencontre.

« Qu'y a-t-il ? » (Alina)

« Je n'en sais rien... Dès que j'essaie de sortir de notre couloir, je me trouve face à un vent violent... Il est trop fort pour que je puisse faire quoi que ce soit... » (Rinov)

« Et toi et moi n'avons aucune arme pour nous protéger du vent... » (Alina)

Alina commence à ouvrir ses paumes. Rinov pose ses mains sur les siennes.

« Non, Alina. Ne fais pas ça. Il faut que tu récupères ton énergie avant de créer à nouveau. » (Rinov)

Il a malheureusement raison...

Alina voit que Rinov a fermé les yeux. Il semble très concentré. Il les ouvre soudainement et part en courant.

« Suis-moi ! » (Rinov)

« Tu sais où ils sont ? » (Alina)

Alina se met à la gauche de Rinov, et court avec lui.

« Oui. » (Rinov)

« Le livre de Seldona ne répond plus. Il a dû être détruit au moment de sa chute... » (Alina)

« Elle va bien ! » (Rinov)

« Comment le sais-tu ? » (Alina)

« Parce que je l'entends courir ! » (Rinov)

Alina et Rinov arrivent au bout du couloir. Trois voies s'offrent à eux. Rinov ne s'arrête pas : il prend la voie de

droite. Alina le suit.

« As-tu une idée de l'endroit où est Ino ? (Alina)

« Non. Je ne l'entends plus... » (Rinov)

J'espère qu'il ne lui est rien arrivé...

« Les autres sont-ils loin de nous ? » (Alina)

« Ils sont assez proches. Mais comme tu l'as vu, nous ne pouvons pas nous déplacer autrement que par les couloirs de ce labyrinthe... Je ne sais donc pas quand nous pourrons les retrouver... » (Rinov)

« Mais ils sont ensemble ? » (Alina)

« Oui. Ils ont eu la chance de tomber dans le même couloir. » (Rinov)

« Seldona, tu m'entends ? » (Alina)

« Oui Alina ! J'allais justement t'appeler : comment vas-tu ? » (Seldona)

« Ça va ! Je suis avec Rinov ! Nous essayons de vous rejoindre ! » (Alina)

« Nous avons dû partir en vitesse. Il y avait une créature derrière nous... » (Seldona)

« Restez sur vos gardes ! » (Alina)

« Vous aussi ! » (Seldona)

Alina et Rinov continuent à courir. À chaque intersection, Rinov prend une décision immédiate.

Heureusement que je suis avec lui ! Je ne sais pas comment j'aurais pu faire sans son aide... Comme quoi, malgré mon don particulier, je ne suis pas supérieure à mes compagnons...

« Dépêchons-nous ! » (Rinov)

« Pourquoi ? » (Alina)

Un hurlement retentit.

« Que se passe-t-il, Rinov ? » (Alina)

« Un animal qui les avait pris en chasse vient de les rattraper... » (Rinov)

« Tu sais ce que c'est ? » (Alina)

« Non. Alors essayons de leur venir en aide au plus vite ! » (Rinov)

Rinov et Alina avancent tout droit. Ils tournent ensuite à gauche. Puis à droite. Les hurlements de l'animal retentissent à nouveau.

Nous ne perdons rien à essayer encore...

Alina effectue un bond. Mais elle retombe immédiatement sur le sol. Rinov se retourne et l'aide à se relever.

« Arrête, Alina ! Ça ne sert à rien ! » (Rinov)

« Je voulais m'assurer que nous ne perdions pas notre temps à courir... » (Alina)

Alina regarde sa tenue : elle est légèrement brûlée. La jeune femme rejoint Rinov, qui avait repris sa course.

« Le vent t'a-t-il brûlé tout à l'heure ? » (Alina)

« Non. Mais ça ne m'étonne pas qu'il soit plus violent maintenant... » (Rinov)

« Pourquoi ? » (Alina)

« Nous arrivons à proximité de ce qui génère ce vent... » (Rinov)

Une musique retentit.

Qui vient de récupérer une armure ? Vané, Palo ou Evona ? Le tournoi n'était donc pas terminé...

Rinov et Alina s'apprêtent à tourner à droite. Une boule noire apparaît soudain devant eux. Elle est en lévitation.

Qu'est-ce encore ?

La boule fond sur eux à grande vitesse. Les deux jeunes gens l'évitent en se baissant, mais la boule arrête sa course et frappe Rinov au talon. Le jeune homme pousse un hurlement de douleur. Ses deux pieds sont enchaînés. Rinov est traîné sur le sol. Alina se jette et attrape sa main droite. Elle est tirée à son tour. Elle parvient à peine à voir ce qui l'entoure tant la boule est rapide. Ils arrivent enfin dans un espace assez vaste. Une sorte de jardin. Une grande table blanche est dressée là. Avec d'autres meubles d'intérieur. La boule s'arrête et les jette violemment sur le sol. Alina lâche prise. La boule repart plus lentement. Alina se relève et voit que la boule se dirige vers un groupe de personnes.

Cantor !

Rinov est enchaîné contre une haie marquant la fin du jardin. À sa gauche se trouvent Seldona, Algo et Vana. Tous sont emprisonnés. Sur une chaise est assis Cronosus, qui est ligoté et bâillonné. Cantor est debout. Vané est à ses côtés. Elle est vêtue d'une armure noire. Evona est là également. Alina cherche Ino du regard. Elle le voit lui aussi ligoté à une chaise. Il semble très faible.

Où est Palo ?

« Tu te demandes où est Palo, Alina ? » (Cantor)

Comment a-t-il eu accès à mes pensées intérieures ?

« Encore une question ! Tu es décidément une fille bien curieuse ! » (Cantor)

Alina est stupéfaite. Elle s'avance lentement en direction de Cantor.

« Comment... Comment peux-tu savoir ce que je pense ? » (Alina)

Cantor sort de sa poche le livre électronique de Cronosus. Il le brandit fièrement.

« Grâce à cette petite merveille, ma chère Alina ! Je savais que Cronosus était un brillant généticien... Mais il m'a prouvé qu'il avait également quelques dons dans le domaine des hautes technologies ! Il est donc possible d'avoir plusieurs cordes à son arc ! » (Cantor)

Cantor s'approche de Cronosus, et lui caresse la tête. Comme s'il s'agissait un animal. Cronosus essaie de se débattre mais il ne peut pas vraiment bouger.

« C'est bien, Cronosus ! Très bien ! Tu as su mettre en application les leçons que je t'avais enseignées ! » (Cantor)

Alina est furieuse. Elle sort sa lance et court en direction de Cantor. Il la regarde d'un air supérieur.

« Mauvaise idée, Alina ! » (Cantor)

Vané tend son bras droit en direction d'Alina. Un vent chaud et violent renverse la jeune femme sur le sol. Cronosus se débat encore plus sur sa chaise. Cantor le regarde. L'air ironique.

« Alors, comme ça on n'est pas content que l'on fasse du mal à sa petite Alina ? Mais tu aurais dû lui apprendre les bonnes manières, voyons ! Père indigne ! » (Cantor)

Cantor éclate de rire. Puis il regarde Vané d'un air grave.

« Amène-la-moi ! » (Cantor)

Alina se relève avant que Vané n'arrive. Elle se saisit de sa lance, mais Vané projette un air chaud sur sa main droite. La lance tombe. Alina se tient la main. Elle est au bord des larmes.

Ne surtout pas montrer ma douleur devant ce monstre...

Vané la relève. Cantor lui lance des menottes noires.

« Tiens ! Mets-lui ça ! Il ne faut pas qu'elle puisse se servir de ses mains... » (Cantor)

Vané amène Alina juste devant Cantor. Celui-ci la regarde fixement.

« Grâce au livre de ton papa adoré, je connais désormais toutes tes aventures, ma chère Alina ! Je sais le don qui est le tien... Impressionnant ! » (Cantor)

Cantor tourne autour d'Alina, tout en regardant avec complicité Evona et Vané.

« Mais de grâce ! Pense à me demander l'autorisation la prochaine fois que tu souhaites copier mes inventions ! Je sais à quel point elles sont réussies ! Et je suis flatté qu'elles te plaisent autant ! Mais la propriété intellectuelle, Alina ! Tu songes à la propriété intellectuelle ? » (Cantor)

Cantor rit à gorge déployée.

« Peut-être feras-tu preuve de plus d'originalité à l'avenir ! » (Cantor)

« Tais-toi, Cantor ! » (Seldona)

Cantor fronce d'abord les sourcils, puis redevient joyeux. Il se tourne vers la haie où Seldona est prisonnière.

« Ah ! Seldona et sa politesse ! Seldona la rebelle ! Tu ne voudrais pas changer un peu de registre, pour une fois ? Ton personnage commence à devenir lassant... Décidément, vous manquez tous d'originalité dans votre bande ! » (Cantor)

Cantor se retourne. Alina le regarde avec haine.

« Pourquoi, Cantor... Pourquoi fais-tu tout cela ? » (Alina)

« Je vais te répondre, Alina. Toi au moins tu poses des questions polies ! D'ailleurs, l'impolitesse, ça se corrige, non ? » (Cantor)

Cantor regarde Vané. Celle-ci lance un vent brûlant sur Seldona. La jeune femme hurle de douleur.

« Ça suffit ! Que veux-tu ? » (Alina)

« En voilà une bonne question ! » (Cantor)

Cantor fait signe à Vané d'arrêter.

« Nous allons donc pouvoir discuter. Mais tranquillement. » (Cantor)

Vané bâillonne tous les captifs. Cantor pose une chaise blanche derrière Alina, et lui fait signe de s'asseoir.

« Si mademoiselle Alina veut bien se donner la peine... » (Cantor)

« J'imagine que je n'ai de toute façon pas le choix... » (Alina)

« Très juste ! Je vois que tu commences à bien me connaître ! »
(Cantor)

« Que nous veux-tu donc, Cantor ? Pourquoi tout cela ? Et pourquoi vouloir me parler à moi seule ? » (Alina)

« Pourquoi tout cela ? Ce serait plutôt à moi de te poser la question, Alina ! J'ai certes déjà la réponse grâce au livre de Cronosus, mais peut-être pourras-tu m'éclairer davantage : pourquoi avoir abandonné le tournoi ? » (Cantor)

« Il était beaucoup trop dangereux... Peu d'entre nous y auraient survécu... » (Alina)

« Est-ce là ton seul argument ? Je suis un peu déçu, Alina : je te pensais plus convaincante ! » (Cantor)

« Tu sais très bien que j'ai raison. Ce tournoi n'a été pour toi qu'un prétexte. Tu n'avais qu'une seule idée en tête : nous exterminer. Tous. Y compris tes partisans... » (Alina)

Alina regarde Evona. La jeune femme reste impassible.

« Je crois surtout que vous avez pris peur. Vous saviez que vous alliez perdre. Pas très courageux pour des immortels... » (Cantor)

« Mais il y a eu un mort, Cantor ! » (Alina)

« Ce tournoi n'était pas sans dangers... Je regrette pour Vario... » (Cantor)

On dirait que Cronosus veut prendre la parole...

« Laisse Cronosus s'exprimer ! » (Alina)

« Pour quoi faire ? Et je te signale que tu n'es pas en position de force en ce moment... » (Cantor)

Cantor sort une arme de sa poche. Un pistolet noir.

« Je te présente en exclusivité l'une de mes dernières inventions !
Un jouet très amusant ! Un pistolet qui fonctionne par la pensée !
Tiens, je te fais une démonstration ! » (Cantor)

**Cantor se lève. Il place l'arme contre la tempe d'Alina. La
jeune femme semble très angoissée, mais essaie de rester
digne.**

« Boum ! » (Cantor)

**Alina se crispe. Cantor appuie sur la gâchette. Le seul arbre
présent dans le pré voit une de ses branches tomber.**

« Joli tir, n'est-ce pas ? » (Cantor)

Alina respire.

Cet homme est définitivement un malade...

« J'entends tout, Alina ! Ce n'est pas bien d'insulter les gens... Car
oui, j'ai oublié de te dire : j'ai un peu perfectionné le livre de
Cronosus... Je n'ai désormais plus besoin de le lire : tous vos
écrits me sont immédiatement communiqués oralement... Mais
revenons à mon invention : tu as aimé ? » (Cantor)

Alina le regarde d'un air désespéré.

« Oh... Pas plus d'enthousiasme ? Moi qui espérais impressionner
la grande Alina ! Mais bon... Tant mieux, en un sens, que tu n'aies
pas aimé : au moins n'essaieras-tu plus de me copier ! » (Cantor)

Alina reste impassible.

« Suis-moi ! » (Cantor)

**Cantor se dirige vers la haie. Vané amène Ino près des autres
prisonniers.**

« Mon jouet a un petit défaut... Ses balles sont en nombre limité...

C'est triste, n'est-ce pas ? » (Cantor)

Silence.

« Mais réponds un peu, Alina ! C'est à croire que la fréquentation de Seldona t'a transformée en petite mal élevée ! » (Cantor)

« Tes propos ne méritent aucun commentaire, Cantor... » (Alina)

« Bon, comme tu voudras... Où en étais-je déjà ? À devoir faire l'éducateur j'en ai oublié le but de ma démonstration... Ah oui ! Je sais ! » (Cantor)

Vané apporte à Cantor l'urne avec les différentes boules.

C'est bizarre... Comment sait-elle à l'avance tout ce qu'il veut obtenir ? Serait-ce... l'armure ?...

« Merci Vané. Un tirage au sort, Alina ! Ça ne te rappelle rien ? Le désert de glace... L'ours bleu... Le beau Palo... D'ailleurs, pour répondre à la question que tu te posais en entrant dans ce jardin, Palo est occupé. Il a quelques monstres à combattre en ce moment... Il peut d'ailleurs remercier Algo, Seldona et Vana : grâce à eux, il a un adversaire en moins... Pauvre léopard-tricératops... » (Cantor)

C'est donc la mort de cet animal qui vient de faire retentir la musique...

« Qu'as-tu fait à Palo ? » (Alina)

« Ce petit idiot a voulu jouer les héros... Ou les rebelles, pour employer un terme qui va si bien à ton amie Seldona... Il a refusé d'obéir à mes ordres... » (Cantor)

Je sentais bien que Palo était très indécis...

« Mais ne t'en fais pas ! Sa trahison ne restera pas impunie ! Tout comme la vôtre d'ailleurs ! » (Cantor)

Cantor regarde son pistolet avec fascination.

« C'est drôle comme cet objet peut sembler extérieurement d'une grande banalité... Après tout, il s'agit juste d'un petit morceau de métal... Inutile si l'on souhaite faire un feu, voir dans le noir, avoir chaud... Nos lointains ancêtres s'en seraient tout juste servi comme d'un vulgaire outil... Ils l'auraient d'ailleurs très vite jeté... Alors qu'en réalité, il est la quintessence même de la supériorité de notre espèce ! » (Cantor)

Les yeux de Cantor deviennent lumineux.

« Tuer à distance... Sans posséder la moindre qualité physique particulière... Sans avoir à toucher son adversaire... Qui l'eût cru ? N'est-ce pas magique ? » (Cantor)

Ce n'est pas vraiment le terme que j'emploierais...

« Et tu as tort, Alina ! Car le pistolet est le signe de l'intelligence surnaturelle de notre espèce ! Il est la preuve que nous avons su nous rendre plus forts que toutes les autres créatures peuplant cette planète, alors même que rien ne l'indiquait ! Le pistolet devrait être tenu en grand respect ! C'est un objet quasi sacré... » (Cantor)

Je crois qu'il n'est même plus nécessaire de répondre...

« Tu as raison. Passons aux choses sérieuses. Comme je te le disais, ce petit bijou présente un seul défaut... qui n'est pas lié à ses qualités propres, d'ailleurs... mais au monde dans lequel il a vu le jour... » (Cantor)

Cantor caresse le pistolet.

« Vois-tu, je commence à venir à bout de nos réserves de matière première... Les armes, les armures... Tout ceci exige des matériaux ! Je n'ai ainsi pu fabriquer qu'un nombre limité de balles pour mon pistolet... C'est la raison pour laquelle nous aurons très vite besoin d'une importante main d'œuvre ! Je suis persuadé que les sols de Cosmogonia regorgent de richesses ! Il serait tellement regrettable que le progrès soit ralenti pour de simples questions de ressources, tu ne crois pas ? » (Cantor)

Silence.

« Ce pistolet a une particularité. Tu vas voir : c'est prodigieux ! Il touche systématiquement la personne ou la chose désignée par l'esprit du tireur. J'ai pensé à l'arbre tout à l'heure, en feignant de t'abattre. Et l'arbre a été touché ! Mais le tireur ne peut choisir la partie du corps qui sera visée. Le tir est donc en partie aléatoire ! » (Cantor)

Silence.

« Comme le tournoi a été interrompu, et qu'un acte de haute trahison a été mis en lumière, nous allons jouer un peu. Vous êtes tous dès à présent condamnés à de lourdes peines de prison. À condition toutefois de survivre à l'étape du tir aléatoire ! Je t'en prie, Alina. » (Cantor)

Cantor avance l'urne vers la jeune femme.

« À toi de tirer au sort le premier participant ! » (Cantor)

« Tu es un monstre ! » (Alina)

« Un monstre ? Revois un peu tes définitions ! Après avoir côtoyé tous ces animaux, tu devrais mieux savoir ce qu'est réellement un monstre ! » (Cantor)

« C'est toi qui contrôlais ces animaux, Cantor ! Car ils cherchaient délibérément à nous tuer ! Alors même que nous ne les chassions pas cette fois-ci... » (Alina)

Alina défie Cantor du regard.

« Et tu contrôles Vané en ce moment même ! Grâce à l'armure qu'elle porte ! » (Alina)

« Ah bon ? » (Cantor)

Cantor se tourne vers Vané.

« Vané, as-tu l'impression d'être contrôlée ? » (Cantor)

Vané sourit.

« Absolument pas, Cantor ! » (Vané)

Cantor se tourne à nouveau vers Alina.

« Tu vois... » (Cantor)

« Tu la contrôles par la pensée ! C'est toi qui viens de lui dicter cette réponse ! » (Alina)

« Mais bien sûr... Comme c'est facile de dire cela... Tu es incapable d'admettre que tu as tort... Tu te penses supérieure, n'est-ce pas ? Après tout, n'est-ce pas toi la préférée de papa ? Hein, Alina ? » (Cantor)

Alina ne dit rien. Elle regarde Cronosus.

« Cronosus ne t'a pas tout dit, Alina... Mais je réserve cela pour une autre fois... Sache en tout cas que papounet tient beaucoup à toi... C'est la raison pour laquelle tu es toujours en vie... J'ai besoin de Cronosus. Et Cronosus a besoin de toi. Je pense qu'il a compris tout l'intérêt qu'il y avait à travailler pour moi... Mais passons à l'exécution ! » (Cantor)

Alina continue à fixer Cronosus.

On dirait qu'il essaie de me dire quelque chose... Si seulement lui aussi avait la capacité de communiquer par télépathie...

Cantor regarde Alina.

« Ah j'oubliais ! Tu ne peux pas te servir de tes mains ! Et je ne vais tout de même pas te laisser gâcher la fête... Tant pis ! Je ferai tout moi-même ! Comme d'habitude ! » (Cantor)

Cantor sort le livre de Cronosus.

« Les premiers seront les derniers... Eh bien, procédons ainsi ! Lançons l'exécution dans l'ordre inverse de votre première apparition dans le livre... Ce sera un tirage au sort comme un autre... » (Cantor)

Cantor regarde Cronosus.

« En un sens, c'est toi, mon cher ami, qui auras choisi l'ordre d'exécution des êtres que tu as créés... Belle ironie, non ? » (Cantor)

Cantor rit à gorge déployée. Puis redevient calme. Tout en paraissant toujours très amusé.

« Alors... Voyons, voyons... Zone changeante... Déjà fait ! Paix à ton âme, Vario ! » (Cantor)

Il ne semble pourtant pas trop affecté par ce décès...

« Labyrinthe ! Tiens, tiens ! Quelle coïncidence ! Nous sommes justement dans le labyrinthe, mon cher Ino ! L'endroit où tu as fait tes premiers pas ! » (Cantor)

« Arrête, Cantor ! Je t'en supplie, arrête ! Tu auras ce que tu veux ! Mais ne leur fais rien ! » (Alina)

« Il fallait réfléchir avant, ma chère Alina. L'ancien monde a trop souffert du laxisme pour que j'entende ta requête ! » (Cantor)

Cantor tire. Ino est atteint au ventre. Sa tête retombe sur son corps.

« Ino, non ! » (Alina)

« Oh ! Mais qu'elle se taise ! » (Cantor)

Cantor fait un geste rapide à Vané. Celle-ci bâillonne Alina. Cantor se tourne vers la jeune femme.

« Au fait, maintenant que tu ne peux même plus parler... Tu avais raison au sujet des armures et des animaux... Mais tu en sauras plus après la seconde exécution ! » (Cantor)

Cantor consulte à nouveau le livre. Il le tient de la main droite. Le pistolet est dans sa main gauche.

« Reprenons... Zone rocailleuse... Comment pourrais-je attenter à la vie de ma douce Evona ? » (Cantor)

Cantor sourit à Evona. Elle lui rend son sourire.

Comment Evona peut-elle continuer à suivre un tel homme ?

« Ensuite... Ruines de l'ancien monde ! Bon, je n'ai fort heureusement pas encore de tendances suicidaires ! Cela viendra peut-être ! » (Cantor)

Le rire de Cantor retentit dans tout le jardin.

« Le suspense continue... Ah ! Montagnes boisées ! La seule zone qui était habitée par deux d'entre nous ! Deux jumelles ! » (Cantor)

Cantor s'approche de Vana. Il lui caresse les cheveux.

« Semblables en tous points... Mais n'ayant pas choisi la même voie... Étrange, non ? » (Cantor)

Cantor regarde Vana dans les yeux. La jeune femme semble terrorisée.

« Tu n'aurais jamais dû te mêler de cette affaire, Vana... Tu le paieras le prix fort... » (Cantor)

Cantor est soudain projeté hors du sol. La terre sous ses pieds est complètement soulevée. Il se retrouve ainsi à plusieurs mètres des prisonniers. Alina se retourne.

Palo !

Il a dû lancer une de ses flèches explosives ! Vané s'est interposée pour protéger Cantor... Son armure est un peu abîmée d'ailleurs...

Palo libère Alina, pendant qu'Evona est allée s'enquérir de la santé de Cantor.

« Palo... Merci d'être venu ! » (Alina)

Palo lui sourit.

« Occupe-toi des autres, Alina ! » (Palo)

Evona aide Cantor à se relever. Vané court pour empêcher Alina de libérer tout le monde. Mais Palo lui lance une flèche explosive qu'elle ne peut éviter, trop concentrée qu'elle était sur sa première tâche. Elle est projetée près de la mare d'où est sorti Palo. Les derniers captifs sont libérés.

« Je n'ai plus de flèches explosives, Alina... Il va falloir trouver un plan... » (Palo)

Alina a tout juste le temps d'enlever le bâillon de Cronosus. Ils se sourient. Alina voit Cantor en train de s'approcher lentement. Il prend le temps de mettre une armure violette.

Ce doit être celle du léopard-tricératops...

Alina regarde Cronosus.

« Une idée ? » (Alina)

« Vous ne serez pas de taille... » (Cronosus)

« Alina, attention ! » (Seldona)

Seldona se positionne devant Alina et Cronosus, et les protège avec son bouclier. Des projectiles en formes de cornes sont lancés par Cantor. Leur mode de déplacement est similaire à celui des boomerangs. Alina libère définitivement Cronosus.

« Lutter contre deux armures à la fois... Ce sera très compliqué... Il faut essayer de les séparer... » (Alina)

« Oui, mais comment ? » (Seldona)

Vana protège Palo, Algo et Rinov avec son bouclier incandescent. Vané tient son épée crantée empoisonnée de la main gauche. Avec sa main droite, elle projette un fort souffle brûlant.

« Je les crois capables de la vaincre... Son armure est déjà très endommagée... Mais si Cantor reste là, aucun d'entre nous ne survivra... » (Alina)

Cantor continue à lancer ses cornes boomerangs.

Il ne maîtrise pas encore totalement le pouvoir de son armure... Car ses projectiles manquent de précision...

« Alina ! » (Cronosus)

« Oui, Cronosus ? » (Alina)

« Ton pouvoir peut être une solution... » (Cronosus)

« Comment cela ? » (Alina)

« Tu me ressembles, Alina... » (Cronosus)

Cronosus regarde Alina avec affection.

« Mais tu ressembles plus encore à Aloca... » (Cronosus)

Cantor donne à ses cornes boomerangs des trajectoires plus variées. Il s'approche. Alina semble rêveuse.

Aloca...

« Alina ! » (Seldona)

« Je vais essayer quelque chose ! » (Alina)

Alina se lève soudainement.

« Tu as décidé de te rendre : c'est bien ! Tu es sage ! » (Cantor)

Alina se tourne vers Algo, Vana, Palo et Rinov.

« Bon courage, mes amis ! » (Alina)

Une matière noire glisse des mains de la jeune femme. Un véritable tourbillon se déchaîne. La masse grossit très vite, et absorbe Cantor et Evona. Mais aussi Alina, Cronosus et Seldona.

....

Alina, Seldona et Cronosus sont projetés violemment sur le sol. Ils se trouvent dans un champ aux hautes herbes bleus. Des nombreux arbres orange et noirs les entourent.

« La zone changeante... Pourquoi nous as-tu amenés là, Alina ? » (Cronosus)

Alina paraît vouloir organiser ses pensées avant de répondre.

« C'est toi qui m'as orienté, Cronosus... Tu m'as parlé d'Aloca... Je ne sais pas pourquoi, mais mon destin semble effectivement lié à cette femme... » (Alina)

Alina regarde Cronosus, comme si elle souhaitait obtenir une réponse de sa part. Seldona s'approche d'Alina.

« Alina... Ton livre... Tu devrais arrêter sa connexion avec celui de Cantor... » (Seldona)

« Tu as raison. » (Alina)

Alina procède à une légère modification sur son livre électronique.

« Voilà. Comme cela il ne pourra plus nous entendre... » (Alina)

« Où est-il d'ailleurs ? » (Seldona)

« Dans cette même zone... Mais comme lui et Evona ont été aspirés avant nous, ils ont dû tomber dans un autre endroit... Nous n'aurons sans doute pas beaucoup de temps avant qu'ils ne nous trouvent... » (Alina)

Cronosus regarde Alina.

« Nous allons effectivement bientôt être à nouveau en pleine action. Sache simplement, pour le moment, que tu possèdes une grande partie des qualités d'Aloca. Je t'en dirai davantage plus tard. » (Cronosus)

« C'est parce que tu m'as parlé d'elle que j'ai eu l'idée de créer ce trou noir... Aloca était la spécialiste des zones dans votre groupe... Or, je me suis dit que mon pouvoir consistait peut-être essentiellement à créer à partir de l'espace... » (Alina)

« Il est possible que tu aies vu juste... Que va-t-on faire maintenant ? As-tu une idée ? » (Cronosus)

« Je voulais surtout éloigner Cantor de Vané. Avec l'aide de leurs deux armures, je pense qu'il aurait été difficile de rivaliser avec eux, même en unissant nos forces... » (Alina)

« Cette idée me semble bonne... Surtout pour les autres, en fait... Ils sont quatre face à Vané désormais... Mais nous ne sommes que trois face à Cantor et Evona... Pour l'avoir affrontée lors du tournoi, je peux te dire qu'elle est pugnace ! » (Seldona)

« Je sais, Seldona. Et je suis désolée de vous avoir amenés ici avec moi. Je voulais venir seule avec Cantor. Mais je ne maîtrise pas suffisamment bien mon pouvoir... » (Alina)

Cronosus réfléchit.

« Si tu avais pris cette décision, c'est que tu devais avoir une idée bien précise en tête... » (Cronosus)

« Oui. Cette zone est particulière, n'est-ce pas ? C'est un espace protégé, quasi inatteignable... Je pensais le modifier pour qu'il le soit totalement... » (Alina)

« Tu veux dire... que tu voudrais créer une sorte de prison à ciel ouvert ? » (Seldona)

« Cantor ne se rendra jamais : je crois que nous en sommes tous conscients. Nous pourrions essayer de le tuer, mais je ne crois pas que nous soyons actuellement assez forts pour cela... Son armure le protège et lui confère un pouvoir destructeur... » (Alina)

Seldona réfléchit.

« Et si nous utilisions mon armure ? » (Seldona)

« Je ne sais pas... J'ai l'impression que cela est dangereux... L'ours des glaces que Palo et moi avons vaincu a disparu dès que son armure est tombée... » (Alina)

« Alina a raison. Cantor a configuré ces armures pour que les porteurs lui soient totalement soumis et meurent en cas d'échec... C'est la raison pour laquelle l'ours des glaces ne t'a pas tuée, Alina. Son instinct l'incitait à le faire, mais Cantor lui a intimé de t'épargner... » (Cronosus)

« Parce qu'il voulait te faire du chantage... » (Alina)

« Oui... » (Cronosus)

Seldona semble gênée. Cronosus le remarque.

« Je vous aime tous, Seldona... » (Cronosus)

Seldona lui fait un sourire triste. Elle se perd dans ses pensées. Alina n'est pas à l'aise.

« Tu peux croire Cronosus... Il a toujours fait en sorte que chacun d'entre nous aille bien... » (Alina)

Silence.

« Je le crois... » (Seldona)

Seldona est songeuse.

« Et si nous reconfigurions mon armure pour ne pas dépendre de la volonté de Cantor ? Cela doit être possible ! » (Seldona)

Seldona met la main dans sa poche.

« Où est-elle ? » (Seldona)

« Peut-être l'as-tu perdue au moment de notre chute ? » (Alina)

Les deux jeunes femmes cherchent l'armure sur le sol, aidées de Cronosus.

« Alina ? » (Cronosus)

« Oui ? » (Alina)

« Ne perds pas de temps avec cela. Nous avons la chance de ne pas avoir encore été retrouvés par Cantor... Profites-en pour combler tout de suite les brèches qui existent entre cet espace et les autres zones. » (Cronosus)

« Je vais essayer. As-tu un conseil à me donner ? » (Alina)

« Je suis persuadé que tu peux connaître ces brèches par le simple fait de ressentir la terre... Pour commencer, tu peux déjà supprimer la porte qui donne accès à une zone aléatoire. » (Cronosus)

« La porte qui donne accès à une zone aléatoire ? » (Alina)

« Celle que Vario avait empruntée pour rejoindre le désert de sable... » (Cronosus)

Alina s'allonge sur le sol.

Faire le vide en moi... Ressentir la terre...

De la lumière jaillit des mains de la jeune femme, et se répand un peu partout sur le sol. L'opération dure plusieurs minutes. Cronosus et Seldona interrompent leurs recherches par instants. Fascinés par un tel spectacle. Le fluide finit par se tarir. Alina se relève avec difficulté. Elle vacille. Cronosus la soutient. Elle le regarde avec satisfaction. Elle paraît très fatiguée.

« C'est fait. Plus personne ne pourra entrer ou sortir... » (Alina)

Cronosus lui sourit. On dirait qu'il est fier d'elle.

« Viens t'asseoir un instant... Tu as besoin de te reposer... » (Cronosus)

Seldona les rejoint. Alina est toujours assez faible.

« Cronosus... Après ce que vient de faire Alina... Cela veut-il dire que nous serons enfermés ici à jamais ? » (Seldona)

« Je crois qu'il n'y avait pas d'autres solutions, Seldona... » (Cronosus)

Alina s'écroule sur le sol.

« Alina ! » (Cronosus et Seldona)

Cronosus touche le front d'Alina. Il semble soucieux. Ses traits se détendent peu à peu. Il regarde Seldona, qui elle demeure très inquiète.

« Ce n'est rien... Sans doute le contrecoup de l'immense effort qu'elle vient d'effectuer... » (Cronosus)

Seldona passe ses mains dans les cheveux d'Alina.

« Repose-toi, Alina... Nous sommes là... » (Seldona)

Alina ne répond pas.

« Son corps est en train de reconstituer ses réserves d'énergie... Le temps joue en sa faveur... » (Cronosus)

Une musique retentit. Seldona se lève. En alerte.

« C'est étrange... » (Seldona)

Cronosus se lève à son tour.

« Je crois que c'est un bon signe... » (Cronosus)

« Comment cela ? » (Seldona)

« Cela veut dire que nos amis ont retiré l'armure de Vané. Mais je crains que cela ne signifie la mort pour la jeune femme... » (Cronosus)

Cronosus semble affecté. Seldona s'approche de lui.

« Tu sais... Elle n'était déjà plus tout à fait elle-même... » (Seldona)

Cronosus regarde Seldona avec reconnaissance.

« Qu'allons-nous faire maintenant ? Lorsque Cantor apprendra que nous l'avons enfermé ici pour toujours, il voudra nous tuer... » (Seldona)

« C'est ce qu'il risque effectivement de faire... Sauf s'il prend conscience que nous sommes son unique espoir de ne pas finir totalement fou... » (Cronosus)

« La solitude n'arrangerait pas son cas, c'est sûr... Mais il a Evona... » (Seldona)

« C'est vrai... Je crois de toute façon que si nous lui disions la vérité, il penserait que nous mentons, pour voir nos vies épargnées... Sa démence l'a rendu complètement paranoïaque... » (Cronosus)

Les minutes passent. Alina est toujours inconsciente. Les herbes sont devenues jaunes. Les arbres ont pris une couleur rouge.

« L'évolution permanente de ce paysage... C'est drôle tout de même... » (Seldona)

« Une idée d'Aloca... » (Cronosus)

« Aloca était la femme que tu aimais ? » (Seldona)

« La seule que j'ai véritablement aimée... » (Cronosus)

« Ce doit être dur de vivre séparé de la personne que l'on aime... » (Seldona)

Cronosus fait un petit sourire à Seldona.

« Tu es amoureuse, Seldona ? » (Cronosus)

Seldona rougit. Cela amuse Cronosus.

« Tu n'es pas obligée de me le dire... Mais tu pourras toujours communiquer avec lui... La distance ne s'oppose pas à l'usage de vos dons télépathiques... » (Cronosus)

Seldona rougit toujours. Elle devient plus grave.

« J'ai essayé de le faire... Au début, quelques mots ont d'ailleurs pu passer... Des mots importants... Mais depuis, plus rien... » (Seldona)

« C'est l'émotion ça... Nous l'avons tous vécu... » (Cronosus)

Cronosus la prend dans ses bras. De façon très paternelle. Seldona semble touchée par ce geste.

« J'aimerais bien... Et il y a sans doute un peu de cela... Mais je crois malheureusement qu'il s'agit de l'effet du travail d'Alina... J'ai remarqué que plus le temps passait, et plus cette zone devenait hermétique... » (Seldona)

Cronosus paraît saisi d'une grande tristesse. Il pose la tête de Seldona contre son épaule.

« Comme c'est touchant... Dommage que je n'aie pas un appareil photo, sinon je vous aurais fait un joli petit cliché ! » (Cantor)

Cronosus et Seldona se retournent. Ils voient Cantor vêtu de son armure violette. Evona se tient à sa gauche, juste derrière lui.

« Bon, nous voilà de retour ! Si j'avais su que nous allions faire une visite touristique de la zone changeante, j'aurais pensé à prendre ma planche aérienne ! Mais enfin, un peu de marche... Cela ne peut pas faire de mal ! » (Cantor)

Cantor voit qu'Alina est inconsciente.

« Elle dort ! La petite a besoin de récupérer ! Mais de quoi ? Ou alors cherche-t-elle à m'apitoyer ? Mais ce n'est pas nécessaire :

elle vivra. Captive peut-être, mais elle vivra. » (Cantor)

Cantor regarde Cronosus.

« Comme je te l'ai dit, mon cher ami, le pacte est clair : j'épargnerai Alina, si tu me donnes la formule de la création des êtres. » (Cantor)

« Je te la donnerai, puisque tu y tiens tant... » (Cronosus)

« Cronosus apprendrait-il à devenir raisonnable ? Ou est-ce encore une de tes ruses ? » (Cantor)

« Non. Passons ce pacte dès maintenant. La formule contre la vie et la liberté d'Alina et de Seldona. » (Cronosus)

Cantor le regarde avec sérieux. Puis il éclate de rire.

« Très drôle, Cronosus, très drôle ! Tu n'as peut-être pas nos dons, mais tu as au moins celui d'être un grand comique ! » (Cantor)

Cronosus reste digne.

« Je ne plaisante pas, Cantor. Tu veux ta formule ? Soit. Je te la donne. Mais laisse ces deux jeunes femmes vivre libres. Dans la zone de leur choix. » (Cronosus)

« Tu t'es donc entiché de cette petite rebelle ? Grave erreur, Cronosus... » (Cantor)

Cantor rit encore nerveusement, puis se calme. Il semble réfléchir.

« Je n'accède qu'à une partie de ta requête. Je veux bien laisser vivre Alina, à condition toutefois que sa liberté soit très contrôlée... » (Cantor)

Cantor regarde Seldona avec haine.

« Mais pour la petite rebelle, c'est différent... Le destin décidera pour elle... » (Cantor)

Cantor sort son pistolet.

« Elle devra d'abord passer par l'épreuve du tir aléatoire ! » (Cantor)

« Je refuse ! » (Cronosus)

« Donne-moi tout de suite la formule, Inalco ! Ou alors je tue ton Alina ! » (Cantor)

Cantor lance à Cronosus une petite pastille noire.

« Pose-la sur ta tempe, et songe à la création des êtres. Les grands principes de ta formule seront immédiatement enregistrés. » (Cantor)

Cronosus reste calme. Il fait ce que Cantor lui demande.

« Une de tes récentes inventions ? » (Cronosus)

Cronosus rend la pastille à Cantor. Ce dernier est enthousiaste.

« Oui ! La dernière en date ! Créée spécialement pour toi ! Je n'avais pas envie que tu te défiles... Cette pastille est capable d'analyser en un temps record la justesse d'un raisonnement scientifique... Gare à toi si tu as cherché à me mentir... » (Cantor)

Cantor regarde la pastille avec satisfaction.

« Bon travail, Cronosus ! Je regarderai tout cela plus tard ! Avec une grande attention, tu l'imagines ! Mais avant cela, il faut en finir ! » (Cantor)

« Ta parole, Cantor ! » (Cronosus)

« Je vais la tenir ! Pour qui me prends-tu ? Mais j'ai tout de même le droit de souhaiter la mort de la petite rebelle ! » (Cantor)

Seldona sort son bouclier incandescent.

« Tu ne m'élimineras pas si facilement, Cantor... » (Seldona)

Cantor rigole.

« Sottise ! Sottise ! Tu penses peut-être que les autres vont venir t'aider ? J'ai bien vu que Cronosus essayait de gagner du temps... Mais il oublie que lui seul a le code d'entrée de cette zone... Adieu ! » (Cantor)

Cantor tire. Seldona essaie de voir la balle arriver, sans doute pour tenter de la repousser. Elle hurle de douleur. La balle a atteint son mollet gauche. La jeune femme réussit à ne pas tomber sur le sol, en s'appuyant sur son bouclier. Elle défie Cantor du regard.

« On dirait que le destin a décidé de me maintenir en vie ! » (Seldona)

Cantor la regarde d'un air supérieur, comme s'il ne voulait pas donner crédit à sa répartie. Evona observe régulièrement les réactions de Cronosus. Elle est toujours silencieuse.

« Le destin peut-être... mais moi... non ! » (Cantor)

Cronosus se positionne entre Cantor et Seldona.

« Tu avais pourtant promis de t'arrêter à un tir ! » (Cronosus)

« J'ai changé d'avis, Cronosus ! Mais ne t'en fais pas : ton Alina sera sauve ! À terme, je parviendrai bien à tirer profit de son pouvoir ! » (Cantor)

Cronosus reste devant Cantor.

« Govan, je t'en prie... Reviens à toi ! Tu n'es plus le même... »
(Cronosus)

Cantor se sert de son pistolet pour lui donner un violent coup sur le visage. Cronosus tombe. Puis rejoint Seldona, qui semble apeurée.

« Ton tour viendra aussi, Inalco... Laisse-moi juste finir ce que j'ai à faire avec Seldona... » (Cantor)

Alina se lève lentement. Elle a l'air totalement perdue. Elle passe entre Cantor et Seldona sans leur prêter la moindre attention. Comme un fantôme.

« Alors, belle endormie... On est réveillée ? On a fait de beaux rêves ? Tu arrives au bon moment... Dis au revoir à papa et sœurette ! » (Cantor)

Cantor se saisit de son pistolet. Alina est sans réaction. Cantor va presser sur la gâchette quand Evona prend le pistolet et le jette au loin. Cantor semble ne pas comprendre.

« Pourquoi as-tu fait cela ? » (Cantor)

« Je ne peux pas te laisser continuer à nous détruire... » (Evona)

Evona attrape Cantor par les deux bras.

« Fuyez ! Je ne pourrai pas le retenir très longtemps... » (Evona)

Seldona prend Alina par la main, et court. Mais sa blessure au mollet ne lui permet pas de se déplacer rapidement. Alina semble encore endormie. Mais la course paraît la faire revenir à elle peu à peu. Les deux jeunes femmes et Cronosus fuient à travers les herbes blanches. Les arbres noirs sont encore plus grands qu'avant. On entend du bruit. Ils se retournent. Evona est dans les airs. Elle porte une armure marron.

« Mon armure ! » (Seldona)

Cantor lance des cornes boomerangs sur Evona. Celle-ci essaie de les parer tant bien que mal, mais certaines viennent frapper son armure. Elle perd peu à peu de l'altitude. Alina la regarde. Hébétée.

« Viens, Alina ! Nous devons y aller ! C'est notre seule chance ! » (Seldona)

Seldona pose ses deux mains sur les épaules d'Alina. Celle-ci se retourne, lui sourit puis sourit à Cronosus. Dans le fond, le combat continue à faire rage.

« Alina... Seldona a raison... Il faut y aller ! » (Cronosus)

Alina est toujours aussi rêveuse. Elle contemple le combat. Comme un spectacle. Seldona et Cronosus se regardent. Ils ne savent pas quoi faire pour la réveiller. Alina se tourne finalement vers eux.

« Vous avez raison : il faut y aller. » (Alina)

Alina leur adresse un tendre sourire. Puis elle devient grave. Elle ouvre ses deux mains, et crée un trou noir, plus petit que lors de la première fois.

« Que fais-tu ? » (Seldona)

« Adieu, ma sœur... Adieu... père... » (Alina)

« Alina... Non ! » (Cronosus)

Le trou noir absorbe Cronosus et Seldona. Alina a tout juste le temps de récupérer le bouclier de Seldona.

Désolée... J'aurais aimé vous accompagner... Mais il faut que je vienne en aide à Evona...

Alina court vers le lieu du combat. Evona est presque au niveau du sol désormais. Son armure semble déjà bien endommagée.

« Tiens bon, Evona ! J'arrive ! » (Alina)

Cantor voit Alina. On dirait que son retour lui fait plaisir.

« Cronosus a eu raison de te distinguer parmi tous les autres... On ne peut pas dire que tu manques de courage ! » (Cantor)

Alina prend sa lance dans sa main gauche, et tente de l'attaquer. Elle parvient à l'atteindre en jouant sur la variabilité de la taille de cette arme. Cantor se défend en lui jetant des cornes boomerangs. Alina se protège avec son bouclier incandescent. Pendant ce temps, Evona se place derrière Cantor. Les cornes boomerangs contournent le bouclier d'Alina, et viennent la frapper au niveau des jambes.

Il a amélioré sa technique...

Cantor se retourne et vise Evona. L'armure de la jeune femme tombe.

Mon dieu ! Elle va exploser !

Mais rien ne se passe. Cantor éclate de rire. Il tire de nouvelles cornes boomerangs en direction d'Alina, qui est touchée à nouveau aux jambes, mais aussi dans le dos. Elle tombe sur le sol. Cantor s'approche d'Evona. Il la saisit par la gorge, et la soulève.

« Traîtresse ! Jusqu'au bout, tu auras été traîtresse ! Non seulement tu te révoltes contre moi, mais en plus tu le fais de manière délibérée ! Tu as vu comment j'avais configuré l'armure violette ! Tu t'en es inspirée pour l'armure marron ! Que tu as dû discrètement voler à Seldona, j'imagine ! » (Cantor)

Evona fait face. Dignement.

« Qui est le traître, Cantor ? C'est toi qui nous as tous trahis ! Alina et Seldona avaient raison : ce tournoi avait pour unique but de tous nous exterminer... Même moi... » (Evona)

Même elle ?

Cantor lance encore quelques cornes boomerangs en direction d'Alina. Pour la blesser et la tenir à distance.

« Tu as cru à leurs histoires ? Traîtresse ! » (Cantor)

Cantor jette Evona violemment sur le sol, puis récupère son pistolet. Il vise la jeune femme.

« Comment ne pas y croire ? Tu contrôlais ces animaux... Pourquoi ont-ils eux aussi cherché à me tuer ? Même quand Seldona a abandonné le tournoi ? Et puis, tu as beaucoup insisté pour que je me procure une armure et que je la porte... Tu voulais que moi aussi je devienne ta marionnette... » (Evona)

« Quelle importance ? Tu as échoué de toute façon... » (Cantor)

« J'ai fait en sorte d'échouer... J'avais la faculté de vaincre le monstre de la grande clairière... » (Evona)

Des larmes coulent du visage d'Evona.

« J'ai fini par comprendre que ton amour pour moi était vain... » (Evona)

Alina se relève. Cantor lui envoie encore quelques projectiles.

« Mon amour ? Parce que tu y as cru ! Que tu peux être naïve ! J'avais besoin d'assouvir mes désirs... Et tu étais là... belle... disponible... » (Cantor)

« J'ai compris que tu allais rapidement me remplacer... C'est pour cela que tu veux créer de nouveaux êtres humains, n'est-ce pas ? » (Evona)

« On ne peut rien te cacher... Mais si tu avais été moins curieuse, je t'aurais laissé la vie sauve... » (Cantor)

« Pour être contrôlée par toi à jamais ? Je préfère mourir ! » (Evona)

Alina se lève et avance en se protégeant avec le bouclier. Elle reçoit encore une salve de projectiles.

Tenir... Encore un peu...

« Tu préfères mourir ? Eh bien soit ! Je veux bien exaucer ce souhait-là ! » (Cantor)

« Mais avant de l'accomplir, il faut que tu saches une dernière chose... Je porte en moi ton enfant... » (Evona)

« Comment ? » (Cantor)

Alina profite de la surprise de Cantor pour accélérer. Elle lui donne un coup de bouclier dans le dos, ce qui le déstabilise. Il manque de tomber sur le sol, mais il parvient à se redresser en s'aidant de sa main gauche.

« Partons, Evona ! » (Alina)

Cantor lance une salve de cornes boomerangs sur Alina. Evona s'interpose et en prend un nombre considérable sur la poitrine. Cantor s'arrête. Evona est grièvement blessée. Elle sourit toutefois à Cantor. Il semble ne pas comprendre. La jeune femme sort alors son poignard et l'aveugle. Cantor hurle. Evona s'effondre. Alina la prend dans ses bras, et fuit avec elle. Elle est toutefois obligée de la poser rapidement sur le sol. Car elle aussi est grièvement blessée.

« Evona ! » (Alina)

Evona saisit la main d'Alina.

« Laisse-moi Alina... J'ai déjà été blessée gravement... Je sais ce que c'est... » (Evona)

« Raison de plus pour ne pas t'abandonner... » (Alina)

« Ce n'est pas ça... Je sens que cette fois mes blessures sont trop importantes... » (Evona)

« Tu vas venir avec moi ! » (Alina)

Alina ouvre ses mains. Elle fait un effort intense. Un minuscule trou noir se forme.

Allez... Même si je n'ai plus beaucoup d'énergie, il faut que j'y parvienne...

Alina se concentre davantage. Le trou noir grandit. Mais il lui échappe des mains, et se positionne en hauteur.

« J'ai réussi Evona ! Nous allons pouvoir partir d'ici...Mais il va falloir nous lever... » (Alina)

Evona ne répond pas. Alina fond en larmes.

Non... Ce n'est pas juste...

Cantor semble retrouver peu à peu la vue... Il se rapproche, mais avance lentement. Il vacille quelque peu.

Se redresser... Faire cet ultime effort...

Alina s'appuie sur le bouclier. Et se relève tant bien que mal. Elle voit Cantor arriver.

Il faut que je parte, mais...

Cantor semble distinguer le trou noir.

« Alors, comme ça on veut me fausser compagnie ? » (Cantor)

Comment atteindre ce trou noir... Il est trop haut... Et je suis blessée...

Alina pose ses mains partout sur elle. Elle est saisie d'une peur panique.

« Ce n'est pas bien, Alina ! Pas bien du tout ! Tu mériterais une bonne correction ! » (Cantor)

Les gestes d'Alina sont précipités et désordonnés.

« Oui... Une bonne correction ! Mais j'y songe : peut-être cela te ferait-il plaisir ! » (Cantor)

Cantor s'approche en riant.

« Pour éviter cela, je vais te donner le châtiment suprême... Apprête-toi à mourir ! » (Cantor)

Alina trouve un objet dans sa poche.

Ma planche aérienne !

Cantor lui lance des cornes boomerangs, mais aucune ne touche la jeune femme.

Il est encore sous l'effet de l'aveuglement...

Cantor cherche quelque chose dans les hautes herbes blanches.

Son pistolet noir !

Alina ouvre sa planche, et monte dessus. Elle s'approche du trou noir.

« C'est toi qui vas connaître le châtiment ultime, Cantor ! » (Alina)

Cantor rigole, tout en fouillant le sol. La planche d'Alina avance lentement.

Mes différentes chutes l'ont endommagée... Pourvu qu'elle tienne encore un peu...

« Un châtiment ? Quel châtiment ? Tu vas tout dire à papa ? Comme j'ai peur ! » (Cantor)

Cantor rit sans retenue. Ravi de sa réponse. Il continue à chercher son pistolet.

Ma planche est décidément trop lente... Il faut que je parle à Cantor pour l'occuper... Et pour qu'il sache aussi ce que j'ai réellement sur le cœur...

« Je suis grande désormais, Cantor ! Mon père n'est pas là pour m'aider, c'est vrai, mais qu'importe... Il m'a déjà appris l'essentiel. Je vais rejoindre mes amis. Ceux que j'aime. Là est la vraie richesse de l'humanité. Toi, tu vas vivre enfermé ici, éternellement. Seul. Avec pour unique distraction le changement perpétuel de ce paysage. Je n'ai aucune pitié pour toi. Tu as répandu trop de malheurs... » (Alina)

Cantor retrouve son pistolet.

« Je ne crois pas : tu vas rester avec moi ! » (Cantor)

Cantor tire. La balle atteint la planche aérienne, et la détruit. Alina tend ses bras le plus possible et parvient à entrer dans le trou noir. Elle entend un hurlement sinistre.

....
....
....

FIN DE LA LUTTE CONTRE CANTOR

Reprendre l'écriture. Après tout ce qui s'est passé... Il m'a fallu du temps... Forcément... Je ne me sentais pas capable de décrire les événements récents... Pourquoi, alors, poursuivre l'écriture de ce livre ? Parce que je crois que Cronosus y tient. Mais, surtout, parce que j'en avais besoin. Besoin de parler. De dire ma douleur. Une douleur qui n'a cessé de croître ces derniers jours... Car Cronosus a décidé de nous quitter... Il va partir tout à l'heure. Il retourne dans l'ancien monde. Nous avons tous essayé de le convaincre que son choix n'était pas le bon. Surtout moi, à vrai dire. Mais il n'a rien voulu entendre. Il est resté très évasif sur les raisons de son départ. Mais je crois les comprendre...

Il m'est difficile d'imaginer ma vie sans lui... Il a été là dès mes premiers pas... Son livre commençait d'ailleurs par la description de mes actions dans le désert de sable... Son départ va laisser un grand vide... Cela m'angoisse déjà quelque peu...

Je crois que si je vis si mal cette séparation, c'est parce qu'il m'a déjà fallu en supporter beaucoup d'autres... Ino, Vario, Vané, Vana et Evona nous ont quittés... Rinov n'a pas souhaité rester parmi nous : il est parti vivre en ermite, quelque part... Mais je le comprends : il a perdu la femme qu'il aimait... Quant à la disparition de Cantor... Elle n'est forcément pas de la même nature que les autres... Vit-il toujours ? Ou a-t-il décidé de mettre fin à ses jours ? Nous ne le saurons jamais...

Je pense souvent à Ino... Il était un peu comme mon petit frère... Algo et moi avons toujours essayé de veiller sur lui... Mais cela n'a pas suffi... J'ignore s'il existe une vie après la mort... Mon statut d'immortelle m'a toujours tenu éloignée de ces questions... Mais depuis ce qu'il s'est passé... J'ai envie de croire que ceux qui nous ont quittés existent, quelque part... Et qu'ils sont heureux...

Vané a tué Vana... La jumelle a éliminé son double... Avant de périr elle-même... Comme si l'une ne pouvait vivre sans l'autre... Elles auront toujours vécu séparées... Elles n'auront finalement fait connaissance que lors de l'affrontement final... Et encore, Vané n'était plus tout à fait elle-même, à ce moment-là... Que leur histoire est triste...

Tous ces êtres disparus... Ils n'occupaient certes pas tous la même place dans mon cœur... Mais ils faisaient partie de mon monde... Un monde qui commençait tout juste à avoir un sens... Un monde bien vide, désormais... J'ai d'abord regretté d'avoir annoncé son châtiment à Cantor... J'avais l'impression de m'être mal comportée... Comme lui aurait pu le faire, en somme... Et puis, avec le temps, j'ai appris à me pardonner... Je ne peux d'ailleurs toujours pas m'empêcher de lui en vouloir : c'est tout de même lui, le responsable de cette tragédie...

Grâce à Cronosus, j'ai pu percer à jour les véritables intentions de notre ennemi. Lorsque Cantor a compris qu'il ne parviendrait jamais à nous imposer son projet, il a décidé de devenir le seul et unique maître de Cosmogonia. Mais il savait qu'il ne pourrait pas être dictateur à son gré. Nous aurions tous fini par nous révolter contre lui. Même ceux qui le servaient d'abord fidèlement. Il a alors eu l'idée de rendre ce tournoi meurtrier. Il espérait que la majeure partie d'entre nous y laisserait la vie. Les rares survivants seraient ensuite devenus sa garde personnelle. Il comptait en effet les inciter à porter les armures conquises pendant le tournoi. Il aurait ainsi eu à sa disposition des soldats d'élite, dont la seule vocation aurait été de défendre ses intérêts...

Pourquoi Cantor a-t-il échoué ? Après tout, il avait toutes les raisons de réussir. Cronosus pense que notre ennemi n'a pas tenu compte de plusieurs facteurs. Il a notamment sous-estimé notre capacité à nous unir contre lui. Il avait sans doute encore en tête les dissensions existant entre les humains de l'ancien monde... Et il devait penser que ses partisans lui seraient toujours fidèles... Il se prenait visiblement pour une sorte de dieu...

Palo a été héroïque. Il mérite de voir ses prouesses relatées dans ce livre. Alors qu'il se trouvait sur la grande dune du désert de sable, Cantor lui a demandé de revêtir l'armure de l'ours des glaces. Palo a refusé. Il se rappelait mes doutes sur cette armure. Cantor a insisté. Palo a alors compris que ma défiance à l'égard de Cantor était justifiée. Il a voulu rejoindre les collines des mers, pour prendre le temps de réfléchir. Mais Cantor lui a demandé de le rejoindre immédiatement au centre du grand labyrinthe. Car il avait besoin de son aide. Palo s'est opposé à cet ordre. Cantor a alors envoyé une grande partie des créatures terrestres dans le désert de sable. Pour tuer Palo. Heureusement, il arrivait près des collines des mers lorsque les premiers animaux l'ont rejoint. Il a dû affronter les autruches à tête de cobra royal. Il a été blessé par les grandes guêpes bleues. D'autres créatures approchaient. Il n'a pas eu le choix. Il a dû sauter du haut d'une colline. Une fois dans l'eau, il savait que les animaux terrestres ne seraient plus un danger. Mais il y avait encore bien des périls sous l'océan... La chauve-souris géante... Les requins-calamars... Et j'en passe... Il se souvenait d'un endroit qui était une sorte de porte. Un passage vers un ailleurs. Il avait hésité à l'emprunter autrefois. Il a décidé de surmonter ses peurs. Il est entré. Il s'agissait d'une passerelle créée par Aloca. Palo a pu choisir son lieu d'arrivée. Il avait entendu mon appel. Il a décidé de se rendre au centre du labyrinthe. Voilà comment il a pu nous venir en aide.

J'ai une pensée pour Aloca. Cantor se plaisait à répéter qu'elle n'était plus là... Mais, en un sens, elle était toujours très présente. Sans sa volonté de nous laisser libres de nos mouvements, nous aurions eu toutes les peines du monde à vaincre notre ennemi. Qu'elle en soit éternellement remerciée.

Tous sont venus dire au revoir à Cronosus. Même Rinov. J'ai obtenu des uns et des autres qu'ils restent quelque temps au Centre après son départ. Il n'y a pas plus triste qu'une réunion d'êtres humains autour d'un événement malheureux. Ou plutôt si : le moment où tous ces hommes et femmes se quittent, et où l'espace où ils s'étaient donné rendez-vous redevient vide. Cette seule idée me terrifie.

Je vais créer un trou noir. Cela permettra à Cronosus de rejoindre l'ancien monde, sans mettre pour autant Cosmogonia en danger. J'espère qu'il trouvera ce qu'il recherche dans l'ancien monde... Mais j'ai bien peur qu'il ne rencontre que morts et désolation... L'ordinateur central continue à indiquer que le monde extérieur est impropre à la vie...

J'ai proposé à Cronosus de créer le trou noir à l'endroit où il le souhaitait. Il m'a dit qu'il pensait au même lieu que moi. Nous nous sommes donc rendus dans le désert de sable. Un choix symbolique. Toutes les zones sont sûres, désormais. Nous nous sommes servis des armes laissées par Cantor pour pacifier notre monde. Les animaux étaient toujours très agressifs, mais plus personne n'était là pour leur dicter leur conduite. Pour quelles raisons alors voulaient-ils toujours nous tuer ? Difficile à dire... D'après Cronosus, il est possible que l'ordinateur central ait considéré que le meilleur moyen de préserver la vie était de faire de ces animaux des créatures impitoyables. Il faut dire que, dans l'ancien monde, la peur naturelle de l'homme n'avait pas vraiment permis aux différentes espèces de se maintenir en vie...

Nous ne savions que faire des géocapteurs et des armures. Les détruire ? Nous y avons songé. Mais nous avons finalement décidé de les conserver. Qui sait, peut-être en aurons-nous besoin un jour ? Nous les avons en revanche désactivés : nous n'avons pas besoin d'un nouveau Cantor. Inutile de préciser que nous n'avons pas relancé le processus de CRÉATION ALÉATOIRE. Mais l'idée de donner vie à des animaux dans ce vaste ensemble nous semble toutefois bonne. Nous avons l'éternité pour y réfléchir...

J'ai demandé à tous les autres de me laisser seule avec Cronosus. Personne ne s'y est opposé. Je crois qu'ils ont compris que j'entretenais une relation particulière avec lui. Palo m'a tout de même accompagnée jusqu'au sommet de la grande dune. Puis il est reparti sur sa planche aérienne. Il m'a dit de l'appeler dès que j'aurai terminé. Pendant ce temps-là, il est retourné dans sa zone d'origine. Les collines des mers. Je crois que je le rejoindrai là-bas. L'endroit a l'air magnifique. Il était devenu très dangereux du temps de Cantor, à cause des animaux cauchemardesques qui le peuplaient...

Cronosus me regarde tendrement. Je suis très émue. Je dois faire un effort sur moi-même pour ne pas pleurer.

« C'est ici que nos chemins se séparent, mon Alina... » (Cronosus)

Alina se met à sangloter. Cronosus sourit, s'approche d'elle et la prend dans ses bras.

« Je... Je ne veux pas que tu partes... » (Alina)

« Je sais. Mais il le faut... » (Cronosus)

Alina se détache de Cronosus, et le regarde droit dans les yeux.

« Pourquoi ? Rien ne t'oblige à partir... Reste avec nous ! Nous serons heureux tous ensemble ! » (Alina)

« Je n'en doute pas, Alina. Je ne fuis pas le bonheur. Toutes ces semaines passées à vos côtés ont été très agréables. Mais ma place n'est plus ici... » (Cronosus)

« Et si tu ne trouvais rien dans l'ancien monde ? Et s'il n'y avait que la mort ? » (Alina)

« C'est possible. Probable même si l'on en croit l'ordinateur central. Mais j'ai besoin de me rendre là-bas. Je veux voir par moi-même ce qu'est devenu mon monde. » (Cronosus)

« Et tu as envie de savoir si... » (Alina)

Cronosus regarde Alina d'un air très paternel.

« Si Aloca est toujours vivante ? N'aie pas peur de le dire, Alina : c'est évidemment la raison principale de mon départ... » (Cronosus)

« Même après toutes ces années... Après toutes ces aventures et ces révélations... Tu espères la retrouver ? » (Alina)

« Il y a peu d'espoir, bien sûr... Mais s'il existe une chance, même infime, de la revoir une dernière fois, alors je veux essayer... » (Cronosus)

« Je trouve ça très beau. Tu es le contraire de Cantor : tu aimes toujours la même femme, malgré le temps... Malgré l'espace... Malgré la mort, peut-être... » (Alina)

« Je l'ai toujours aimée. Elle est la seule et unique femme de ma vie. Même si une jeune humaine compte également beaucoup à mes yeux... » (Cronosus)

Cronosus regarde Alina d'un air complice. Il lui caresse la joue affectueusement.

« C'est toi qui m'as donné la force de lancer le Projet Cosmogonia, Alina. Toi qui m'as donné la force de poursuivre cette expérience, malgré mes doutes. Toi qui m'as donné envie de combattre Cantor, alors que j'aurais pu parfaitement aller dans son sens, pour ma propre tranquillité... » (Cronosus)

Alina semble très émue. Elle caresse le bras droit de Cronosus.

« J'ai une question à te poser, Cronosus... Une question centrale... qui me hante depuis des mois... Qui suis-je réellement ? » (Alina)

Cronosus lui sourit.

« Si je te dis simplement que tu es Alina, cela ne te suffira plus désormais... Et c'est bien normal... » (Cronosus)

« Je me pose la question de mon identité depuis que j'ai accédé à la conscience. Tout ce que j'ai vécu n'a fait que renforcer mon désir de savoir... » (Alina)

« Je comprends parfaitement... Pose toutes les questions qui te tiennent à cœur, Alina : je puis tout te dire désormais... » (Cronosus)

Alina saisit Cronosus au niveau des poignets.

Que ce moment est dur... Et je l'attends pourtant depuis si longtemps...

« Est-ce que... » (Alina)

« Aie confiance, Alina ! J'imagine bien que ce moment n'a rien d'évident pour toi... qu'il te serait tellement plus facile et plus agréable de te taire... Mais avec le temps, tu finirais par regretter ton silence... » (Cronosus)

« Je vais poser ma question dans ce sens-là... Ce sera peut-être plus simple... Est-ce qu'Aloca est ma mère ? » (Alina)

Cronosus sourit à Alina. Il retire ses poignets de ses mains, et lui caresse les cheveux.

« Je t'avais donné quelques éléments à ce sujet lors du fameux tournoi de Cantor... Je savais bien qu'ils finiraient par faire leur chemin dans ton esprit... » (Cronosus)

« Et alors, Cronosus ? Qu'en est-il ? » (Alina)

« Aloca n'est pas ta mère au sens physique du terme. Tu as été créée, comme tous les autres, à partir d'une même formule extrêmement complexe... » (Cronosus)

Silence.

« Ce qui ne veut pas dire que tu ne sois pas différente de tes semblables... » (Cronosus)

« T'es-tu inspiré d'Aloca pour me créer ? » (Alina)

« J'ai fait bien plus que cela, Alina... J'ai repris une grande partie du code génétique d'Aloca pour te donner la vie... Elle n'est pas ta mère au sens officiel du terme, mais il existe une filiation évidente entre vous deux... Je n'ai en revanche pas songé à un modèle précis en créant tes semblables. Ou alors cela était-il inconscient... » (Cronosus)

« Est-ce la raison pour laquelle Cantor semblait me distinguer de tous les autres ? » (Alina)

« Oui. Govan connaissait bien Aloca : elle était ma compagne, et un membre central du Projet Cosmogonia. Il l'a donc côtoyée pendant des années. Il était d'autant plus facile pour lui de percevoir votre ressemblance qu'une part importante de ce que tu es provient d'Aloca... » (Cronosus)

« Mais je ne suis pas son clone toutefois ? » (Alina)

« Non. Cela aurait été extrêmement malsain de reproduire chacun de ses traits en toi. Je ne l'ai d'ailleurs jamais envisagé... Je t'ai créée en pensant à Aloca, car elle me manquait terriblement... Pendant toutes ces années de solitude dans le Centre, j'ai connu des périodes extrêmement noires... Seul l'espoir de revoir un jour Aloca me permettait de continuer à vivre... Après avoir achevé la création de tes semblables, j'ai vécu une sorte de dépression... Je ne voyais plus l'intérêt de ce projet... Je voulais tout abandonner... Puis j'ai songé à ma fille... » (Cronosus)

« Tu avais une fille dans l'ancien monde ? » (Alina)

« Aloca et moi désirions en avoir une... Nous avions d'abord décidé d'attendre la fin du Projet Cosmogonia... Mais comme ce projet s'est avéré beaucoup plus complexe que nous ne l'avions imaginé, nous nous sommes dit que nous n'allions plus attendre... » (Cronosus)

Alina écoute ce discours avec intérêt, mais aussi angoisse.

« Et... Et alors ? » (Alina)

« Je ne sais pas... Aloca s'est rendue à cette conférence internationale, puis les portes ont été fermées... Qui sait ? Peut-être était-elle enceinte à ce moment-là... » (Cronosus)

« Et tu pars pour le savoir ? » (Alina)

« Je pars pour voir si la vie a eu sa chance, quoi que Cantor ait pu dire... » (Cronosus)

« Je comprends... » (Alina)

Alina baisse la tête. Cronosus la relève délicatement de sa main gauche.

« Je te considère comme ma fille, Alina. Je ne suis pas ton père au sens traditionnel du terme. Mais je le suis au sens biologique. J'ai mêlé le code génétique d'Aloca au mien pour te créer. Tu lui ressembles davantage car je n'avais pas envie que mes traits apparaissent trop clairement dans l'un d'entre vous. Mais tu es ma fille. Ton intuition était juste lorsque tu m'appelais père. » (Cronosus)

Cronosus prend Alina dans ses bras.

« Je vais y aller, ma fille... mais je te promets de revenir un jour... Si le destin me le permet... » (Cronosus)

« Laisse-moi venir avec toi ! Nous parcourrons l'ancien monde ensemble ! » (Alina)

« J'aimerais beaucoup que tu viennes avec moi... mais ta place est ici... auprès des tiens... » (Cronosus)

Alina sanglote à nouveau.

« Je suis un homme de l'ancien monde, Alina. Contrairement à Govan, je ne chercherai jamais à devenir un autre. Tu vas avoir une belle et longue vie dans Cosmogonia. Avec des êtres qui vivront selon les mêmes rythmes que toi. Si je restais, je serais rapidement en décalage par rapport à vous... » (Cronosus)

« Mais cela n'a aucune importance, père... » (Alina)

« Je te demande de rester ici pour moi. Comme un service personnel. » (Cronosus)

« Comment cela ? » (Alina)

« Comme tu l'as dit très justement, il est possible que seule la mort m'attende dans l'ancien monde... Mais je m'y suis préparé... J'ai vécu suffisamment de belles choses dans mon existence pour pouvoir m'en aller sans crainte... Alors que toi... Tu n'es qu'à l'aube de ta vie... Ce nouveau monde est le tien... Et je crois que les autres ont besoin de toi... » (Cronosus)

Cronosus tend un papier à Alina.

« Sur cette feuille se trouvent toutes les coordonnées à entrer dans l'ordinateur central pour avoir accès à la création d'êtres tels que vous. Tu en auras peut-être besoin, un jour... » (Cronosus)

« Je croyais pourtant que tu étais opposé à la création de nouveaux êtres humains ! » (Alina)

« C'est vrai. Opposé à la création d'êtres humains formatés, qui ne seraient que vos esclaves ou vos subordonnés... Mais je n'ai rien contre le fait que vous ayez de nouveaux compagnons qui vous ressemblent... D'autant que vous en avez perdu un certain nombre, récemment... » (Cronosus)

« Si seulement Cantor n'avait pas existé ! Nos vies auraient été tellement plus simples ! Tellement plus paisibles ! » (Alina)

Le visage de Cronosus devient grave.

« Je ne crois pas. » (Cronosus)

Alina semble très surprise.

« Comment cela ? » (Alina)

« Ce que je vais te dire te semblera sans doute aberrant... Mais je crois fondamentalement que Cantor n'a été qu'un épiphénomène. Il conservera une place particulière dans vos mémoires, car il a marqué l'histoire de ce monde naissant par sa folie et ses meurtres. Mais le mal aurait de toute façon fini par surgir, d'une manière ou d'une autre... » (Cronosus)

« Sauf ton respect, Cronosus, je crois que tu te trompes. Aucun d'entre nous n'aurait été capable de faire ce que Cantor a accompli. » (Alina)

« Peut-être... Mais n'oublie pas que certains d'entre vous l'ont tout de même suivi pendant un temps, parfois aveuglément... Les êtres comme Cantor sont rares, et cela est heureux... Mais le bien absolu ne sera jamais de ce monde... » (Cronosus)

« Que peut-on faire alors ? Je refuse de céder à la fatalité ! » (Alina)

Cronosus est songeur.

« J'ai assisté à la fin d'un monde. Puis à la naissance d'un nouvel univers. Je suis le seul être humain à avoir vécu cela. Mon expérience m'a montré que, même proches de la perfection comme vous l'êtes, les êtres humains finissent toujours par être rattrapés par leurs travers. Nous sommes des êtres sensibles, Alina. Notre intelligence ne peut pas systématiquement avoir le contrôle de nos émotions, de nos désirs... Elle se met même bien souvent au service de ceux-ci... » (Cronosus)

« Il n'y a donc pas d'issue... » (Alina)

« Pas véritablement. Je crois néanmoins que nous pouvons faire en sorte que le monde dans lequel nous vivons se porte le mieux possible. En acceptant bien sûr sa part d'imperfections et de contingences. Nous ne sommes que des humains, après tout... » (Cronosus)

« Comment vois-tu l'avenir de Cosmogonia ? » (Alina)

« Vous serez libres de faire de ce monde ce que vous voudrez qu'il soit... J'ai personnellement toujours pensé qu'une micro-société était un plus sûr moyen d'obtenir une forme de paix sociale...

Notamment parce qu'elle offre à ses membres la possibilité de se tenir en partie éloignés de la politique. Et ainsi de la nécessité d'obéir à des modèles idéologiques. Votre situation particulière vous offre cette chance. » (Cronosus)

Cronosus regarde Alina avec gravité.

« N'oubliez jamais, toutefois, que vous êtes immortels... C'est un don. Mais vous devrez veiller à ce qu'il le reste. Cantor n'avait pas tort lorsqu'il disait que votre plus grand ennemi serait l'ennui... » (Cronosus)

« Est-ce pour cela que tu m'as donné la formule ? » (Alina)

« Oui. Mais elle n'est pas l'unique solution... Vois ce vaste monde qui t'entoure. Il est vierge. Vide. Il n'a pour le moment aucun sens précis. Vous pourrez certes le laisser tel quel. Mais je crois que vous devrez surtout essayer de le modifier pour le rendre encore meilleur. » (Cronosus)

« Est-ce pour cela que tu m'as dotée de ce pouvoir de création ? » (Alina)

« Oui. Quand je t'ai accordé ce don, je ne savais pas qu'un être comme Cantor émergerait... Je ne pensais pas que tu serais amenée à te servir de tes pouvoirs pour des raisons guerrières... » (Cronosus)

Cronosus regarde Alina avec une grande tendresse.

« Mais je savais qu'Aloca n'avait pas pu aller au bout de son projet... Certaines de ces zones sont encore très imparfaites... Je crois que, symboliquement, c'est à toi, sa fille, qu'il revient de poursuivre l'élaboration de ce nouveau monde... » (Cronosus)

Alina rougit. Elle sourit à Cronosus. Très pudiquement.

« Dans leur histoire, les êtres humains ont toujours vénéré les héros, ces êtres dotés de capacités extraordinaires œuvrant en faveur du bien. Les héros héritaient toujours d'un monde. Un monde en crise. Où leur présence était un moyen d'empêcher le chaos de prendre une place trop importante. Je vous perçois, toi et tes amis, comme des héros. Mais des héros d'un nouveau genre. Vous avez lutté contre un être représentant le mal. Et vous l'avez vaincu. Mais le plus dur pour vous commence en réalité maintenant : vous allez devoir bâtir un monde. Sans connaître la moindre opposition. Ni le moindre trouble. C'est, en soi, une tâche autrement plus complexe que celle des héros traditionnels, mais c'est également une mission autrement plus noble. Vous devrez essayer de faire de cette existence terrestre une existence heureuse. Je sais que vous en avez les capacités. » (Cronosus)

« Et toi, tu ne connaîtras jamais ce bonheur... » (Alina)

« Qui peut le dire, Alina ? Ma condition de mortel suppose que ma présence sur cette terre soit de toute façon limitée dans le temps. Comme tous les hommes qui m'ont précédé, viendra le jour où je devrai mourir. » (Cronosus)

Alina essaie de contenir ses larmes. Cronosus s'approche d'elle.

« Je ne peux m'opposer à ma condition... Mais est-ce réellement un mal ? Je ne te dis pas que l'idée de la mort ne m'effraie pas... Comme tout le monde, je la redoute... Je ne souhaite aucunement sa venue, même au moment où je m'apprête à prendre le plus grand risque de ma vie... Mais je m'interroge : et si la mort n'était pas la fin ? » (Cronosus)

Alina a retrouvé un peu de sérénité.

« C'est étrange que tu abordes ce sujet... J'ai justement réfléchi à ces questions, récemment... Je me disais que j'aimerais savoir Ino et les autres heureux, quelque part... Avant leur mort, je ne m'interrogeais pas comme cela... » (Alina)

« Et c'est tout à fait normal : tu avais tellement d'autres questions existentielles à te poser, du fait de ton statut particulier... » (Cronosus)

Cronosus réfléchit.

« Tu imagines bien que, cette fois-ci, je n'ai pas de réponses satisfaisantes à t'apporter... J'ai simplement eu l'occasion de constater, tout au long de mon existence, qu'il y avait une part quasi divine en l'homme. Une inexplicable forme de transcendance. Que nous pouvons tous observer. Croyants ou pas. » (Cronosus)

Silence.

« Nous autres hommes avons pu commettre les pires atrocités dans notre histoire. Mais je ne crois pas que cela s'oppose fondamentalement à notre part de transcendance. Bien au contraire. Les extrêmes vont de pair. C'est parce que nous avons la capacité de faire le bien, que nous avons aussi celle de faire le mal. Cantor disait que la morale était une valeur périmée. Je ne suis pas de son avis. Elle le serait si l'humanité n'existait plus. Mais ce n'est fort heureusement pas demain que cela arrivera... » (Cronosus)

Cronosus fait un sourire complice à Alina. La jeune femme lui sourit à son tour.

« Comment interpréter cette part de divin en nous ? » (Alina)

« Notre espèce est capable, plus qu'aucune autre, de s'approcher de la perfection : tu en es d'ailleurs la preuve la plus éclatante. Mais il est fascinant de voir que, malgré tous nos efforts, nous ne parvenons jamais à l'atteindre. Cosmogonia en est l'exemple absolu. Alors que ce projet avait pour objectif de limiter comme jamais les travers de l'humanité, il m'a paradoxalement apporté la confirmation de notre éternelle, viscérale imperfection... » (Cronosus)

Cronosus regarde Alina de manière solennelle.

« Nous serons toujours rattrapés par tel ou tel défaut... Les hommes seront toujours leurs propres bourreaux du bonheur... Voilà notre véritable châtiment... » (Cronosus)

« Nous incites-tu alors à devenir mortels ? » (Alina)

« Je ne défends aucune position. Je tenais surtout à te rassurer sur mon sort. Te dire que j'ai accepté l'idée d'être mortel. Notamment parce que j'ai de plus en plus le sentiment que cette existence est une mise à l'épreuve. Comme si une force supérieure nous préparait à autre chose... » (Cronosus)

« Evona a dit à Cantor qu'elle était enceinte... » (Alina)

« C'est tout à fait possible. Sans en être totalement consciente, elle avait donc fait le choix de la mortalité. Et la frustration de Cantor de ne pas voir naître de nouveaux êtres humains s'est peut-être exprimée de cette façon-là... » (Cronosus)

« Peut-on alors réellement parler de choix ? » (Alina)

« Dans votre cas, oui. Vous pouvez connaître la vie éternelle. Vous avez été créés pour cela. Mais si vous choisissez de donner une tournure différente à votre existence, en prenant certains risques, alors je crois que vous deviendrez mortels. Vous vous laisserez ainsi la possibilité d'être confrontés vous aussi à la mort, cette grande inconnue... » (Cronosus)

« Mais y a-t-il une vie après la mort ? Cela paraît impossible... » (Alina)

« Notre imperfection ne nous permettra jamais de trancher. Il s'agit d'une question de foi. Donc de vision du monde. Je me dis simplement qu'un espace régit par un être parfait serait sans doute la meilleure voie possible vers le bonheur. On ne sait pas ce qu'il en est. Mais il n'est pas interdit d'espérer... » (Cronosus)

Cronosus sourit à Alina.

« Sens-toi surtout libre dans tes choix : c'est, je crois, le plus important. Et sois dans la joie ! Tu es prête à connaître le bonheur, désormais. » (Cronosus)

Alina va dans les bras de Cronosus. Leur étreinte dure quelques instants. La jeune femme ouvre sa main : un trou noir en jaillit.

« Prends soin de toi, père... Et promets-moi de revenir... » (Alina)

« Je te promets de tout faire pour que ce soit le cas... » (Cronosus)

Cronosus commence à entrer dans le trou noir. Il tient la main d'Alina.

« Au revoir, mon Alina bien-aimée ! Je t'aime ! » (Cronosus)

Cronosus se tourne vers Alina une dernière fois. Il lui sourit. Puis il disparaît. Alina regarde le trou noir se refermer progressivement. Des larmes coulent le long de son visage.

Je t'aime aussi, père ! Bonne chance...

....

....

Je suis restée seule un long moment. À attendre. Comme si le trou noir allait réapparaître. En même temps que mon père. Je savais que cela n'arriverait pas. Mais j'ai attendu. Avant qu'il ne parte, j'ai déposé un livre dans le sac de Cronosus. Sans qu'il le sache, bien sûr. Il s'agissait sans doute de ma manière de conserver un lien avec lui... Il était opposé à l'idée d'écrire un roman sur son voyage dans l'ancien monde. Il considérait que certaines choses devaient ne pas être racontées. J'ai respecté son choix. Mais je lui ai aussi laissé la possibilité de revenir sur sa décision...

....

....

J'ai appelé Palo. Mais je n'ai pas eu à le rejoindre dans sa zone natale. Il m'attendait en bas de la grande dune. Il savait que cette séparation serait très douloureuse pour moi. Il voulait être là le plus rapidement possible. Il n'a pas trop parlé. Il a respecté mon silence. Sa seule présence m'a fait du bien. Mon père pense que je suis prête à être heureuse. Il me connaît bien. C'est vrai, je suis prête. Je suis amoureuse.

....

....

Nous avons donné rendez-vous à Algo et Seldona sur une colline que Palo aime bien. Rinov n'a pas voulu venir. Il est retourné dans la vaste forêt. Nous étions tous tristes. Nous avons beaucoup parlé de Cronosus. Puis nous avons peu à peu commencé à évoquer d'autres sujets. Nous étions moins tournés vers le passé. Je crois que nous avions besoin d'évoquer l'avenir. Pour chasser la douleur. Algo nous a montré un tableau qu'il venait de réaliser. Très réussi. Il a dit qu'il songeait à d'autres projets artistiques. Il m'a semblé épanoui. Je suis heureuse pour lui. Je le considère comme mon frère.

....

....

Nous avons marché un long moment sur les collines. Puis nous nous sommes assis. Pour contempler la mer. Pour la première fois, j'ai mis ma main dans celle de Palo. Je me sentais bien. Seldona a chanté. Sa joie nous a gagnés. Nous l'avons accompagnée. Il faudra que nous pensions à créer des instruments de musique ! Serait-ce cela, le bonheur ? J'ai vu Algo caresser affectueusement le ventre de Seldona, et la serrer tendrement contre lui. La vie... Ce grand mystère...

PEUT-ON RÉELLEMENT PARLER DE FIN ?

Appendice : Zones d'origine des personnages

Désert de sable : **Alina**

Vaste forêt : **Rinov**

Collines des mers : **Palo**

Grande clairière : **Seldona**

Désert de glace : **Algo**

Montagnes boisées :**Vané** et **Vana**

Ruines de l'ancien monde : **Cantor**

Zone rocailleuse : **Evona**

Labyrinthe : **Ino**

Zone changeante : **Vario**

Éditions de l'onde étoilée
Illustrations : Manon Boschard
Imprimé par Createspace - États-Unis
Dépôt légal : juin 2014.
Prix T.T.C : 18 €.

www.ingramcontent.com/pod-product-compliance
Lightning Source LLC
Chambersburg PA
CBHW030349030726
47497CB00002B/255